谢六逸全集

谢六逸 —— 著
刘泽海 —— 主编

七

贵州出版集团
贵州人民出版社

文坛逸话
水沫集
茶话集

《文坛逸话》

宏徒编,上海:商务印书馆,1928年10月初版;1932年9月再版。

宏徒编,上海:上海书店,1993影印初版。

《谢六逸全集》以上海商务印书馆1928年10月版为底本。

《水沫集》

谢六逸撰,上海:世界书局,1929年4月版。

《谢六逸全集》以上海世界书局1929年4月版为底本。

《茶话集》

谢六逸著,上海:新中国书局,收入"新中国文艺丛书",1931年10月版。

(谢六逸著《摆龙门阵》,博文书店,1947年12月版,为《茶话集》一书改名出版。为盗版书。)

《谢六逸全集》以上海新中国书局1931年10月版为底本。

目 录

文坛逸话

- 003　代　序
- 005　史特林堡与妇人
- 007　文豪所得的稿费
- 008　马克·吐温的领带
- 010　阿那托尔·法郎士不受人拍
- 012　龚枯儿兄弟
- 014　托尔斯泰与二十八
- 015　小儿的啼声
- 016　普希金的决斗
- 018　死刑台上的杜思退益夫斯基
- 019　暴虐狂与受虐狂
- 022　兰姆姊弟的苦运
- 023　诗人雪莱

025	迭更司唱"莲花落"
026	金丸药与纸丸药
027	勃兰特
028	鲍特莱尔的奇癖
029	屠格涅夫轶事
030	痛骂男女关系者
031	十返舍·一九之滑稽
033	南方熊楠这人
036	华盛顿·欧文的家
037	诗人与小鸟
039	巴尔札克的收入计划
040	巴尔札克的想像力
041	哥德的晚年
042	勃莱克的幼年
045	拜伦的幼年

水沫集

063	序
065	三味线
069	鸭绿江节
072	病,死,葬
079	平民诗人惠特曼

086	童　心
093	十日故事
097	源氏物语
101	夏茂冬枯
108	伊藤白莲
113	加尔曼的爱
127	往　事
139	关于《游仙窟》
145	中国的"灰娘故事"
148	霍普特曼的《沉钟》
163	托尔斯泰的《复活》

茶话集

191	题　记

第一部

195	摆龙门阵
199	作了父亲
206	大小书店及其他
213	致文学青年
216	唯性史观与大学生
219	读书的经验
221	《草枕》吟味

226	文艺管见
228	童话中的聂林
231	素　描
237	"中国文学系"往何处去
241	新时代的新闻记者

第二部

247	性爱与痛苦
268	美国新闻大王哈斯脱
278	新闻教育的重要及其设施
294	日本的学生新闻
313	上海报纸改革论序
316	唯物文学的二形态与其母胎
324	JOURNALISM 与文学
335	上海各报社会栏记者养成所学则
340	日本文学的特质

347	人名索引

文坛逸话

代　序

"头陀生来愚拙,不惯谈龙谈虎,只得说猫说狗。"洒家宏徒是也,蓬莱数载,访仙未遇;泛桴回来,走投无路。虽久已皈依我佛,却还贪恋酒、肉、声、色,有时野性发作,便也东涂西抹,胡诌几句,送去杂志补白;换得银钱,好买咖啡、卷烟、花生米……今日天气晴和,不免模仿东土亚美利加洲辛克勒亚上人,学他把《火油》抱在胸前,站立闹市贩卖。这个主意不错,行行走走,不觉已来到了十字街头。待我把书摆开来,叫喊几声则个——

"过路的客官们,快来快来!……"

"什么?说,怕这书里所记的不是真实的,不肯买吗!"

"既然不肯买,就奉送一册看看也罢!"

"什么？说，正埋头于什么性教育之类的研究，就送一册也不愿意看吗？"

"……"

史特林堡与妇人

19世纪的斯堪的那维亚半岛,有三个伟大的天才,他们生在同一的时代。一个是易卜生,一个是般生,还一个便是史特林堡(Strindburg)。三人过着不同的生活:般生裹在温暖的梦中,易卜生的主张彻底,史特林堡的是辛辣。

1890年某日,史特林堡寄寓巴黎,忽然有一位珍客来叩他的门,开门一看,是他的故乡的朋友般生。这时史氏展开他皱着的眉头,好像春日的阳光溶解积雪似的。他的阴郁、沉闷、厌人的性质,虽然住在繁华的巴黎,也不能为之改变。这一天般生来访他,他在日记里记着:"般生实是一个可以怀念的男子,他恰像一个穿着frock的大孩子。"他所敬佩的般生的性情,和他正好相反。

读过史氏的作品的人,都知道他是一个憎恶妇人者(Women-hater),他这偏狭的性格,一半是天性使然,一半也因为他的身受的痛苦与环境使然。

1849年2月,他生在瑞典的首都司妥克霍母。父亲是一家汽船公司的办事员，母亲是家中的婢女。他有弟兄七人，他是第四个，生下地来，从没有过着一天幸福的日子。家中是不绝的贫乏，应该享受温情的少年的日子，在他完全没有得着，暗淡的人生的苦闷，深深地刻在他的脑中了。他的自叙传的小说《婢女之子》中，他诅咒自己的家庭是"儿童的地狱"。十三岁时，他的母亲死了，但在他一点也不觉得悲伤，因为他的母亲实是过于虐待他了。不幸又遇着凶恶的继母，依然受着虐待，因此他憎恶妇人之情，更加厉害了。

十五岁时，他被一个年长于他的女子恋爱。十八岁时，他出外做家庭教师，储了一点钱，进了维普沙纳大学，想学医生。这在他不以为满足，中途退了学，去做医生的助手、做戏子的跟人。到了二十四岁，他发表了《俄洛夫》史剧，这是他的"出世作"，他因此出名，后来和一个有丈夫的女优结婚，夫妻之间，常常失和，同居七年，终于分开了。这事他曾在《愚者的自白》里面描写过的。其后又与女流作家弗利达结婚，这次依然不能偕老，1884年所作的《结婚》，便是以自己的经验写成的。他的第三个太太是一个美貌的女优波色，这次是他觉得非常美满的，但没有几年，又离婚了。

看他的作品，我们知道他有率直强烈的情感，然而结婚生活的快活，他终于不能享受。结果他被追逐到那极端憎恶妇人的世界里。他一生所作的四十几篇戏曲，差不多是描写性欲的争斗，两性的不安，与憎恶女性的。

宏徒　编

文豪所得的稿费

美国的短篇小说家阿伦·坡（Allen Poe）一生都在贫困中度日，享盛名后，杂志社给他的报酬，每页还不到三元。他三十二岁时写给友人的信中，曾说："我不要多的钱，只想做一年有五百元收入的工作。"他的杰作长诗《乌鸦》，发表在《美洲评论》（American Review）上，仅得到十五元的稿费。

欧文（Irving）的杰作《见闻杂志》（Sketch Book），第一版卖了六百块钱。司吐活夫人（Stowe）的《黑奴吁天录》，可算是19世纪的一篇杰作，也只卖了三百元。

稿费贵的，如但尼生（Tennyson）的诗《海之梦》，一行十镑。可是密尔顿的《失乐园》，到他死后，合计也不过只得十八镑的稿费。麦考莱著《英国史》据说得了十万元的报酬。

吉卜林（Kipling）得名后，他的稿费渐渐增加，一语一先令，总算阔绰的了。

马克·吐温的领带

马克·吐温是美国著名的滑稽作家,他不仅有滑稽奇技的天才,他自己的性格,也含有滑稽轻笑在里面。他的邻舍就是著《黑奴吁天录》(*Uncle Tom's Cabin*)的司吐活夫人,他常到夫人的家中谈天,谈得很久,而且时时去,已成为习惯。有一天,他到夫人处谈天回来,他的妻子看了他的模样,说:

"你没有结领带就去的吗?"

"呀!我没有打上领带吗?"

"你忘了领带,司吐活夫人不说你是戏子吗?"

他的妻子觉得很不安的,他却很不在意。他说和夫人谈了三十分钟的话,他想平平妻子的气,便写了一封信,附送一个美丽的小盒,送到司吐活夫人那里去。司吐活夫人打开盒子一看,原来是一根领带。信上说:

现送上领带一根,请你看看。我今晨在夫人处谈了三十分钟的话,所以请夫人也忍耐地看这领带三十分钟。纵然不愿意,看后请即还我,因为我的领带除了这一根外,没有别的了。

司吐活夫人

马克·吐温 上

马克所取的题材的范围很广,形式也极自由。他的"出世作"是一篇《跳蛙》(*The Jumping Frog*),记的是喀拉北辣斯州的实事。大意是:有一个好赌的人,他养着一匹青蛙,每日训练它跳跃,用手一触蛙的尻部,它就跳得很高的。借此和别人的蛙比赛,以所跳的高低定彩。他所赢的钱也不少了。有一次,他将和一个过路客人比赛。那客人说,可惜我没有带蛙来。他说,那我去田里代你捕一匹来吧。说毕,他去捉了一匹强大的蛙来了。赛赌时,奇怪极了,他自己一向训练的百战百胜的蛙竟跳也跳不动,临场代人捉来的蛙跳得多少高,这次输了不少的钱。后来他觉得有异,仔细一看自己的蛙,见蛙的腹中塞了许多圆的枪弹,他去追那客人,已不见踪影了。原来当他去代人捕蛙的当儿,客人用匙塞了枪弹进那蛙的腹里了。

这篇跳蛙的题材本是有趣的,加上马克的艺术的天分,使它成了一篇杰作。

阿那托尔·法郎士不受人拍

法国现代有名的作家阿那托尔·法郎士有一次到旧书店里去混,遇着了在某处由他人介绍过的一位贵妇人。那妇人特地走近这位做 Dais 的作者的身旁,寒暄了一会,说了许多讨人厌的话。法郎士觉得不耐烦,想设法退走这位娘子军,他说:"马丹,你爱读我的书,我觉得很光荣的。什么书是你顶喜欢的呢?"那妇人一时竟不能回答,格格地说:"唉……"以下的话说不出了,在这当儿,法郎士替她说了:"是《真珠母》吧!"那妇人急忙说:"不错,是的。这部大作真是丰富得很。"

法郎士心中大笑,他想这"马丹"实际不大读他的著作,他索性再和她开一回玩笑,说出了一篇他想作而还不曾执笔的小说题名来问她:"还有《阿比的苹果》你以为怎样,也曾读过吗?"

可怜的贵妇人得意地微笑着答道:"是呀!《阿比的苹果》是我所爱读的书。"

法郎士笑迷迷地,向着妇人致敬,说道:"马丹这样的谬奖,少微过分一点了吧!"

法郎士有一次将他的一只手做了一个模型,以便用青铜铸造,那手的模型放在桌上,有一个客人来访问他,看见了手型,说:"先生!这是你的手吗?"

"是的。"

"我看来和嚣俄(Hugo)的手一模一样,是天才的征象呵!"

"什么地方见得呢?"

"你看中指的头上,有一点凹进去的那地方……"

"呵呵!那点吗?那是冻疮哟!"

龚枯儿兄弟

法国作家龚枯儿兄弟，人都称为近代小说之母，与称为近代小说之父的佛罗贝尔（《波华荔夫人传》的作者）相对照。

龚氏弟兄是很奇怪的，像他们弟兄二人那样合著小说，是绝无仅有，而且每种都是杰作。他们著作时，各做一页，然后互相比较、取舍、选择，合成一页，这样地完成一部小说。用这方法著作颇久，因此他们对于外界的观察与所感，渐渐相同。细微之点虽有差异，大体总是一致的，所以弟兄二人，实际只是一人。

他们的作品出世时，不受读者的欢迎，看的人很少。弟弟琼尔生来体弱，是一个神经质的人。他因作品不受人的赞许，受了大大的打击，又以劳作，做成了《马丹吉尔弗耶色》之后身体更加衰弱。此作完成的第二年，即1870年6月20日9点40分钟，弟弟琼尔便以忧郁致死了。

哥哥耶特孟悼弟之死，暂时停止著作。英法战争起，巴黎被围，其后专心研究美术，普法战争法国败北，国内文明有了转机，弟兄二人的作品才被人认识了真价。这时哥哥的心中,时时叹息他的亡弟:"唉!如果弟弟在世的话……"

1880年佛罗贝尔死后,法兰西文坛便为耶特孟·龚枯儿所支配。他为这个新机运所勉励,发表了许多佳作,又将他弟弟的尺牍刊行。1887年至1912年间的弟兄二人的日记也于此时发表了。晚年他专心研究美术,著了一本《十八世纪日本的美术》,内容研究日本德川时代的浮世绘(描写那时的风俗人物的绘画,以歌麿北斋最有名)。1896年7月16日,七十五岁时,在都德的斜蒙普洛色别墅里逝世。

托尔斯泰与二十八

托氏生于1828年8月28日,最初之作《少年》第一卷出版日为28[日],他与沙菲亚订婚也为28日,他的长子诞生日为28日,他的儿子中的一个结婚又为28日。八十二岁离家的那天,照俄国历也是28日。他的儿子依利亚·托尔斯泰曾说,托氏自己排斥一切迷信,只有这二十八的数目,与托氏的关系极深,托氏很爱这个数目。

小儿的啼声

19世纪初叶,英国资本家虐待劳动者极酷,在工场与矿山里做工的,有无数未成年的少年子女,他们每日含着眼泪工作,没有人安慰,也没有诉苦的地方,那些生于黑暗的运命里的少年子女,行将赴黑暗的死路了。当时社会的人众遂起而攻击资本家的虐待,其中有一个女性,她同情于少年子女的命运,她的泪珠的凝结,就是一篇长诗《小儿的啼声》,由此诗唤起了许多人的注意,后来少年子女因以得到解放。这位女性便是后来嫁与诗人罗布特·白朗宁(Robert Browning)的伊利莎白。夫妻俩在英国的诗坛,均占重要的位置。《小儿的啼声》发表于1844年,为她诗集中一篇不朽之作。

普希金的决斗

俄国诗人普希金的决斗而死,据说是中了当时警察总监伯肯妥耳夫伯爵的奸计。伯肯妥耳夫早知普氏抱有革命思想,又见尼古拉一世遇普氏颇厚,因此不快,常欲设阱以陷害普氏。他的奸计便是写了几封匿名信送交普氏,信内告密,说当时贵族社交界的花——普氏的美貌的妻子娜达妮亚和赫克伦但德伯爵有不义的爱。普氏初不信此种谗言,不过增加他的烦恼而已。其后风声渐大,普氏不能忍,他的妻劝他与其为无根的事实所苦,不如赴乡间居住,但普氏愤极,已失理智,他为了名誉,便约期和赫克伦但德决斗。

1837年1月27日,在彼得堡的郊外,却尔那亚河的旁边,普氏和赫克伦但德伯爵相见,以手铳决斗。铳发而普氏受了重伤倒地,鲜血染红了地上的雪。警察总监伯肯妥耳夫知道了他们决斗地点与时间的时候,他以中止这一场决斗的负责者而派了几名警察,可是他命警察所走的方向,却与决斗的场所相反。普氏受伤后,招回他自己的家中,尼古拉一世闻报也派员慰问。重伤的普氏,命人将他的著作的全部放在枕畔,他的妻子和友人金可夫司基围着他。户外有许多人往来,探听他的病况。过了两天,到1月29日,普氏终辞此世而去了。民众悲愤他的死亡,知道决斗的真相的人,更是骚然。那时有一人驰入骚扰的群众之中,煽动狂热的群众,并散发他所著的悲悼普氏死亡的《诗人之死》的诗。民众之骚动愈甚,将有危迫的动作,那人遂为官厅捕去,被流到高加索,他就是后来有名的诗人李门托夫。四年以后,1840年7月15日,李氏二十七岁时,又因少女耶米尼亚与陆军少佐那尔兹衣洛夫在马休克山决斗而毙。

普氏死后,国内各阶级往吊者颇众,虽有各种悲悼的计画,均为官厅禁止。官厅因恐民众的示威运动,于暗夜将普氏遗骸运往司维亚多哥儿乌斯彭司基寺。

死刑台上的杜思退益夫斯基

1849年4月23日午前5时,杜思退益夫斯基因为某种秘密结社的关系,触了俄国的法网,他同社员三十人被官厅逮捕。到了次年的正月二十三日宣告枪毙,被带到塞拉色洛夫司基的空场。死刑执行官读了宣告文,便下死刑台去了。杜氏向他近旁的同伴低声道:"他们杀我们果为的什么?"那同伴没有回答,只默指放在台旁的用布蔽着的一排棺材。后来一个僧侣走上死刑台,问他们之中有无忏悔的人,没有一个回答的。可是僧侣拿出了十字架,大家都以唇近它。

兵士的枪已经装好子弹了,只在等候"放!"的命令,这时的恐怖,为杜氏一生所不忘怀的,后来他说。这时忽来了一个兵官,手中摇着白色手巾,急驰而来,横断广场,宣布减罪一等的敕诏。他们从柱上解缚的时候,有一个名叫格里哥里耶夫的同伴,因受惊过甚,至于发狂了。其后代替死刑的,就是流遣西伯利亚八年的苦役。

暴虐狂与受虐狂

法国著作家侯爵沙德（Marquis De Sade）生于1740年6月，十岁时入巴黎的路易鲁格南学校。他是暴虐的色情狂的元祖，Sadism 一语，就是从他而来的。有名的克拉案，颇足以见他的性格。

1768年4月，沙德遇见了一个三十岁左右的女子，那女子向他求布施，他很热诚地叫她到巴黎郊外的自己的家中去。第二天女子访询着来了。沙德领女子进他的屋内，直到一间屋顶的小室里，他忽然剥了女子的衣服，女子大惊，跪下求他，说自己是良家的女儿，求他饶恕。沙德俨若未闻，用手枪胁迫她，缚了她的双手，殴打她。女子的遍身受了鳞伤，沙德用膏药替她贴好，叫她睡在那里。第二天，沙德又去检视他贴的膏药，看看有无效验，再用小刀切女子的全身，复用膏药贴上，然后离开。幸亏那女子绷断了绳子，从窗口跳下逃走，于是沙德被捕，监禁了六星期，恤女子一百卢易了事。

1772年7月25日，沙德忽现于马塞，开了一个盛大的舞蹈会，女宾来会者颇多。他把一种名叫堪达尔敦的春药放在朱古力糖里面，给那些女宾吃了。那些女宾都骚动起来,有一个妓女从窗上跳下去死了,有两个女子中毒死了。他诱拐他妻子的妹妹逃往意大利(他结婚时,本想要他妻子的妹妹,因为妻子的双亲不许,没有成功,妻子的妹妹被送进修道院)。不到数月,那女子死了,他被捕送回巴黎。其后他自己做了一部小说,自白他的暴虐狂,即后世所传的 Sadism。

奥国作家马若(Sacher Masoch)以 1836 年 1 月 27 日生于喀尼吉亚的勒兹北耳市。十岁时他便有了性爱,他爱他父亲的亲戚库色洛比亚子爵夫人的美貌和缠在她身上的毛皮。他想博得她的欢心,努力为她做事,帮助她化妆。有一天他为那位夫人穿貂毛的拖鞋,跪在她的足下,吻了她的足,夫人微笑着用足踢他,他为一种不能忍耐的快感所打击。长大起来,他和许多女子发生关系,以被女性虐待为无上的悦乐,不虐待他的女子,他便不喜悦。他在 1870 年做好了受虐的色情狂(Masochism)的小说《该因的遗言》第一卷。他将与闺秀作家弗洛因非尔特结婚的时候,有一个不很漂亮的女子俄那柳门林戏谑似的向他说,她自己喜欢像他那样被虐待的男子,于是他便与弗洛因非尔特解除婚约,而去和俄那柳门林住在一起,至于养了孩子。同居以后,他求她用鞭打他,可是她不照他所求的做,他才悔恨这不是他理想的女子。他的妻子对于他的奇癖也觉愕然,因此二人间的生活陷于悲惨的境遇。后来他终于和她分离了,另出同一个适合他的欲望的女子结婚。1896 年 3 月 9 日,他死于林特海蒙村。奥大利的女性作家 F 氏,关于马氏,曾曰:"我还是一个小姑娘的时候,我读了《该因的遗言》极为感动。我尝致书于马若先生,说我自己是一个无名的门外汉,请他惠我以创作上的帮助。马氏给我极亲切的覆信,一年间我们的信件不断的往来。……一年后,马氏到维也纳来访我,他穿了毛皮的上衣,叫我用鞭打他,我笑谑地向他说:'你真要我痛彻骨髓地打你吗?'他答道:'是。'……我与他初次会面,受了极奇特的影响,可是马氏除了性的方面的奇癖以外,他是一个富于淡泊的同情心、有趣的人。"

兰姆姊弟的苦运

兰姆(Charles Lamb,1775—1834)的命运在英国文学史上是最阴暗的,因为母亲的血统,有了神经病的遗传,他在二十岁时曾发狂一次,失了意识。病愈后,在文学上有了许多贡献。他和诗人柯尔尼治友善,他们是同学。有一天,他的姊姊突然发狂了,病发时,她在无意识之中,用刀刺杀她的母亲。兰姆大惊,夺去姊姊手中染着鲜血的刀时,他们的母亲已辞人世而去了。他手中抱着疯狂的姊姊,一面看着倒在床上的母亲的死体,这时他的心情真不许我们想像了。兰姆的痛苦深深地嵌在他的胸里,但也只有忍耐,他曾将他的苦恼写了一封信给柯尔尼治。他的姊姊被送进疯人院,他朝夕去看护她,后来她的病也好了,姊姊二人合著的《莎氏乐府本事》(*Tales from Shakespeare*),没有一个青年不知道此书。兰姆和柯尔尼治的友情,终生不变,柯氏死后,兰姆郁郁不乐,终于不能长寿,亦随柯氏以去云。

诗人雪莱

英国诗人雪莱(Shelley,1792—1822)在牛津大学读书的时候,他是一个极端的无神论者。他攻击基督教,著《论无神论的必然》一书,分配于他的友人,并在杂志上登了广告。这样的意见在当时的英国被视为一个可怕的异端者,因此1811年3月25日,被牛津大学斥退。他不顾他父亲对他的反对,毅然照他自己所信的行去。

他是一个极用功的喜读书的人,差不多每一个时候,他的手里都拿着书的,在食桌上、寝室里、走路时都不放弃。他的朋友何克(同他一起被学校斥退的)说:"我从未见过像他这样读书的人,说他在二十四小时内,读十六小时的书,并非虚言。"

1822年,他在勒谷红去访旧友李汉特的归途,从司北家湾乘船,船名"东帆号"。他的友人兹勒劳尼另乘在别的船上,同时航行。那日天气极热,海上起雾。"东帆号"迷入雾中,未几,忽起大风,浪高如山,海中黑暗,夹以雷雨。兹勒劳尼在别一只船上,张望雪莱所乘的"东帆号",已不见踪影了。其后风平浪静,"东帆号"的踪迹终于未见。兹勒劳尼急将这消息告诉李汉特和拜伦,他们听说,都大惊失色。友人们搜索附近的海岸,也不见"东帆号"的碎片和雪莱的尸身。到了7月18日的那天,雪莱的尸身被冲到衣亚尼吉俄海岸,他的友人们才含着眼泪见着他了。他的上衣的袋里还装着耶司基拉斯的诗集和济慈的诗集。8月6日,拜伦、李汉特、兹勒劳尼诸人,火化他于海边,他的墓在济慈的旁边,即在他的爱子维廉的墓与济慈墓之间。与拜伦齐名的一代的天才,以三十岁的年龄而遭了惨死。

迭更司唱"莲花落"

英国小说家迭更司(1812—1870)自幼便生活于贫困之中,做了靴墨店的学徒。他的著作里描写贫苦的下级社会的生活极为深刻,他的态度是同情于那些贫苦人,他的悲愁的笑与天真的谐谑,意在使一切阶级的人知道贫苦人的生活中,也有善良的种子。他作《俄尼勿·推司特》(*Oliver Twist*)时曾说:"我于小俄尼勿,显示了一切悲惨逆境中的永存的善的原理。"他是一个滑稽、洒脱、不修边幅、不知世故的人。后来他的名声渐高,与社会上的绅士、淑女交游,但他的性格未尝稍变。有一次,他被招宴于舞蹈会,绅士、淑女、贵族毕集,华贵异常,但是他仍然穿着他平时的衣服到会,在众人之前,唱乞食歌给他们听,那些太太越是蹙额,他越是唱得起劲。他虽然这样的恶作剧,但没有一个人恨他,也没有一个人怒他的无礼。他曾说:"我一生不失一个友人,也不树一个敌人。"在他的性格里,只有柔和的心。可惜他虽为众人所爱,却不能充分地为一个女性所爱,那便是他的夫人。他和夫人的性格不能相合,虽同在一起生活了十六年,孩子也来了十个,终至于分居,度过他的孤独的生活,这在我们的文豪,未免有寂寞的遗憾吧!

金丸药与纸丸药

英国19世纪,写实派的勇将莎克莱(Thackery,1811—1863)著有《名利场》《亨利耶司蒙》诸名作。他的性质和俄国的杜思退益夫斯基一样,见了贫苦的人,忍不住不施舍的。他常借变名、伪名或无名,见了贫苦者,便送钱给他,以此为乐。他的朋友穷的很多,他听着友人困顿时,他便拿金币装在旧的丸药箱里,不书自己的名字,连同一封信送去给那人,只在箱上写上几个字:"每次服一粒,以应急需。"马考来穷的时候,也曾受过沙克莱的金丸药,至今传为美谈。

唯美派王尔德有奇癖,他每当与人说话,或读书、作文、思考时,常将手中的书信或稿纸裂为片片,将纸片团为小球置于口中,这种奇习,全然是在无意识之中所行的神经的动作,是无法可以止住的。

勃兰特

世界闻名的丹麦批评家勃兰特(Brandes)已于本年(1927年)2月20日死了。他著的《十九世纪文学之主潮》与《俄国文学印象记》二书,是人所熟知的。他在青年时代,曾激烈地攻击丹麦的社会及宗教的腐败,颇为一般人所嫉视,有人向他投石子。因此他在本国不能安居,流寓巴黎,后徙柏林,这时他的名声和作品,已为世人认识,国人才向他谢罪,集了四千克朗的钱送给他,迎他返国,那年是1883年。返国后,应国人之约,在哥本哈金大学讲丹麦文学十年,后将他的讲义出书数册,流传至今。其后哥本哈金大学酬谢他在文学上的功劳,赠他年金一千三百元,勃氏可算先辱后荣了。

鲍特莱尔的奇癖

法国高蹈派的诗人鲍特莱尔,生有奇癖,他喜听玻璃破碎的声音。他常到楼上以花钵掷下、破碎街上的商店的玻璃窗为乐。他喜欢黑人的女儿,献了许多恋爱诗于一个黑女。他不喜自己头发的颜色与别人一样,因染发使成绿色。在夏天他穿了冬衣,在冬天则穿夏衣,徜徉于街上。他喜欢的女子是奇丑的,如矮子、肥女之类。对于普通人所称的美女,他想将她吊在屋顶上,以便吻那美人的脚。在他写的诗里,"裸足的接吻"这句话是常见的。他是一个傲慢、嫌人、冷酷的人,他曾说:"对于他人不满足,对于自己也不满足,我在黑夜的孤独与静寂之中,救出自己……"

屠格涅夫轶事

屠格涅夫的《猎人日记》出世以后，因非难农奴制度，为政府注意。1852年，哥果儿祭典之时，他发表一篇吊祭哥果儿的文章，遂被监禁了一个月。那篇文章里，毫无一点危险思想的色彩，只有一句"俄罗斯文学界的神坛之火消失了"，政府说他以人比神的思想危险，因而入狱。

屠氏一生虽是独身，可是他也曾与女子有过关系的。他在1841年二十三岁从德国留学回来的时候，他和自己家中的一个农奴的美貌的女儿，名叫依凡洛娃的相爱，次年生了一个女儿，她在1864年，同一个法兰西人结婚。母亲依凡洛娃早就同屠格涅夫分离了，其后她同一个官吏结婚。女儿结婚的时候，她已不知去向了。

痛骂男女关系者

女性作家乔治·桑特痛骂法国的男女关系,她骂他们以恋爱为名,藉覆罪恶之面;蹂躏宗教上的结婚制度,攻击男性的横暴。她的杰作《因德那》与别的作品都是从这种见地去描写的,他不断地以社会为敌,和社会挑战,她是一个有勇气的女性作家。

十返舍・一九之滑稽

十返舍・一九为日本江户时代的滑稽作家,本姓重田,名贞一,别号与七(1764—1831)。阿司登(Aston)氏作《日本文学史》,称他的《道中膝栗毛》(膝栗毛为徒步旅行之意)为日本的 Pickwick Paper。一九性情豪放,不拘小节。早年入赘他姓,丧妻三次,奇行很多。有一次他去访问一个富豪,款待之后,继以沐浴,他觉得那浴桶很好,大加赞美,向主人讨取。主人将令使者为他送去,他坚执不肯,必须自己拿回。那浴桶是很不好拿的,他想了一个法子,将桶套在头上,途中见者无不失笑。他东冲西撞,不料撞着了一个武士,武士大怒,问他何以如此,他在桶中应曰:"戴桶者本难辨别东西。"武士听说,不觉愕然。又某年的正月初一,有一位书店的老板,穿着外褂和裙来向他贺年,他竭力劝那老板入浴,趁这机会,他借用了老板的礼服,到各处去贺年,半天才回来。归后书店老板正忍着寒等候他,他也不道歉一句,只说:"托你的福,我已拜过年了。"他六十八岁的那年,因病自知不起,便吩咐门人,说死后不可沐浴尸身,须立即火葬。他又取出一个小包,交给门人,说这是极珍重的东西,不可启视,必须放在他的身旁,作为殉葬之物。到他死后,门人照他的吩咐营葬,在和尚念经之后,照例引火燃棺,忽然棺内有声爆发,放出无数火球。那些含悲送葬的人无不大惊。后来才知道他命门人放在他尸身旁的,乃是一大包花炮。

南方熊楠这人

近年来,日本的出版物有好几种是值得一看的,创作方面如武者小路实笃的《爱欲》、藤森成吉的《牺牲》、岛崎藤村的《岚》,都是很好的。随笔杂文有新村出的《南蛮更纱》《南蛮广记》《续南蛮广记》;南方熊楠的《南方随笔》《续南方随笔》等作,这些在我国的著作里,是不易寻着的。

说起南方熊楠这人,他和孙中山还有一段因缘。孙氏昔年被驱进中国公使馆监禁着的时候,南方氏以友谊的关系,曾跑进中国公使馆内大骂,又用文字攻击。孙氏脱难,他也尽了不少的力。

南方氏的博学,在日本是稀有的。除植物学为他专研的学业外,举凡民族学、生物学、人类学、佛学,研钻颇深。留欧十五年,语言则通英、法、德、俄、义、荷兰、梵文、中国等。曾任英国博物馆的东洋部书籍目录的编纂,移译日本的古典多种,善作《都都逸》(俗歌之一种),也作和歌、狂歌、狂句。他对于粘菌的研究最深,据世界植物学的报告,至1926年止,粘菌的种数,本种、变种合计,共二百九十七种,其中由南方氏独立发现者共百三十七种。他用英语发表的《燕石考》,已有十二国的译本。

他十七岁就到东京进了大学,和文学博士芳贺矢一、俳圣正冈子规诸人同学。欢喜饮酒,不修边幅,但极用心读书。其后渡美,进了兰幸大学的农科,专研生物学与哲学,他以为植物学乃生物学中紧要的部门,故对于粘菌尤埋头研究。因贫常不给,买参考书也没有钱,遂受雇为马戏团的书记,周游南美、墨西哥、西印度、古巴等处,他的言语学的精深,便是由此来的。马戏团里的男女,常来请他代写情书,他的书记的职业,也极别致。漫游各地五年,他没有一日间断他的植物学标本的采集以及读书。

他的父亲死后,又飘流到英国,得了伦敦学会悬赏的天文学论文的第一名奖,声誉鹊起,被推为大英博物馆的东洋调查部员。1903年,佐伦敦大学总长吉金氏编纂日本古文篇,由剑桥大学出版,更译日本鸭长明的《方丈记》为英语,由阿稼教会出版。此外他尚有一种重要的工作,就是大英博物馆的东洋部书籍目录的编纂,将充栋的图书,一一加以题解,并说明著者及年代,这种目录极为学者所尊重。

他除开有好酒癖外,还有不洁癖与裸体癖。他在英国的旅舍里常不着衫裤,常被逆旅主人所驱逐,也没有女人爱他,到四十岁时还保持着童贞。他在外十五年才回日本,娶一个神社的司祭人的女儿为室,他从朝到晚检视显微镜,家庭与夫妇之乐在他是毫不在意,真苦煞了新夫人。他的脾气又不好,常常捣毁家中的什物。他很详细地记载每天的日记,甚至他结婚以来,和他妻子的一切至微至妙的琐事都记得一点不漏,兴来时便把日记捧在手里高声朗诵,羞得他的妻子掩着两耳逃回娘家去。他喜约朋友到山里去作"猥谈",他的"猥谈"据曾经听过的人说是天下一品,可惜不能写出来。

最近他仍在南方研究所里埋首研究,每天喝日本酒二升、啤酒二三瓶,睡眠四小时。"异人南方熊楠,我们的宝贝!"日人每每如此说。

华盛顿·欧文的家

距纽约二十五哩的地方,有一处名叫散里赛特的小市,傍黑逞河畔,有一间闲寂的小屋,那就是《见闻杂记》的作者华盛顿·欧文的家。

欧文的著物已经重版几千次了,他又做过了驻英美使的秘书,自己也做过驻西班牙的使节,但是他仍旧住在他的质朴的小屋里。

欧文氏是独身的,他曾一度恋爱女人,后来不幸她早夭了。失恋以后,他虽为世人爱慕,但他不再另觅爱人,他对于旧情的爱恋极固。他常以快活的心情,度过他的余生,他并不为徒然地悲叹,视已故的情人宛如存在,以慰藉他的创伤的心。

他在小而狭的家宅,粗末地过日子,他养着几个孩子,他的收入多半费在他们的身上,他自己无妻无子,他抱了他的甥侄辈来,养在家里,有九人之多。

夕阳落黑逞河畔,赤霞映着他的小宅,宅虽是那样的小,可是小窗内时时现出几个可爱的脸,满面的幸福之色,眺视着晚来的风景。

诗人与小鸟

美国的大诗人郎费洛(Longfellow)在少年时代,他的父亲是一个喜欢打猎的,有暇就肩着猎枪,跋涉山野。他也学父亲的样,得了一杆小枪,时时练习。不久他居然练枪练得很好,庭前树上的雀鸟,他都能击中了,他快乐得什么似的,带了猎枪到野外去。

他在树林里或山上去寻觅鸟兽,见了目的物,好举枪射击。他见一匹雏鸟在树荫里叫着,举枪一放,雏鸟应声落地,他心中好生得意,以为自家的技术不差。及至他拾取了雏鸟,仔细一看,他满面矜持之色,一变而为忧郁,眼中也流出泪珠了。

他第一次见着这可怜的小鸟的死亡了。一个能歌的、会飞翔的小鸟,一霎时,便不能动弹,不飞不啼,是怎样的可哀呢!

他含悲把雏鸟放在怀里,无气无力地执着小枪回转家中,将鸟尸放在小箱子里,埋在庭隅。

他作了好几首诗,抒写他的悲怀,这便是大诗人作诗的初步,以后他永远不负枪打猎了。

一切伟大的艺术，无不始于同情心。惟有同情，然后才可以产出不朽的、真情的作品。这段小小的诗人的故事，颇足以证明这几句话是不差的。

巴尔札克的收入计划

巴尔札克他想作一篇剧曲发财,某日,与友人安利·莫勒叶在街上散步,巴氏自述他打算写一篇剧,并作下列的计算:

"此剧可以上演百五十回,一回的票价平均收入五千法郎,总计收入七十五万法郎。巴氏可在其中得百分之十二的分润,至少也有八万法郎。在舞台以外,别的收入也有五千法郎左右,剧本一册售价三法郎,三万部是可以销售的……"

莫勒叶听得不能忍耐了,他说:

"朋友!就是五法郎也好,请你就该款内借给我好吗?"

巴尔札克的想像力

法国写实派的先驱巴尔札克是一个有名的想像家,以梦为事实,在他是极平常的事。有人说,他在青年时,贫甚,住在阁楼上把水浸润着枯焦的面包时,他用粉笔在食桌上画出别的食器的形式,并在其中写上自己所想吃的美味的名字,据说这样已领略了山珍海味的香气了。

他想学他的小说里的人物的奢华,他便想像自己的生活怎样的奢侈豪华。例如他在纸上写上一万法郎,把这张一万法郎的纸币放在怀中,他便自以为不必借钱,不怕见催债人的涩面了。

在他的脑里,实际与想像是没有区别的,他真是一个 Romantist。

有一天,他的友人来访他,走进他的屋内,他突然立起来说:

"她终于自杀了呢!"

友人吃了一惊,退了几步,及至仔细问他,才知道他所说的自杀的女人,乃是那时他正写着的小说里的人物,一个不幸的女主人翁。他这样地热心于他的工作,所谓架空与事实,在他竟无所谓区别。

哥德的晚年

德国诗圣哥德晚年对于谈话中插入无关的话,是他最不喜的,当讨论艺术、科学的问题时,有人说了无谓的戏言,他便鼓着他的大眼睛对那人道:

"这些尘芥般的话,请你们拿回家去藏好,不必带到我家里来!"

勃莱克的幼年

维廉勃莱克(William Blake)生于1757年11月28日。他的父亲是一个很穷的靴匠,从早到晚,做靴子去卖,或是替人修补破靴,脸上带着红色,人又矮又胖,又爱生气,他发气的时候,就用钉锤敲那做靴子的牛皮。

他的母亲很好看,脸也很白,性情温和。

维廉六岁的时候,伊每天领他到幼稚园里去读书。

维廉是一个聪明正直的小孩,决不说一句诳话;但是他的邻近的人,都叫他作"扯诳的威廉",不把他说的话当作真的。

有一天,维廉从幼稚园里回来,走过公园旁边的路上,他看见很奇怪的事了。那公园里一棵很大的松树上,发出黄色的光,绿色枝叶之中,有五彩的光射出来,他用心一看,松树上有许多好看的仙人。"嗳呀!"他吓了一跳,一口气跑回家去了。到了家里,他把刚才看见的,告诉他的父亲,并且说:

"爹爹!你去看呀!赶快到公园里去看呀!"

"真的吗？维廉！"

"我不说诳的！那些仙人还生着翅膀，在树上跳来跳去呢！"

"有这样希奇的事吗？"

他的父亲说了，把钉锤放下，脱了围腰布，揩揩头上的汗，就跑到公园里去。

邻舍的小孩们看见靴匠匆匆忙忙地跑去，大家说道：

"不晓得公园里有什么事，靴店里的爷爷已经跑去了！"

"去看呀！去看呀！"

大家追在维廉的父亲的后面去看。

到了公园，那松树林里静悄悄的，什么也看不见。他的父亲非常生气，走回家来，骂维廉道：

"你这说诳的东西！"就用钉锤打了维廉两下。维廉哭起来了。

过了十天，他又说出希奇的事来了：

"爹爹！妈妈！不得了啦！快点来吧！快点把窗子关起来！"他的爹爹妈妈不知道是什么事，以为总是什么地方失火，大家都吓得跳出屋外来，问维廉道：

"什么事？维廉！"

"赶快把窗子关上，我看见一个美丽的仙人正由那窗上飞进屋里来……"

"在哪里？在哪里？"

他的父亲走进屋去，关上窗子，到处寻找，什么也看不见，又发起气来，打了他一顿。他的母亲也骂他说：

"你总是说谎！"

像这类的事，维廉时时说出来，使得大家都不安。幸亏他母亲很好，看他这样，就很注意，心里想：真是奇怪，我们看不见的，这孩子看得见也说不定。所以此后遇着父亲打维廉的时候，母亲就卫护他。

后来维廉不讨别人的厌了。他把别人看不见、自己所看见的东西，拿来做材料，慢慢地学作诗、学绘画，成了一个能作诗能绘画的少年了。

有一天，他的弟弟生病，睡在床上了。这是他一生最不幸的时候。不知他又看见什么奇怪的事，十天十夜都不睡觉，看护他的弟弟。就是他的母亲每天也要稍微睡一睡，他简直眼睛也不合地守着。到了第十天的下午，他忽然大声叫道：

"呀！现在弟弟要升天了！"

他说了之后，就倒在床上，睡了三天三夜，也不吃饭，也不翻身，大睡一觉。

他倒在床上不到十分钟，他的弟弟果然死了。

听说死了的弟弟常来伴他，讲做诗的话。别人全看不见，只有他一个人在黑暗的屋里，很快活地画图画，并且说话。

没有谁人，相信维廉遇见的事是真的。

他后来成了一个有名的诗人和画家，因为他从小就奇特，所以后来做的诗也很奇怪，意思是不容易懂的。

拜伦的幼年

从前法国有一个拿破仑，他提着一口剑扰乱欧洲，这是大家知道的。英国有一个诗人叫拜伦，他手里的一枝笔，也震动了全世界。无论老人或者少年，读了他的诗，胸里都觉得有点跳跃。他不仅是一个诗人，也是一个有侠气的英雄，他能够扶弱锄强。他看见希腊受了土耳其的压迫，他就帮助希腊独立军起义。他的豪侠的行动，是千古不朽的。

他生于西历1788年，没于1824年，死的那年，还不到三十七岁。今年是他死后的百年纪念，世界各国的文学界都开会追念他。现在我把他幼年时代的故事，写在下面。

欧洲在11世纪的时候，海盗很多，那时的欧罗巴，还是未开化的土地，人民对于海盗的横行，也没有方法可以抵御。因此海盗时时袭击欧洲的海岸，抢夺金银、土地、货物。当时海盗中势力顶强的，是由欧洲北部斯堪的纳维亚半岛来的海贼。有一个名叫约翰的人，做他们的首领。

约翰的身子有七八尺高,脸色是红黑的,形像很可怕,他时常带着他的部下,到处劫掠。北部欧洲与地中海沿岸的人,没一个不知道、不怕他的。如果某人凶暴,便借用他的名字来比喻,说:"你真像约翰!"又人家的小孩吵闹泣哭的时候,只消说一声:"你若再哭,那约翰就要来擒你去了。"小孩就骇得不敢哭。由此我们就可以想见约翰的为人了。

他住的地方是没有一定的,有时在葡萄牙,有时又在马赛。有一次他率领部下的海盗,占据了法国的洛曼德,他命一个名叫威廉的管领那个地方。他依然带着部下,各处流浪。后来他同威廉去攻打英吉利,就决定住在那里,并且悔恨做海盗是不名誉的事,就此收手了。英王亨利八世,还将纽斯达特寺赐他,他终成为一个安分的好人了。

欧洲的人,许久不听见约翰,大家的心里很欢喜。以为像他这种人一定掉在大海里,被鱼吞了,从此可以高枕无忧了。有谁知道他不但没有死,反在英国变为有名的好人呢?

这位约翰先生,就是诗人拜伦家的祖先。

由约翰传下来有五六百年,就到了拜伦的父亲约翰拜伦,他与嘉塞林结婚,在1788年1月,伦敦的波尼斯街生了拜伦,取名叫佐治。那时他的父亲渐渐贫穷了,生活很困难,讨账的人时时到他们家里来。后来没有法子,就由伦敦移到苏格兰的阿伯敦乡间去住。那时他还在吃乳,他的父亲母亲的苦处,他一点也不曾知道呢!

到了阿伯敦没有许久,就发生了不幸的事,他的母亲每天抱着他流泪,有时他在母亲的怀里熟睡的时候,他的母亲的热泪,落在他的脸上,将他惊醒,他也不知道是什么原故,只是不见了每天伴着他们的父亲。他见母亲泣哭,他张着小而带青色的眼睛寻他的父亲,叫道:

"爹爹!"

"乖乖!不要嚷了。爹爹就要回来了。"

"爹爹到什么地方去了?"他的母亲听了,更是伤心,只好答道:

"爹爹吗?爹爹去买玩具去了。你好好地睡着,马上就要回来了。"

但是经过了几天,还不见父亲回来。他因为想要玩具,口里时时嚷着:

"妈妈!爹爹去寻好看的玩具去了吗?为什么还不回来?……我也不要玩具了,只要爹爹早点回来……"

他这样地嚷着,他的母亲更加悲哀。父亲终于没有回来,竟至舍弃了他们,不知到什么地方去了。

有一天,他一个人在屋子的邻近玩耍,和暖的春日,射在道旁的花草上,黄色的蝴蝶飞来飞去。阿伯敦的附近,有一条小河,他慢慢地就走到河边,看见一个人在那里钓鱼。那人换了几次饵,都没有钓着,他一面钓鱼,一面很忧愁地默想。拜伦走到他的身旁,叫道:

"爷爷!"

"哦!"那人答应一声,仍然钓鱼。

"你钓着了吗?"

"还没有钓着啦!"

"爷爷不会钓鱼呢!"

"我钓得很好,你瞧着,就要钓着了。"

那人口里和他说话,眼睛看着水面。拜伦又说道:

"爷爷!你认识我的爹爹吗?"

"你的爹爹叫什么名字?"

"叫约翰拜伦。"

"约翰……约翰拜伦?"

不知什么原故,那人的脸色忽然变了。他听了约翰拜伦的名字,他才仔细看拜伦的脸。

"那么,你应该是佐治了!"

"是呀!我就是佐治拜伦。你怎么知道呢?你知道我的爹爹到哪里去了?"那人听了,很迟疑地说道:

"到哪里去了吗?"说话时,水面上的钓竿微微地动着。他叫一声:"得了!"就赶紧提起钓竿,一尾青鱼,已经上钩了。他向拜伦说:

"如何?爷爷不会钓鱼吗?要拿回去烧来吃啦!"话还没有说完,青鱼早被他投入竹笼里去了。

"这次再钓得了,就送给你。"

"我不要鱼,请你告诉我,爹爹到哪里去了!"

"真为难了!"钓鱼的人迟疑地说,眼腔里含着眼泪,一会儿又说道:

"你的爹爹究竟是到何处去了?"

"妈妈说'爹爹去买玩具去了',到今天还不见回来。"

"是呀!也许他去找顶好的玩具去了,所以一时不能回来。"那人说话的声音,带着悲伤的调子。

拜伦玩了一会,就和钓鱼的人告别,从原路走回来。他在路上走着,心里总记着那钓鱼的人。走到半路,又走回小河边去,想再问过明白。等他回到河边,钓鱼的人已经不知到哪里去了。

从此以后,他出门游玩,总到这条小河边来。他想再和钓鱼的人相会,可以知道他父亲的去向。不料来过几次,都没有会着钓鱼的人。

有一天,他从小河边回来,走到教堂的附近,忽然有一个人在后面拍他的肩膀一下。他回过头来,不觉吓了一跳,原来是他每天怀念着的父亲,立在他的面前。他呆立一会,才叫一声:"爹爹!"他的父亲把他抱起,也叫一声:"佐治!"

"爹爹! 你到哪里去了?"

"……"他的父亲也不回答,眼腔里流出眼泪来。

"你不要再去了,回家去吧!"他拉着父亲的手就要回去。

"佐治! 等一会。"说话时,他已经被拜伦拉走两三丈远了。

"快放手! 我不再到别处去了!"

"快点回去吧! 妈妈等得久了!"

他的父亲又含着眼泪说:

"妈妈?……我还有许多事情,所以不能够回家去。不如到我的家里去玩吧!"

"你的家在何处呢?"

"也在这阿伯敦……你今天遇见我和到我屋里去的事,不可以告诉妈妈知道,倘若你要说,我就一个人回去了。"

"我不说的。"

"好孩子！我们走吧！"

拜伦和他的父亲在大路上走了一会,他紧紧地握着父亲的手,恐怕他逃去。到了一间三层楼的小旅馆,父亲就指着说道:"这里就是我的屋子。"一进门,就看见从前在小河边钓鱼的那个人坐在柜台里,拜伦见了,叫了一声:"爷爷！"那人看见拜伦,也笑着叫道:"哥儿来了！请进来！"

他的父亲坐的地方,是三层楼上的一间小屋子。屋内的白壁上也没有什么装饰,只挂着一张风景画,一张粗糙的床和玻璃门的书箱,三把椅子。屋角的小桌上,有一个花瓶,瓶里插着两三枝樱花,此外就没有什么东西了。

这一天,拜伦和他的父亲很快乐地度过。两人坐在小桌边,吃朱古律糖,又看画帖。

拜伦回去的时候,父亲叫他常常到这里来玩。但是决不可以告诉妈,如果说了,以后就不能会面了。父亲牵着拜伦下楼来,送他到街上,要分别的时候,父亲抱着他接了一个吻。

从那天起,拜伦没有一个时候忘记父亲的住处——小旅馆,他每天都要去一次。到旅馆去的时候,那钓鱼的人、父亲屋里壁上的风景画、小桌子、朱古律糖,都没有变动,他真是快乐极了。

这样的相会,已经有十五六天了。有一天,他走进父亲的屋里去,看见一切东西都没有了,他急忙跑下楼来叫那钓鱼的人:

"爷爷！我的父亲呢？"

钓鱼的人正伏在柜上瞌睡，被拜伦叫醒了，不知是什么事，睡眼朦胧地答道：

"爹爹吗？……"

"我的爹爹到哪里去了？赶快告诉我！"

"爹爹去了！到法国的巴南希地方去了！"

"真的吗？他什么时候去的？"

"今天朝晨。"

"爹爹呀！……"拜伦在旅馆里放声哭起来了，钓鱼的人只得温言安慰他。

"到法国去的路远吗？"

"远啦！"

"我此刻去追爹爹，赶得上吗？"

"此时爹爹已经上了船，在海上走着了。"

拜伦除了悲恸，也没有别的法子，连声叫他的爹爹。后来哭着回家去了。

到了第二天，他想起了他的爹爹，他又到旅馆里去，拜托钓鱼的人：如果父亲回旅馆来，赶快通知他。

他每天到旅馆里去，钓鱼的人依然伏在柜上睡觉。拜伦将他叫醒，知道父亲还没有回来，这时不知哪里来了一个恶少年，看见了拜伦就来欺负他，用竹帚打他，但是他都能够忍耐。

过了几天，他再到旅馆去，钓鱼的人也不见了，只有那恶少年坐在那里。他也不愿进里面去,一个人没趣地走回来了。刚刚走到自己的门外,他听着屋里发出哭声。他走了进去,原来是他的母亲伏在椅上哭,他急忙跑上前去问道:

"妈妈为什么哭呢?"

"唉!佐治!爹爹死在法国了?"

"……"

"爹爹的朋友寄了信来。"

他的母亲哭着,手里还拿着一封信。拜伦的年纪还小,不能读那封信,只有靠在母亲的膝上痛哭罢了。

拜伦的脚,生来是跛的,到现在更加跛了。他的母亲很心焦,请了许多医生诊治,都没有效验。这时不知怎样,他的母亲的脾气忽然变了。从前伊的性质很温柔的,现在变成凶恶的了。因为一点小事,也要生气,好像害了歇斯的里病。

到了八岁,他进了小学校。每天在学校里的时候,有许多朋友在一起,很是快活,到了散学回家后,他的母亲时常骂他。他将书包放在桌上,想要休息一会,他的母亲看见了,就睁着眼睛骂他说:

"佐治!你在做什么?还不赶快读书吗?"

他听了,吓得不敢作声,从书包里取出书来,"ABCDE"地读着,读了没有几声,他的母亲又将他抓下椅子来,骂他道:

"为什么读得这样大声呢?真是讨厌,不用读了,出去玩吧!"

拜伦又将书藏好,出外游玩。他正和小朋友们嬉戏的时候,他的母亲忽又跑来骂道:

"佐治!你每天总是贪玩呀!"

他没有法想,只好中止嬉戏,回家去了。

有一天,他的母亲在井旁洗碟子,他立在窗内看,他的母亲忽然拿了一个碟子,向他掷去,把他的额角打出血来了。

因此他在家里,总是提心吊胆的,母亲在屋里的时候,他躲在椅子背后,不敢出来。有一次,他躲在椅子背后的时候,外面有人叫他的名字道:

"佐治——"

他听这声音,知道是好朋友哈尼斯来了。他答应一声:"请进来呀!"哈尼斯进屋里,四处寻他,不知他在哪里。

"喂!佐治!你在哪里!"

"在这里!"

"哪里?"

"这里哪!"拜伦说时,用手轻轻地敲椅脚。

"啊!你坐在这里做什么?"

"没有做什么,赶快到这里来吧!"

哈尼斯不知什么原故,走到椅子背后,屈着身子,同他坐着,问他道:

"你为什么要躲在这里?"

"我怕妈妈打我!"

"那么我以后不敢来玩了,要来,除非穿着铠甲来。"

"不,你来时,在椅子背后玩玩,是不要紧的。"

两个人正说着话,母亲跑到屋子里来,喘着气:

"吓!吓!"

他们二人听了,气也不敢出,看见她在那里脱衣服,衣服上沾着泥土,嘴里"哼!哼!"地叫,用力将衣服撕破了。

哈尼斯见了吓得发抖,小声地说道:"我要回家去了!"拜伦急忙用手止住他。直到母亲走到别间屋里去,哈尼斯才悄悄地溜走了。从此以后,拜伦的小朋友们,没有谁敢来和他玩了。

拜伦因为家里无趣,所以常时到外面游玩。有一次,他和朋友们做"捉迷藏"的游戏,轮到他去捉别人,眼睛被布蒙着瞧不见,不料被石绊倒了,衣服弄脏了。回到家里,仆人玛丽(一个老婆婆)看见了,说道:

"哥儿!你看!衣服又弄脏了,妈妈看见又要骂了!"

他听说,急忙将外衣脱下,只留一件衬衫。把脱下来的衣服,用力撕破了。

"唉!哥儿!这可了不得哪!"

他不慌不忙地答道:

"我学我的妈妈!妈妈的衣服脏了,她也是这样撕破的。"

他的妈妈发怒的时候,自然是可怕,有时又好言训诫他说:

"妈妈家里的祖先,是乾姆司一世(英国的皇帝)的公主阿娜柏勒,你长大来,要好好地继承这门阀哪!"

这样的话,时时印象在他的脑里。

拜伦进阿伯敦小学校的时候,跛足的病更加重了,并且身体长得

很肥大,所以他不能够运动。一个人站在操场的角上,看别人打庭球,有一个顽皮的学生名叫印司的,向他说道:

"拜伦!我们两人去打球好吗?"

"我不会!"

"不会?你敢反抗我吗?"

"谁反抗你呢?"

"那么,你照着我告诉你的做吧!"印司跑去拿了一个竹篮来,叫拜伦放一只脚在里面,拜伦没有法子,只得照他说的做了,印司又说:

"你就这样地绕着操场走一个圈子!"

这时拜伦气极了,握起拳头,想要打印司。他又转念想道:"我何必打他呢?让旁人看了,评判一下,看是他错呢?我错?"他的拳头终于没有发出去,只得忍气穿了竹篮在操场上走。

他的身体肥大,像一个皮球一样,一只脚穿起竹篮,一只脚又是跛的,一拐一拐地在操场上走。大家见了,笑得前仰后合的,声音震得远处都可以听着。这时拜伦气极了,忍耐又忍耐,可是眼里已有泪花转动了。

拜伦到学校里去,必定经过一条街,街上有一个乞丐,每天都站在那里,拜伦走过他的面前,他便跟在后面,学他走路的样子。又做出可怜的声音叫道:"老爷!太太!给可怜的乞丐一个钱吧!"过路的人看见,也忍不住好笑了。他们两个人,一个真跛,一个假跛,在街心走过,很使人家注意,反有人肯拿钱给乞丐了。

拜伦立在镜子面前,想到学校里所遇见的事,觉得不可忍耐了。

"哼！你侮辱得好呀！"

他咬着牙齿,好像即刻要去打印司一般,口里咕哝道:"可恶的印司,你好好记着!"于是他心里打算如何去报仇,或是趁他不防的时候,在后面推他跌一个筋斗呢？或是打一拳的好？再不然去告诉先生吗？一会儿他忽然想着了一个计策,用手在膝上拍了两下,自言自语地说道:

"得了！得了！我好蠢呀！我受他的侮辱,是因为我不会打球,不能运动。好的！从明天起,我也打球打拳,我不信跛足就做不来这些事呀！"

他下了决心,从第二天起就努力学运动,又恐怕还要长肥,肉也不吃,又时常吃果子盐,肚里饿的时候总是忍耐着,只吃一点饼干和水。

这样做去,过了一年半,学校里开运动会,节目里有一节是打拳。恰好轮到他和印司二人比赛,在许多人的面前,他们二人走了出来,听着指挥者的笛声一响,就你一拳我一拳地打起来,争斗的时间很久,看的人都以为跛足的拜伦一定要输,后来印司的气力渐渐减了,拜伦正打得起劲,"噗"的一拳,就把印司打倒在台上,旁观的人都拍手欢呼,庆贺他的胜利！

1798年5月,拜伦的伯父死了,由拜伦承继财产,他的母亲带着他和用人玛丽到英格兰去。后来就住在拉丁根,请了一位名叫洛却士的教师到家里教书。拜伦得了教师的指导,他的学问增进了不少,但是他的脚渐渐跛得厉害了。

洛却士看见拜伦这样，就告诉他的母亲，快点请医生来诊治。后来请了一位医生，因为医术不精，也没有治好。在旁人看他的样子，替他着急，但是他却很安然，每天仍旧跛着脚用心读书。

那时拉丁根地方，来了一个巫婆，伊自称是天上的神叫她来的，无论什么事情她都能知道，有人问她道：

"老婆婆！我们死后，是怎样呢？"她庄重地答道：

"我们死后，是到月世界里去的。"

她信口胡说，有许多无识的人给她很多金钱，并且喜欢地说："我们死后，就要到月世界去旅行了！"

惟有拜伦，他不信巫婆的话，心里恨她，要想一个法子惩治她。有一天他听着街上的人叫道：

"未卜先知的老婆婆来了！"众人赶忙跑去围着她。

拜伦走近巫婆的旁边，叫她一声，她也不答应。拜伦生气了，大声叫道："老婆婆！"她才看拜伦一眼问道："什么事？"拜伦道：

"我有一件事情托你，我的足跛了，不久就要死了，死了之后，怎么样呢？"

"死了之后，就到月世界里去，你拿钱给我，我可以使你变成菩萨的弟子。"

"哼！坏虫！"

他骂了巫婆几声，就回家去了。坐在屋里，越想越气，他就写了一首诗，诗的大意是：

> 拉丁根的街上,
>
> 有个巫婆来了。
>
> 她说:
>
> "你们死了,怎样呢?
>
> 无非到月世界去罢了!"
>
> 巫婆呀!你死给我们看呀!
>
> 你死了到月里去旅行,
>
> 将我的爹爹带回来!
>
> 我的爹爹也应该住在月里呀!
>
> 你说的话有根据吗?
>
> 你这坏婆子说的话,
>
> 有谁当作是真的。
>
> 你死给我看呀!
>
> 你若死不去,
>
> 赶快离开拉丁根!
>
> 滚开去!滚开去!快去!
>
> 逃到月世界里去!

拜伦将这首诗写了五六张,贴在街角的墙上,巫婆看见了,知道有人要戏弄她,就逃去了,以后就不再来了。

1801年的夏天,拜伦十四岁的时候,他进了哈路学校,先生很称赞他,说他将来必成伟人。到1805年10月,他出了哈路学校,进了剑桥的三一学院。过了三年,在1808年,他二十一岁的时候,就得了学位,他生来具有的义侠心,也随着他的年龄并进了。

他在三一学院的时候,是很可纪念的。在校时(1806年11月),他的第一部诗集出版了,但是这时也是他最悲恸的时期。当他要卒业的时候,有一天,校役送了一封信给他,他看了信封,知道是仆人玛丽写的,拆开来看,信上写着:

"母亲因急病逝世,请速回家!"

他看完了,流下泪来,只得收拾行李,回家去了。

1809年,拜伦二十二岁的时候,他到希腊去了。希腊是欧洲的文明国家,如像哲学家亚里士多德、柏拉图、英雄凯撒等,都生在希腊。他们的文明,正如春天的日光,照遍大地。在古时是最强盛的,不幸到了这时,受了土耳其的欺辱,就成了一个衰弱不振的国家了。

拜伦到了希腊,往各处游历,看见希腊国家的萎靡、人民的瘦弱,他的眼里就含着同情之泪,他痛恨土耳其的无理,想要替希腊人民尽力。

他这时做了一篇长诗,名叫《东藩》。诗里写一个诗人唱着一首歌,歌的意思就是悲悼希腊的,并且叫希腊人民快些醒悟,不然就要忘(亡)国了。

他的这篇诗很有影响,鼓励了希腊的人民,后来他们就反抗土耳其,宣布独立。拜伦也回到英国带了两只船,载着粮食和兵器去帮助他们,同拜伦到希腊的有特尼洛立、比特洛、布鲁洛、司考特等人。

那时希腊人民听说拜伦来了,大家都欢呼道:

"我们的救星来了!"

拜伦的船停在米梭龙吉港口的时候,市民们都发狂似的欢迎他,放炮祝贺他,奏了欢迎的音乐,大叫:"拜伦万岁!"推他为希腊独立军的总督。

他带着军队和土耳其打,战争极烈,占领了许多地方,擒了许多敌人。那时俘虏中有一个八岁的女孩名叫哈达吉的,拜伦看见了,立刻叫人送她回她的家里去。后来那个女孩不肯回家,情愿住在希腊,可见拜伦真能感动人哪!

拜伦因为战事,辛苦疲劳,加以米梭龙吉地方气候不好,就染了病。病势一天比一天加重,延到1824年4月19日,这位义侠的英雄诗人,就逝世了。

他将死的时候,说了一声:"我要睡了!"

拜伦死后,希腊的人民,如同丧了父亲一样的悲哀,官厅学校都休业追悼他,举行国民葬仪,将灵柩送回英国,葬在哈克莱尔寺中。

到了今年(1924年),他已经逝世一百年了。但是这诗人拜伦——希腊独立之父!义勇之神!——的名字!将与地球终古哪!

水沫集

序

我喜欢用"随笔"的形式写我自己的感想或是介绍国外的著作。随笔与其他的杂文都具有特殊的效能,常常能够兴奋阅者的精神;随笔是各种文体中比较容易写成的一种,可以随笔写去(Following the Pen),不必要什么伟大的构想与整齐的形式,可是要写得好也不很容易。国内的Journalism到如今依然不常见富有情趣的小品文字,就可以知道我们对于它是怎样的忽略了。

五年以来(1923年到1927年),我很想学写这一类的文字,使阅者在读罢皇皇大文之后,稍稍改换口味,正与饱餍珍馐后尝尝盐菹是同一个用意。可是终是没有成器,原因就是因循,生活的挣扎与素养的不足,等等。

现在搜集了几篇,印成一集。这些文字,仅仅是当作一个小小的结束,始获有它的存在的意义。我对于自己所写的文字常常是不以为满足的,因此之故,这个集子的价值,也如同水沫一样,所以便用"水沫"为名。这样名称曾为日本明治时代的作家森鸥外博士用过,博士的原书所收的是译文,用意与性质都与我的有点不同。

这集内有两篇创作(《往事》与《夏茂冬枯》)。《往事》只可以称为一段感伤的插话(A Sentimental Episode);《夏茂冬枯》是写给儿童们看的,题材取自希腊神话。最后的两篇是我的读书录,虽不是随笔,也都收入集内了。

1928 年 9 月 1 日于上海北郊

三味线

日本民族有几种很好的气质,如恬静也是其一,在女子更容易显现出来。由于气质的恬静,可以做出许多富于趣味而又雅洁的事物,使得日常生活一点也不觉呆板;虽有暴戾之气,即可借此化除,其功效当在张天师的法宝以上。比如同一样的饮茶,我们拿一把大壶,将茶倒在大玻璃杯里,骨突骨突地喝了下去之后,用手巾抹抹嘴唇;或者采用极便利的方法,伸出舌头来舐一舐,就算完事。可是日本的女子在未出嫁以前,就得先学习"茶道"。对于进茶的仪式、茶壶、茶杯、茶叶、茶盘、泡茶的开水、开水壶、茶叶瓶,都有仔细的研究。又如插花在花瓶里,对于这事没有兴趣的人,不免将二尺来高的蜡梅,插在一个细颈瓶里,又怕那瓶支持不住,便在墙上钉了一粒洋钉,再用细麻线,一头系着花瓶,一头系在钉上,这是勉强"对付"的插花法。讲究点的也不过在水仙花盘里多置一些桃源石子,每逢集会,铺着雪白的白布的长桌上虽也有几个花瓶,但那瓶里的花总是参差不齐的,花的颜色并不调和。好在注意这些细事的人本来就少,而且无关于"大雅"，也就没有人去理睬他了。将花插在瓶里，要怎样才整齐、好看、配合，只有研究西洋画的学生与教师在写生静物时，肯费心思在这上面，此外知道注意的人很少。日本女子除了"茶道"之外，还得学习"生花"，都有专门的教师传授。如花瓶、花的种类、姿态、光线、颜色、陈设诸端，须学习二三月方能毕业。所谓毕业，并非混混了事，教师任择两枝花交给学习的人，学者接了过来，摆好花瓶，随手插了进去，果然摇曳生姿，疏落有致，不必用手再三改正，这才算是学好了一种技艺。

"这是他们男子压迫女子的手段，谁不晓得。"也许我将受到新女子的这样的抢白也难说。但是事实总要成为事实的，到现在还没有什么铁证。我只得认为这是他们丰富自己的生活的法术，从这些细事，可以观察一种民族的性质。即使我们要获得参政权，但若每日有一小时或少至五分钟的抒情的生活，我想也不致妨害了什么工作。类于这些情趣生活方面的琐屑，应该看作，筑成一条宽大的人生道路两旁应有的点缀。假如某人正研究什么国故，而身上的尘垢可以刮下来过磅，未免太刻苦过于了！我不懂什么叫做生活之艺术化，我却奉劝从事研究或工作的人，应以十分之六的精力出于学究的态度，而以十分之四出于兴趣，否则人生必将变成化石，危乎殆哉！

日本的男女是最懂得情趣生活的人类。方不盈丈的小庭园，他能布置得精雅曲折。用一盘油沙和两块小石，他能做出一盆澹远如绘的海岸的盆景，这是从技艺方面看出来的民情。又在文艺——如短歌、俳句、俗谣、端呗——上面也可以看出。日本女子于正式学业之余,学习花道、茶道外,还得习端呗、谣曲,欧化的(即所谓 Modern girl)自然去弹她的 Piano。有时散步到郊外,走在短树夹径的沙石铺的道上,听着三味线和着的小吹的声音,从绿荫掩着的房屋中漏了出来,使我们这些被故乡放逐了似的 Loafer 憬慕她们的恬静与沉着。又走进都市,虽然也有一种不能避免的喧嚣,比起上海来总从容得多。有了什么正式的宴集,或开什么会议,又或学校行毕业礼后的同门会,尽可冠冕地叫艺伎来喝酒唱歌,她们来了也只是酌酒、唱歌、弹三味线、说笑,彼此在那一刹那的态度,的的确确保持着恳挚堂皇的态度,并未定了非送烟卷一支过去,以及说"请过来"不可的规律。(这是听得来的,确否待证)如其要有什么花样的话,必得掉换地方、掉换人物。这样的举动如在我们中国,早就被礼义的大刀队斩头了;好在永远不会有的,但如在暗中鬼鬼祟祟、偷偷摸摸,则又尽可"网开一面",学校里的学籍决不至于开除,操行分数至少必为 Full mark 了。

从前北京的国会议员常常闹着飞墨盒、掷砚台的把戏,如果他们有模仿日本人的聪明,在开会时叫几个妓女来侍坐,想来那贱骨头也会被制服着了的吧。日本从前的会议也时时大闹,不容易议好一件事。有一次正在掷水壶的时候,忽然一个艺伎抱着三味弦走进议室来了,她在闹哄哄的当中,拨动她手中的三味弦,宛转地歌道:(大意)"可以了的,就给了吧!"她的歌声自然不是像我写在纸上这样的单调。歌声未止,满室的喧嚷顿寂。悦耳的声、悦目的色,把一个个糊涂虫呆住了。艺伎未走,大家鸦雀无声的,居然议好了这个事,艺伎大约是议长老爷去请来的。如今世界文明,日本的国会早已不请艺伎来监场了，但在我们中华，未始非对症的药吧。

三味线(Sanmisen)有这样的魔力，并非偶然的。这是日人的邦乐，在声曲中支配各阶级的人士。(邦乐中还有尺八，声音凄凉，欢喜的人不若三味线的多)它的构造和我国的三弦同，只是形式有别，弹法也不一样，据说从琉球传到日本已有三百六七十年了。最初只有两弦，后来由泉州界的琵琶师中小路加上一弦，合成三弦。举凡日本的音乐、舞踊、演剧都离不掉它。三味线既是一种俗乐，故以和俗歌为主。精于三味线和俗歌(小呗)的人是自庵隆达坊，其后有弄斋坊。可与三味[线]和唱的歌曲很多，先有组歌、长呗、隆达节、弄斋节，小呗中有柴垣节、加贺节、离节、投节、土手节、小室节等，更有大津绘节、端呗、歌泽节、都都逸及其他的俗谣。音调是沉着悠扬，和我们的三弦的铮钪的声音比较，另是一种趣味。弹奏时也只合宜在日本的屋宇里面，并且须配上妇女所唱的曲才好听。

白种人的妇女，在家庭中显她们的隐技(Kakushige)时，有些什么玩意儿(除了 Piano、Violin、Mandoline、Guitar 之类)，我一点也不知道，但总觉得她们的头抬得比男子高。中国的妇女如何我不敢说，惟独对于富于情趣生活的日本妇女，我颇为中意，可惜我没有。

鸭绿江节

薄霭笼罩的湖面上荡漾着的小舟里,青年男女们在合唱那 *Santa Lucia* 的小曲了,"See where from wave to wave, Soft breezes wander"。这时果然来了一阵微风,报知了秋的消息。再仔细听那歌声,决不是课室里的徒然的叫喊,是使人听了周身轻松而觉陶然的音浪。与大自然融化的音乐,似乎不大有人肯去领会,大众都群趋那绅士的交响乐,屏息在轮奂的大厅里。

空际的万籁,小鸟啁啾,芦苇丛里沙沙的声音,都是绝妙的音乐,足与这些媲美的,只有各地方的"俗谣"。俗谣是谁也著不出的,除非他自己心领神会地唱了出来。好的民谣产生在僻静的村野,在负贩舆卒的口里。肩舆的人见对面有妇女走来了,抬前面的人歌道"前面一枝花",这时正要转弯了,右边的路上若有秽物阻碍,抬后面的人恐前面不曾注意,于是紧着叫了一声"右边牛屎巴",自然成韵。他们脚肚的筋已经跑得紧张了,一阵的有音节的呼吆,又从新恢复了他们的 Energy。从劳动里发出来的歌声,较之闲散时在湖面歌着的,另有它的可贵的轻快味。

镇江山,虫鸣着秋日的散步,走着的小路中有萩花,添风情的女郎花,那里吹来了鸭绿江的风。

看起来,yoisho,什么苦也没有的乘上木筏,一只手拿着小桨,Ara,波的上面,yoisho 前前后后的看顾,yo,Ara,掌舵呀! yo,Tiyo Kon,Mata,当心呀岩角,Tiyo-Tiyo。[注]

[注]罗马字表呼吆的声音。

惠山镇最高的是八幡山,前是营林厂,后是筏班,对面望见的是支那国,中间流着的是鸭绿江。

朝鲜与支那交界的鸭绿江,撑筏虽好,奈有冰雪阻搁,明天难抵新义州。

这些俗谣是撑着木筏顺鸭绿江流下的木筏人口中的乐声,是他们冒险,尝艰辛时的兴奋剂。他们没有知识,讴歌出来的是天真朴质,不假思索。歌词不免卑俗,可是这正是他的好处。这些称叫《鸭绿江节》,最初流行于朝鲜各地,艺伎、官吏、士庶、商人、小伙计们普遍地唱着。后来流行到日本,从长崎、福冈、博多,传到神户、大阪、东京等地。这类俗谣的唱片(Record),随处都买得着的。它已取得了从前流行的浪花节的地位,而传播最有力的便是花柳界的女性,她们坐在席子上弹着"三味线"(三弦),歌此发泄她们的哀怨。又在夜静时,薄暗的灯光下彳亍着的浮浪者的口中,也哼着这些小调。

鸭绿是划分朝鲜、满洲的一条大江,延长约二百四十里。日俄战争前,俄人设有森林采伐公司,投资数百万。战后俄人放弃权利,遂入日人手,由陆军部设军用木材厂。鸭绿、豆满大江两旁的森林,都归日人经营。每年九月至十月伐木,天寒降雪,利用冰雪,以牛橇搬运出山,编筏流入江中。筏夫大半是从日本内地去的,也雇用朝鲜人和中国人。日本的艺伎是同所谓英国的旗子一样,无一个地方不去的。所以江边的木筏上也有那当作先锋的娘子军,《鸭绿江节》的流传,这些娘子军都有功劳,不过她们不能永远在筏上唱,"不胜遗憾之至"。

病，死，葬

火焰般的阳光射到窗外的白石灰墙上，所有的热气都向我的房里送进来，我睡在床上发热，已有三天了。想到架在苏州河上的两座宽大的石桥，人和畜类喘着气流着汗在那炙热的桥上跑过；马路上的柏油被阳炎熏蒸至于熔化，摩托车轮驰过，柏油就被拔起，电车道旁变成软泥般的路，这时我的头更加晕涨，头上的汗随着短发濡湿了枕头，照常地听着弄堂里江北小孩叫卖"冰哟，冰哟"的迫切的呼声；我便想一跃而起，浑身去浸在水里。只要头部肯听话也好，但终于成了"希望"。屋里除了几架书外，只有写字桌和几凳，我的目光转移到那一册一册竖立着的书，它们似乎要我去拿，我只能周而复始地看那书脊上的标题。偶然看见二三只苍蝇叮在天花板上，驯伏着不动，平日重叠着打架的已经不知去向了，大约是嫌屋里太热，而又没有可以驻足的残余之类吧！房里是几天没有人来，直到有一夜腹痛，大叫一声从梦中醒过来时，楼下的夫妇被异样的声浪惊破了好梦，这才蹑手蹑足地走了上楼，推开我的未下锁的房门，随即扭燃了电灯："原来你还在家里……"我很清晰地听了这声音,破了数日的岑寂。到他们替我将水壶带下楼去后,不知什么时候我已昏昏地入睡了。

"痛苦总是难熬。"这样地想时,便起了进病院的念头。可是听人说进这地方的病院,若要不气死,只有住头等病室,进去固然容易,但出病院后便要发生难题了。想请中医,既无人肯推荐什么国手,又怕遇着了试药郎中,要我吃什么千年活首乌和童便。管他娘的!还是自己处方吧:有时买了 Aspirin Quinine,"用微温汤送下",撞着竟霍然了。这次初病时没有人买药,所以拖延了五六天。病中心里时时自讼"该死!吃了热的又吃冷的"。借这样的诅咒聊以安慰,希冀减少一点痛苦。但到了能大吃大喝的时候,不免又将说"死也不算什么"了。病时,我睡在床上,东想西想,想出了许多不吉利的事。

我们读传记时看到一句"医药符箓罔效",那么下文必不会是"依然健在"了。有人说死是神秘的,也有几分道理。死的形式无论是怎样,总是一注很大的损失。有的是不该死而死,如像孙中山一流,在死的一刹那,定有无限的留恋。有的是死得颇情愿的,如日人有岛武郎与波多野秋子之死于轻井泽,死时应该是从容而凄楚吧!有的是突然被死神之袭击,如厨川白村博士死于地震,死时定有难说的惊恐吧!以上诸人的死,并不只一家一国的损失,也是东方人的损失。这些人都是死不得的,还有诗人也死不得。诗人长眠地下,虽然可以闻闻野花青草的清香,但一定有许多不自由。你看,诗人的所欢者已经蹁跹然走来了,手里拿着的是整束的鲜花,到了墓侧,就抚摩着碑石呜咽。再从腰襟里摸出粉红色的绢巾来拭泪,日落崦嵫,眼看着她彳亍归去,这时诗哲的灵感虽富,勉欲做几首"沙约拿纳"的诗,也有所不能了,除非被请去降临同善社的乩坛。

关于死的各处的风俗,写不胜写。有许多地方是因为人死了,反增加他们的快乐,家中格外地热闹,在出殡的前夜,请了许多戏子到屋里唱戏,唱的都是很香艳的——如"和尚戏妹妹"之类。这有什么用意,很难索解,大约意在祓除不祥,说得老实些,就是替孝子解闷罢了。倘使不这样做,那么邻舍就暗地议论,亲族中也就看你不起。此外呢,有些人家死了长者,在哭声止后,随着又起了打骂的声音,那便是妯娌在那里争死人头上或手上所戴的金银珠宝了。至于箱箧里的东西,早就不等死人断气,设法运走。到了后来,大家不认账,又起一场争吵。在西南几省的所谓士禄之家的,还有一种最坏的习气,析产时,长房有长孙的照例多分一点什么,但也应付出相当的代价。比如祖母死后,那揩拭死人面部的浊水,大儿子和长孙须得尝一尝。我幼时就看见我的堂兄做了这样的把戏。那时祖母死了,大家乱纷纷的,到了应该尝浊水(另有文雅的名词,现已不能记取)的时候,就看见伯母拿着一个碗从人丛里寻我的堂兄,碗里好像盛着什么好吃的东西,伯母将碗口放在他的嘴比一比式样,惟恐他真的喝了下去;又用力拗着碗边,防止他用手来接碗;万一果真吞下那"好吃的东西"。那时我们是七八岁的小孩,什么也不懂。伯母去后,我的堂兄忿忿地说:"妈又拿肉汤来骗我了。"直到长大起来,提起往事,二人不住地苦笑,而对于仁慈的伯母,实在只有感激。在做这套把戏时,那几位欢喜兴波作浪的妯娌们,已是立得远远地监视着,暗地好笑,以为这是应有的交换条件。

"未知生，焉知死"，我又将这样的"撒屁"了。其实只要值得看重的，生与死都应一样的看重。普通的心理，一个人生着的时候，大众却不甚重视他，直到死了，这才悲哀，开始忙乱。就和一件东西在我的桌上，因为它存在，可以随时供我用，反看它不很重要，到了四处寻不着，它的好处又时时记忆起来了。在作品里我们可以看见作者写死比写生卖力气，写生的常常不出"呱呱"两个大字，而写到死字，就不仅止"嚎啕"等等了。若要看老实一点的关于这类的作品，自然希腊三大作家和莎士比亚的悲剧都可以入选。倘使要看得眼睛辣辣、骨头酥酥，那么，翩翩的、身体苗条的什么家们可以看看"病潇湘魂归……"也使得。或许将写出比这些更好的来给我们鉴赏了。

也有看生并不重要的。每当春季，我们走过公设市场的外面，就看见许多大肚子怀着胎的妇人，提篮挟秤在买小菜，寻仇似的称斤论两，和小贩嚷着。篮里已称好了豆芽或什么，又再从小贩的菜篓里多抓一把，卖者不服又抓了回来，如是者二三次。她终于忿忿地走开，一边咕哝着一面走到了街心，猛然地一架汽车冲到她的身旁，路上的行人已惊骇着叹息"二命难保"了，不料车子过去，她仍爬起来拍拍身上的灰，收拾了东西，跄跄踉踉地走她的路。这也算一种 miracle。

接于"寿终"之后的就是"安葬"。"安葬"二字简直可作安稳的葬下解释。在乡里，先请堪舆家，看来龙去脉，看风向，看"利"长房抑"利"二房，看出逆子否。若堪舆家看准的地，拖"它"时没有石头，没有水，没有蚁，那自然就"安"了，万一又挖出什么金乌龟等等，则"真命天子"之出现,也不过一两年间事了。集族而居的,葬地早就准备好了。其地,共分二类:曰官坟(应作公坟),曰私坟。凡有子孙祭扫,生平没有做坏事的,都葬在公坟,于是乎,"居之安"。如其没有子孙(此所以……无后为大也欤?)或是受刑事处分,有盗窃奸情等事的,死后就请入私坟,这种坟另外有一个好名称,就是"乱葬坟",是不立碑石的。有时因为争地穴,同族中不惜械斗;因为听到一句葬下利某房而不利某,手足也不惜参商。又或是某姓的葬坟在我家的前或后,据说破了风水,于是又不惜打几年的官司。在我们那边,一出城阈,除了田圃、官道以外,望去都是"土馒头",也有巍巍然立着华表,高大的碑石刻着"清封……大夫"的;也有诰封什么夫人的,而贫贱者的坟上只有几根茅草,白杨的萧萧也难于听到。即使永无后人照料,那坟的形式仍然存在,因为没有人敢去踏平他,踏平了不怕晚上鬼要来寻着你吗。我很担心,没有另一马尔沙斯出来计算幽冥界的人口论,照故乡的情形看来,终有一天要挤满的。城中的"馒头馅"每日在那里制造,城外实在难觅安置"土馒头"的地位了。

如其在春天,我们要描写江南一带的风景,自然写到蔚蓝的天空,弯曲的溪流,水车的茅亭,菜花的香,百灵鸟的啼。再往下写,不免将写出一件东西,那就是搁在阡陌间的黑棺材,这与芬芳的圃菜旁有米田共的贮藏所一样地使人不快。将枯尸厝在什么会馆、公所里,固然大煞风景,而田野间横陈着黑棺,尤足使老大的支那文明有了点缀。

据说佛教有四葬:曰水,曰火,曰土,曰林(即野葬)。也有任鸟啄食的，如邦贝附近的玛那巴冈的"沉默之塔"，是世界著名的万人坑。澳洲土人中有吃死人，使人葬在肚中。这些处置死人的方法——葬式，可以说形形色色，各民族、各地方都保有他们的奇异。普通的人，既没有进 Wastminster Abbey 或 Pantheon 的身分，只好就佛教的四种择其一。最使一般子孙安心的是土葬，因为每逢清明节到坟上去，都使人想到下面还有人睡着。水葬或野葬不免被鱼鳖鸟兽分尸，"圣人"并未这样吩咐过，试问于心安乎。土葬呢，古今中外普遍地奉行着不必多谈。火葬除了佛家外，在东方还有日本人，行了"荼毗"（Dabi）后，再将遗骨装在瓶里，葬在地下。葬后在坟地插上一条狭而长的方木，头上是尖角的。日人多信佛，喜为死者加上什么"……童女""……尊"的法名。葬的地方常在神社或公共的墓地，那里有深幽的树木，杂莳的野花。活人走到里面，觉得静寂，可以徘徊一会，不致唤起地下有白骷髅并列着的联想。还有奇特的，不知在何种报纸上看见有一个美国人将他的父亲火化后，将尸灰拿到高冈上任风吹散，这足以使他父亲的原形质还原，的确是"科学的"了。

在下葬前还有赴葬的仪式。送葬者和灵柩排了行列，在路上走着，这应该怎样的沉默凄凉，然而住在上海的人决不如此，祭亭挽联，"清音"军号，绵连几条马路，人夫在叫骂，有的嘻嘻哈哈。孝子遮在素布里，不知干些什么。与其说道是出殡的行列，毋宁说是儿戏。这样的"大出丧"，一点也不觉得有什么凄凉之感。反不如贫贱的人，用两名人夫扛着一口黑棺，棺上搁一点纸钱，亲人扶着棺侧哭着跑路的，使人看了倒发生伤感的心情。然而如此简陋，成何体统！

想到这里,要暂告休息了。这篇东西所写的都不是吉利的话,万一清晨展开在阅者的眼前,触了忌讳,是很不好的。最好留到下半天再看,或者简直不看。但我写的人一点也不怕,因为,"姜太公在此"。

平民诗人惠特曼

上

1819年5月31日,惠特曼(W. Whitman, 1899—1892)产于美国长州的西山。其先世于六百六十年前,由英国移居啍丁敦,到惠特曼已经是第七代了。四岁时,他的家移住纽约对岸的布鲁克林。他的父亲是个木匠,兼务农,惠氏读书到十三岁时,因家寒须图自给。十五岁时,单身至卞蒙登,在法律事务所里作工,后为医者的司阍,为印刷所的工人,恰好印刷所的工头喜欢读书,时时借书给他,替他解释,于是更增加他的读书兴味。他此时喜读的书是:《天方夜谈》、司考特的小说和莎士比亚的著作。就中犹爱诵司考特之书。十八岁时,他回到长州,在一个学校里充教师。

惠氏有兄弟九人,次男便是他了。西山临海,山光水色,在在引人美感。幼时,盘桓林中,与小鸟为友,时则嬉戏砂中,与浪涛相狎,可谓得天独厚,而此时的生活,已经是诗的了。其时他的环境,不外渔农的人,皆是平民的生活,所以他后来的诗情、友爱、亲密,都是由这个时代培养出来的。十九岁时,他一个人办了一种周刊,名曰 *Long Island*,自己购买印刷机器、铅字,在家中印刷,拿到哼丁敦去卖。或时又见他拉着一匹马,积着货物,在斜阳影里,穿过森林,到邻村去。他的一切行为并不是萎靡不振的,颇足以证明他的热烈的感情。因此,他的精神乃能四季不歇地吸收、思索、观察而体验。

二十岁时,他想独力发行《长州报》。作稿、印刷、发卖,都由他一个人动手,但惜乎没有成功。二十二岁时,在纽约的一家大新闻社为记者,这时始崭然露头角。他的诗及短文,常在《新世界》杂志上发表,亦为《民治评论》的投稿员。同时有惠特尔(Whittier)、布兰特(Bryant)、何爽(Hawthorne)、郎法洛(Longfellow)诸硕彦。1848年,他游历美洲南部,雄山大川,将他的诗的特性都浸透了。其后在新俄尔洲编辑《新月报》。1851年在布鲁克林发刊一种"自由人"的报纸,起初是周刊,后来改为日刊了。1855年,《草叶》第一辑出版,内容为诗十二篇,计只四十五页。是不假手他人,自己印刷出版的。当时很有许多人非笑他的诗,但是他仍旧鼓动他的果敢,向着他所认定的目标前进。幸好有爱麦生(Emerson)很鉴赏他的诗,他说:"这是美洲所有睿智之中的卓越的作品,我是欣悦极了,我在诗里发现了许多东西,他的优点便是固确地鼓舞阅者。"我们看爱麦生的这句批评,便可说他的这种革命的诗,是不湮没的了。《草叶集》第二辑于1856年出版,增补新诗十二,有四百五十六页,出版的地方是波斯顿。

其后起了南北战争(1860年)，其弟乔治在军中负伤，便自愿为野战病院的看护卒，居病院者二年，所接触之伤兵，有二万左右。他本是富于同情的人，对于伤者，他努力给与他们的慰藉。因此他的诗的经验又加增了不少，《草叶集》里的"军鼓之音"，把战场和病院的情况都展开于其中了。战事毕后，他到华盛顿，当了一位月薪六十六元的书记，其后竟递升到一千六百元，定了终身的约。有一天，他的上官在抽斗见了他的《草叶集》，说他是一个过激者，把他辞退了。但是因此他的名望更加，成了名家，便也是在此时。林肯的被暗杀，他得信后竟至于晕绝，他是极同情于林肯的，有《林肯忆说》的长诗一篇。这年又作了《民治的幻想》(Democratic Vistas)及《印度航海》。1873年2月，因为精神过于劳苦，得了身体麻痹病。同年五月，他的母亲也死了，自此他的身体日渐衰弱，便家居读书。1892年3月26日，在卞蒙登逝死，年七十三岁。

下

美国诗人特拉位耳说惠特曼的诗是旧地上的新解放之力。惠氏的诗和他的人是一样的，他一生并没有什么奇迹，不过是能够堂堂地做一个人而已。他与自然极相亲近，他将他自己当成宇宙的中心，由这中心点，以观照四方；但他并不是征服四方一切，他是以自己为"自然的过程"之一，他以五体吸收自然之力。他以吸收之力，自己的体躯，由诗里再现出来。他认他的身体是最好的一条自然的过道。他自觉宇宙之力如穹苍漫海，穿山通海地泛溢着，通过他的五体而泛溢着,因这自觉湛于他的全身,胸臆的印象、情绪、行为,都经过自然的洗礼,所以他的诗便是一种预言,又是自然的复写。

惠特曼的诗,表出自然之伟力者很多。他以为自然便是伟大之母,且为生之最善的泉源,这泉源与直接生活相并,就是健全、幸福。而且这种生活是极平等的。他说人间最善的修养是:

"有男子的勇气的本能,亲切的同情与自重的生活。"

他便是在这种生活里面吟味友情,静悄悄地快乐。他又说:"和自己所好的人在一起住,是十分满足的。只有黄昏时和人们在一起,和美的、可尊的、健康的、笑乐的人围拢起来,又在这些人中间通过,手儿相触,臂儿相摩,或倚偎于伊等时是十分满足的。我不更求这样以上的了,我在喜悦之中;海中,泳来泳去。"

足见他是一个喜与爱的诗人,他爱健全、调和、自然、男女。在他的诗里找不出一点厌世的倾向,无一处不是求生,欢呼于生命之中的,他临终以前有一首诗——

> 喜悦!船友!喜悦哟!
> 我们的生命歇住了,我们的生命开始了。
> 长的,长的系索离开我们了,
> 船遂自由了——伊飞跃了!
> 伊迅速地离岸走去。
> 喜悦!船友!喜悦哟!

这诗便是他脱离人生的桎梏的呼声。

在他的诗集《草叶》中,可以看出他的思想。第一是主张个性,主张个性之权威。

> 各个男人向他自己,各个女子向他自己,这是过去与现在的话,不朽的话。
>
> 无论谁人也不能为他人获得——无论谁人!
>
> 无论谁人也不能为他人而成长——无论谁人!
>
> 歌是向着歌者的,但仍重返于彼;
>
> 教训是向着教师的,但仍重返于彼;
>
> 杀人是向着凶手的,但仍重返于彼;
>
> 窃盗是向着盗贼的,但仍重返于彼;
>
> 爱是向着爱人的,但仍重返于彼;
>
> 赠物是向着受赠人的,但仍归于彼。
>
> 辩论是向着辩论者的,
>
> 演剧是向着男女优的,不是向着观客的,
>
> 谁也不能理解他自身的伟大与善良以外的,或是他自身的特长以外的……[注]

[注]《草叶集》的《自我吟》。

惠特曼在这诗里以为个性在本身是有机的存在,不是仅以社会

的一份子而保持存在的,他以为真的生活是由本身出来,仍旧归诸本身。人的个性是至尊无上的,他又歌曰:

> 从此时起,自由!
> 从此时起,使我自己由限制,空想的境界线解放了。
> 到什么地方,绝对是我自身为主,倾听他人,思考他们所说的,
> 立定,探求,容纳,深思,
> 温和地,以不可拒的意思,自由身夺去拘束我的桎梏。
> 我由空间吸取大气,
> 东西皆属我,南北亦吾有。
> 我较自己所想的更大而善,
> 凡物于吾皆为美,
> 我对男女重复的说,你们为我尽力,我也同样的为你。

他所说的个性是什么呢?个性便是人的精髓,也不是离开肉的一个概念的灵,也不是离开灵的一个肉的盲动。人的外部与内部融合的一体之中,人的存在是不用说,这个性便是在全体中的活动力之总集。倘若离了个性,则不成其为一个人。外面的人是常为人所见,此个性则不易见,倘若外部的人受了压迫或是继续虚伪生活的时候,这个性是要乘机发作的。

惠特曼的诗的一个特质,便是这个性的动作的呼声。

惠氏的重要著述有以下几种：

1. *Passage to India*（1870）；
2. *Democratic Vistar*（1870）；
3. *Memoranda during the War*（1882）；
4. *November Boughs*（1888）；
5. *Good-by my Fancy*（1891）；
6. *Leaves of Grass*（1855—1874）；
7. *Specimen Days and Collect*。

童　心

一阵秋风,将园里的树叶纷纷吹落在草地上,有些却被吹到那冬青树上积着,使人想起它们这一年的工作,就在这个时期要暂告休息。到了明春,它们的树心的轮纹,便要加多一圈了。因为循环的枯荣,所以在冬日陪伴北风与霜雪的枯枝,和夏日把绿荫掩盖在地上的肥叶,都同样的有许多诗趣。假如拿人生把树木比较起来,那童年时代和浪漫的青春期,便是葱茏的夏木的彷彿了。然而我们要经过一次葱茏的时期,这就是时之神所不许可的。但也并不是没有方法可想,每当月明之夜,偶然听着邻家小孩的几句歌声,便把我们现在的心推返到童心的境地,像逆浪送小舟一样。于是儿时倚在母怀里强要玩具的情态,和听了人家说过残害的故事以后,便把雨后捉得的蜻蜓斩首的行为,都一一涌现目前,因而痴立着几分钟的事,常是不免的。

如果年光可以倒流,我们还可以将童年勾了回来再过几年,可惜这是梦话。可是我们可以借文艺之力,使我们的童心再现。这只有我们读他人(包括儿童)所作的儿歌的时候,或是我们替儿童做几首诗歌的时候,可以享受这样的权利。我想在艺术的领域里面,恐怕没有比儿童诗歌更纯粹的了。爱尔斯登(M. Alston)说的:"使儿童的梦实现,用诗来充满儿童们的生活吧。"在壮年时期,我们只得用儿童的诗歌来使我们的生活更加有趣些。

现在我想说及几个儿童诗歌的作者。

在英国流行的儿童诗歌集《诗之庭园》(Children's Garden of Verses)的作者司梯芬生,他的诗歌里布满着快活的精神。他的儿歌之动人,具有荷马那样的热情,他把儿童的幻想和青年武士的冒险心,结合在一起。他除了儿歌集以外,还有许多诗集,如像《矮林》《巴拉兹》《旅之歌与其他》等。他的诗歌是民众的,与美国的惠特曼相似。

其次的一个儿童诗歌的作家便是德拉麦尔(De La Mare),他现在还健在(1924年)。他作的儿歌是幻想的、女性的、阴影的。他把现实的世界看做梦一般的境地,所歌的多为明月之光,银色的芦苇繁生着的水池,游鱼的潜藏等。他无论在什么时候都把持着儿童的灵魂。使读者能在他的梦一般的园里游玩,而又得到幸福。我们读他的儿歌时,我们已经脱离了这烦嚣的世界,到了一处大气柔和、月光遍照的园地。有许多儿童在里面幸福地游玩着,鸟和兽都不畏人,全没有一点恐怖;没有高声的喧笑,清静之极。这般的境地,是他二十年来为儿童作歌的优越的成绩。

此外,英国还有一种儿童诗歌集名叫《母鹅集》(Mother Goose),载有许多极普通的歌谣。读者阅此集时,觉得有许多的英国儿童在旁边嬉戏着。这部歌集的作者已不详,或说是鹅夫人作的,但原书的形式并非出自一人之手。其中歌咏山羊、鼠、蜗牛、鹅、蛙、云雀、驹鸟等类的居多。又曾用 ABCD 二十六个字母作成游戏的歌谣,是一部六七岁的儿童可以理解的歌集。虽然是通俗的,而歌的调子却很好。

浪漫派诗人布莱克(Wm. Blake)也作有儿歌,他的《天真之歌》一篇便是的。阿尔斯登批评他的儿童说是多申诉于成人,其中缺少动作。他的集中如《守儿歌》等,都带着神秘的色彩。

日本的儿童诗歌的作家也不少,最有名的是白原北秋,他也是一个诗人,也作短歌。他在明治四十四年(1911)出版诗集《回忆》,歌咏他的幼年时代。在美丽的音调中,畅快地追述幼年的梦,他的诗最富于真实性而又有童谣的素质。他从大正六年(1917)起,始作纯粹的儿歌。第一部儿童歌集是《蜻蛉的眼珠》。他在序文里说:"我的童谣不仅说是美与上等,乃是使十三四岁以下的儿童读的,不必是为十三四岁以上的多少附有外物之心的少年少女而作……我注意于直接打击儿童的心这一点……老实说一句,儿歌是比较什么更容易懂得的儿童的语言歌咏,是儿童的心,同时对于成人也有深的意味。"他的儿歌有两个特色:一是用新的感觉咏儿童的生活;二,歌调轻快,内容不单调,富于变化。他的儿歌的著作很多,有的收入《白秋童谣集》里面。

与白秋齐名的是野口雨情,他的抒情小曲在日本很有名。他作的童谣《十五夜的月亮》,为日本的妇孺熟知。野口氏自述他作这首童谣时的情形说——

正当母亲逝世后，小妹又到乡间去了，老媪也请假回家去了。只有我一人歌咏这残留的寂寞。我看见这十五晚上的满弦的月亮，便记起要对他说的怀念，我对他道："十五夜的月亮，你好呀！"此外又对着月色说了许多悲楚。那种无端的对着月亮说话的孩子气，无论谁人，都曾有过这种时代吧。然而到了稍具知识之后，今天在学校的理科时间，被教了月亮这东西。所谓月亮，是和我们所住的地球一样的土块，没有植物，没有动物，也无人烟。看去像兔一般的地方，现在用望眼镜看去，不过是深深的溪谷……因为要知道这些，便将我从前所有的，对于月亮的美的诗的空想除尽了。自然我们没有排斥知识这种东西的理由，可是将要作童谣的心情的时候，应该注意，不可因为知识而使真实的儿童一般的感情与如梦的空想受了蒙蔽。

从野口氏的最初的儿歌集的《朝花夜花》，也可以看出他的两个特色：一，田野似的，即乡土的；二，调子单纯，抒情的分子很多。

日本除北原白秋、野口雨情外，还有白鸟省吾、西条八十，也是著名的儿歌作者。白鸟氏的歌谣，富于田园的情趣，咏自然之美（他本是一个自然诗人）。西条氏的著作，多为情感的，表现最近的日本民族的特性。

以上四人，是现存的日本的四大儿童诗歌作家。

儿童自作的歌谣，著名的很少。美国有一个女孩子名叫康克令的,她作的诗很使人惊叹。她的清新的情趣与表现的自然;与独创一格,不模仿他人,使得一般爱诗的人佩服不已。她现在大约有十二三岁(1924年),在四年前就出版了一部诗集,题名《少女的诗》(*Poems by a Little Girl*),1922年出版《风的鞋》(*Shoes of the Wind*)。她虽然与我们同住在一个世界里,可是她的世界是幼年的少女的世界,即是花、小鸟、日光、树林、海、溪流、梦的世界。加以她的细密的观察与感受,造成一个希有的天才,现举出她的两首诗于后。

Orion(腊户星)

I saw Orion glitter

Through the dark-

boughed elm-tree.

And though I am little-

though I could not

Know or image-

How he comes there-

I knew how beautiful he was.

Wood Dove(山鸠)

When moon is breaking-

When the sun is rising-

Over dark blue hills-

I hear a voice say

Coo... Coo...

It is Mistress Wood Dove-

Hidden and alone-

Glad of morning-

I call-

She answer-

Morning is sweeter

For her voice.

这两首诗,不是成年的人做得出的。第二首咏《山鸠》的,较之前一首更好,如说"因为伊的声音,清晨更甜蜜",不觉使我想起了范成大《田园杂兴》中的"老翁欹枕听莺啭,童子开门放燕飞"的佳句。又如原诗里的"我叫,伊答"等句,其用平常语言的自然与活泼,简直是儿童的特产物。记得美国的平民诗人惠特曼(W. Whitman)在《自己的歌》第六首(见《草叶集》二六叶)吟道:

一个小孩说,什么叫做草? 他用丰满的手拿着给我看。
我怎么能回答这小孩呢?
我比他更不懂得这是什么。

现在我读了美国少女诗人康克令的诗,更证明了惠特曼的这两句诗所含的至理。

讴歌儿童心灵的诗人们!我诚意地礼赞你们。因为有你们的儿歌,使我们不能到幼稚园里去的成人,也得窥儿童的乐土。

可怀念的童心呀。

十日故事

在世界著名的杰作里面,如《天方夜谈》等,所具的普遍性与永久性,固然是历劫不磨的。除此类书外,还有意大利鲍加乔(Giovani Boccaccio, 1313—1375)所著的《十日故事》(*Decameron, or Ten Days Entertainment*),在文学史上也具最大的价值。

《十日故事》起稿于1348年,1358年完成,费了十载的精力。当1348年时,达司加里亚城市瘟疫流行,作者乃想像弗洛仑斯城中,有女子七人与男子三人,因为避疫,逃至郊外的一个花园里,他们没有什么消遣的,便每天在园中谈故事。在十天以内,每人每天各讲一个故事,因此《十日故事》就是一百篇的长短故事。其中大半是述恋爱的,每篇都各具特殊的形式,富于清新的趣味,刻绘当时的世态、人情、风俗。能使阅者的感情与想像得到刺激。此作成于"恋爱征服一切"的箴言之下,所以它能描画一切恋爱的动机与结局。人类的感情、谐谑、悲哀与残酷,都融混在这百篇的"浪漫事"(Romance)里面,使我们阅此书时,继续地睁着惊异的眼光。

此作影响后起文学家的力量也极大,德国作家莱星的《贤人拉旦》的结构,即是受了百篇中《三个指环》的暗示,《薄荷的花钵》一篇,英国诗人济慈曾用诗的形式重述,此外还供给了许多作家以戏剧的材料。

这种伟大的作品,令我们感到有完全移译的必要(各国大半都有译本)。即使没有完全的译本,能如却而司兰姆姐弟之重述《莎士比亚乐府》的办法,也是很有益的。至于想领略原书的美妙的人,至少要看英译本。英译本中比较完全的,是李格氏的译本,书中有嘉龙氏的绘画,可惜价钱太贵,要四十七元左右。此外有洛勒吉出版的一种,也是李格氏译的,附有西蒙司氏作的鲍加乔的传记,价钱还便宜;还有一种是圣马丁的版本,要算是最通行的了。

原书中有一篇写牧师的爱情的,充满着讥讽与谐谑,兹述它的梗概于下。

> 非梭尔山上,从前是一个大都市,如今已成废墟。繁盛的时候,人民崇奉僧正,寺院很多。有一个寡妇名叫露加尔达,和她的两个兄弟,住在一所寺院的近旁。
>
> 露加尔达每天到寺院去礼拜,向来没有间断。牧师看见她的美貌,便朝夕想念。他借了一个机会,向露加尔达申诉,希望她的心也能和自己一样的热烈。
>
> 牧师虽然年纪已老,而心地则幼稚。他的高慢的性格,与他的心术的不良,在那地方得不着人士的称许。你道露

加尔达肯爱他吗?自然是憎恶他的,比憎恶什么东西还要厉害。她听了牧师的话,便答道:"你肯爱我这样的人,我自然是很欢喜的,但是存在你我之间的爱,却不可含着不名誉与卑劣。你现在服务僧职,而我是寡妇。这其间不能不谨慎,我如何能受你的爱呢?"

这位牧师虽然受了一顿抢白,他还有余勇,每逢在教堂里逢着露加尔达,他老是用言语或书信强迫她。她不堪其扰,便不能不想最后的方法——就是将这事的实情告诉她的兄弟,他们于是安排好了一条妙计。露加尔达立刻到寺里访牧师去了。

牧师见她来了,亲自出迎。露加尔达向他说道:"我竟被你的殷勤与情爱所克服了。现在我舍弃以前的决心,愿意听你的吩咐。"牧师听说,自然是万分欢喜,便要求幽会的时期。露加尔达道:"随便什么时候都可以,反正我是没有丈夫的,只是地点很难。"牧师很惊异地问道:"你不是有家的吗?"她答道:"我有两个兄弟,这是你所知的,我们家里很小,你若来时,千万别出声,因为我的兄弟就睡在我卧房的隔壁。"说毕,她再三叮嘱他,叫他严守秘密。牧师听说,连声称是。露加尔达返家后,就去雇一个极丑陋的妇人来,叫她坐在黑暗的房间里面。她和她的兄弟去会僧正,请僧正到家里来喝酒,并请看余兴。到家后,他们拿了火炬,请僧正看余兴。这所谓"余兴",就是寺院里的牧师和一个丑妇人睡在床上。至于牧师见了僧正，无非是怎样害羞，这是意中事。结局牧师受了四十天的拘禁，以后便无颜再来市上了。

此外还有写《鹰》《帝主的爱》等篇，也是原著中最好的。粗粗地看去，总觉得有点粗野，有些地方写得太猥亵一点。作者也曾受过人的非难，说是不道德的著作。可是对于他的艺术，却没有什么损害。说到这里，关于作者鲍加乔的身世和其余的著作，也应该略说一下。

鲍氏生于 1313 年，没于 1375 年。他的父亲是意大利弗洛仑斯市的富商。他是一个私生子，产生地不详，或说在巴黎，或说在弗洛仑斯。他的母亲确是一个巴黎的寡妇。他七岁时便能做诗，幼时他父亲命他学商，因为性情不合，无所成就。后来曾研究宗教，1373 年在弗洛仑斯讲演檀丁（Dante）的《神曲》（*Divine Comedy*）。他最早的著作是《非洛哥波》（*Filocopo*），为中世散文小说的先导；次有《阿米特》（*Amete*）、《费安麦达》（*Fiammeta*）等作。

源氏物语

日本奈良朝时代的古典——《万叶集》，我已在去年的《文学周报》上介绍过一点，并译了柿本人磨、山部赤人的十几首短歌和几首长歌。现在想介绍的是奈良朝以后平安朝的杰作《源氏物语》。

Genji Monogatari(《源氏物语》)这一部著作，凡是注重东方文化的人都应该知道。在日本是了不得的古典，那是不用说的；即在世界文学里，他的位置早就站定了。他的诞生约在西历1004年或前几年，那时的西欧正是混乱时代，正当我宋真宗景德元年以前，中国那时有无这样的巨制，我们自家是知道的。现在我们谈《源氏物语》，除了顶顶老实的读者以外，也许不致说我们捧日，或是希冀分润点什么款项。我只觉得我们都是东方人，正惟生在东方，我们知道一点，也不会涨破了脑袋，正同军阀们的大元宝，不会挤坏金库的一样。可惜在这时才谈，已不算早了。英人Waley氏，早译好了半部出版；虽然第一句就译得不对，但这是后话，按下不提。

如今单表日本平安朝的道长时代(996—1016)出了一位紫式部

奶奶。她是越后守(官名)藤原为时的女儿。《河海抄》记她的身世说——

> 紫式部者,鹰司殿女官也。侍上东门院,父越前守为时,母常陆介为信女。后嫁左卫门权佐(官名)宣孝,生辨局……式部墓在云林院白毫院南,小野篁墓西……

她的真实的名字,现在尚无人知道。当时侍奉宫廷的妇人,都以通称呼应,日常不用真名。式部一语,疑为她的父或兄的官名(父为时,兄惟规,均任式部丞)。紫字,向来有两种解释:一说,这书是写紫之上的(据《枕草纸》);又一说,最初只取姓的第一个字,取名藤式部(原姓藤原),其后因藤花的紫色,改称为紫(据《河海抄》)。她嫁给藤原宣孝后,到二十四五岁时,就守了寡。她的父亲是一位诗人,因之她有奇才。那时皇帝好文学,她应中宫上东门院的征录,入宫侍奉,(彷佛现在人家的家庭教师)进讲《白氏文集》《日本书纪》等书。

她在宫中多年,见闻很多,加以她的才华,便写成了这一部五十四帖的长篇小说。书中的主人是一个名叫源氏的皇子,他的母亲受了皇帝的宠爱,遭了嫉妒,后来病死了。原书第一帖《桐壶》,便从此事写起。她写源氏为一多情的皇子,衬以他的情妇紫之上。全部共五十四帖,前四十四帖为正篇,后十帖为续篇。前篇写到源氏五十一岁死去为止,后篇写他的儿子薰大将,这一段描写的地方是洛南宇治的河畔,所以又名《宇治十帖》。

这部贵族的、恋爱的宫廷小说之诞生，自有它的时代的背景。日本的平安朝，正是宴安太平的时候，商贾兴盛，人民乐业。宫殿的宏壮，邸宅的华丽，为历代所无。一切文物，多仿我国唐代制度，真可算是民歌五袴的时代了。其结果便流于淫逸，当时的宫廷，充满了女官，有所谓女御、更衣、内侍、典侍等名。被征召进宫的女子，一旦得宠，便可册封皇后，家庭借此显达，得为外戚。那时大众都知道这是一条终南捷径，有女儿的人家，都设法送进宫里。"遂令天下父母心，不重生男重生女"，这两句可以借来描写他们。因此皇宫里面，"群雌粥粥"如同贵族女学校一样，首习和歌，是现在的国语；琴、筝、琵琶，今之音乐；棋、双陆，今之游戏。此外尚有主要科目，则"恋爱学"是也。当时贵族社会的男女关系，是很自由的。源氏生在这样的宫廷里，自然有许多韵事。紫式部在宫中多年，她将观察所得，写成这部恋爱小说。

日本三浦圭三君，列举原文有八大特色：如修辞巧妙，描写内心的活动，描写颇细致、优雅，照应极巧，引用古歌、催马乐等，是以诗心作成的散文，短歌与文联络，写景写情融化为一，等等。惟文字晦涩难解，后人读他很不容易。女流诗人与谢野晶子自幼就爱读此书，尝将它译为近代语，但已费了三年的功夫。五十四帖的篇名，姑且写出来看看——

1.桐壶；2.帚木；3.空蝉；4.夕颜；5.若紫；6.末摘花；7.红叶贺；8.花宴；9.葵；10.榊；11.花散里；12.须磨；13.明石；14.澪漂；15.蓬生；16.关屋；17.绘合；18.松风；19.薄云；20.槿；21.乙少；22.玉鬘；

23.初音;24.胡蝶;25.萤;26.常夏;27.篝火;28.野分;29.行幸;30.藤袴;31.直木柱;32.梅枝;33.藤里叶;34.若菜上;35.若菜下;36.柏木;37.横笛;38.铃虫;39.夕雾;40.御法;41.幻;42.勾宫;43.红梅;44.竹河;45.桥姬;46.椎木;47.总角;48.早厥;49.宿木;50.东屋;51.浮舟;52.蜻蛉;53.手习;54.梦之浮桥。

夏茂冬枯

这篇故事,是讲春夏的时候,花木为什么繁盛;到了秋冬,为什么就会枯槁。

那时正是春天,河里的冰早已解冻了;天上的乌云,也变成一朵一朵的白云了;田里的菜花,远远看去,像黄金的颜色;许多小鸟,都在草地上跳来跳去的,活泼非常。每当这样的时候,没有一个人不觉得爽快的。

一座深山里,风景十分美丽,各种稀奇的花木开遍各处。那里是人迹不到的地方,所以很清洁幽静。有一天将近黄昏,太阳还在对面的山上逗留,伴侣这锦绣一般的山林,不肯即时回去的时候,有六个仙女,刚从清泉里沐浴出来,大家牵着手,跳舞唱歌。她们跳得疲倦了,有的睡在地上,有的坐在溪流的旁边,有的站在树下听莺鸟唱小曲,心里快活极了。有一个站在溪旁的仙女,向大家说道:

"姊姊们!今天的天气真好!你们看溪里的水都清得见底,桃花鲜红,像喝醉了酒的一样,这样的风景,能够永远不离开我们,使我们终生在这明媚的春光里过快乐的日子,那就满足我的心愿了!"

"我们不知不觉地在这里过了许多年了,但是不晓得这美丽的春日,也有离开我们的一天吗?"另外一个仙女,坐在树下,向刚才说话的那个仙女这样问。睡在草地上的一个说:

"我想我们能够永远住在这样的地方,只要花神时时欢喜,有她保护我们,那么,我们的好朋友桃花、柳枝、黄莺儿,就不会舍我们去的。"

这时吹过一阵暖和的风,她们的身体觉得很舒畅,大家在地上摘了许多野花,拿在手里,互相抛掷嬉戏,六个人打做一团,嬉笑的声音,别处也可以听得着。

她们六个人,每天都要等花神来,一同游戏。今天她们玩了许久,还不见神来,心里很诧异。暗暗地想:她不会不来的,难道发生什么事吗?

她们又等了一会,才见女神远远地来了。女神走近,大家向前围绕着她,责备她今天为什么来得这样晚,花神笑着分辩道:

"今天因为母亲要我唱歌给她听,所以出来晚了一点,走到半路,看见那可怕的地神,在一棵大树下站着,我急忙藏在树林里,等他走了,我才出来,幸好没有被他瞧见。来到这里,不觉已经黄昏了。"

"这样吗?你既然来得这样晚,害我们等了许久,你应该唱歌给我们听,算是一点小小的责罚呀!"大家彷佛是约好了的,都向花神这样说。

花神起初不肯唱,她说她一个人唱是不行的,后来始终被她们逼着唱歌了。

"那么,唱什么歌好呢!好吧!我就拿我们每天的生活唱出来吧!"花神说过,就唱起歌来:

> 日暖风和流潺潺,
> 翠鸟戏嬉树巅,
> 芳草如茵承斜阳,
> 桃花柳絮蹁跹。

> 银光涟涟漾波头,
> 微飔吹乱华鬟,
> 渴饮清露饥餐实,
> 轻雾当作裙衫。
> 松声簌簌伴鸟语,
> 碧苔生满石沿,
> 朝沐红日夕浴泉,
> 夜来枕花安眠。

她们还不等女神唱完,大家一齐拍掌叫道:"唱得好呀!唱得好呀!"六个仙女手牵着手,将花神围在中央,跳了一次圆形的舞蹈。她们真快活极了。

这时忽然听见有男子的声音叫道:"唱得好呀!跳得好呀!"这声

音是从一棵大树后面发出来的。仙女们和花神正在高兴,听了这声音,都吓得站在一起,不敢分散。

大树后的男子走出来,她们才知道是那可怕的地神。地神的相貌很凶恶,时常跑来扰乱仙女们的安宁,没有一个不怕他的。

地神走近她们,笑嘻嘻地说道:"刚才的歌声,唱得真好,可要我加入同唱吗?"说完了,脸上做出谄媚的样子。

"我们从来没有和别人唱过歌的,请你早点离开这里吧!"一个年长的仙女,向地神这样说。地神听了,心里暗暗地想:倘若我不将我家里的好处告诉她们,她们是瞧不起我的,告诉了,然后再请她们到我家里去看,她们若果执拗不去,我只得动手了。他的主意打定了,就说道:

"你叫我离开这里吗?老实说,你们这里我是不愿意来的。我们那里的风景,比你们的好得多了。河里水是灰黑色的,树上的鸟比猫头鸟还要大些,叫起来呜呜的,你们永远没有看见过。更好的是满山都是金银,吃的是鸟兽的肉和血,比你们吃的很好得多!你们和我去玩玩,好不好呢?"

仙女们听了,觉得好笑,又好气,有一个说:

"你那里我们虽然没有去过,但是母亲曾经告诉我说,地里是永不光明的,住在那里的都是凶恶的人,吃的是脏的东西,哪里能和我们比呢!"

另一个仙女又接着说:

"是的,我也听人家这样说,地里是没有一根草一朵花的。不要说鸟不能唱歌,就是你恐怕也是不会唱吧!"

花神说:"他这样的人,只知道杀人,哪里懂得这些。赶快离开这里吧!"

地神听了,心里很生气,看了花神几眼,说道:"你叫我离开吗?也好,我带你同去吧!"

他说了,就上前拉着花神,向前就跑。仙女们虽然有六个人,哪里能敌得住他呢?虽然跟着跑了一会,大声叫喊,终于看见女神被他抢去了。

这时一阵和暖的风,将花神的哭声,从远方送过树林这边来。

仙女们很担心,因为花神这一去,定要受地神的虐待,想到这里,就哭起来了。

哭了一会才商量去救花神回来的方法。年长的仙女,提议先去通知花神的父母,免得他们在家里着急。大家都说她的主意很是。

花神的父亲是管智慧的神,母亲是管农业的神,这天见自己的女儿这样晚还没有回来,心中很是着急。恰好这时仙女们跑来了,将刚才所遇的事告诉他们。

父亲和母亲听了,心里自然很悲伤。父亲的性质不大好,遇了着急的事,时时发脾气。他平时最恨的,就是地神,现在女儿被他带走了,心中越想越气。他说:

"女儿去了,别的事倒不要紧,第一,她自己所管理的一切树木花草,都要凋落枯槁了。况且地里是那样的恶浊,地神又是那样的凶横,这真是不得了的事呵!"

他说完了，又叹气。简直想不起救女儿的方法。隔一会，又顿足向花神的母亲说：

"倘若女儿吃了地里的一点食物，那就不必再来和我见面了！"

母亲是知道他的性质的，只得好言宽慰他。二人就预备出门去寻女儿回来。

仙女们见花神的父亲母亲自去寻花神，也不便在此逗留，就告辞走了。

他们费了很久的时日，总没有把女儿寻着。这几个月花神不在世上，树木的叶子也落了，花草是早就枯萎了。一眼看去，只有枯林在各处排列着，雀鸟停止了歌声，不知躲到什么地方去了。不久就降雪，吹起寒冷的风。此时不特花神的父母觉得十分凄凉，就是一切人们，也没有一个不觉得凄凉了。

花神的父母，仍然继续去寻他们的女儿。有一天，走过一条河边，遇见了一个老婆婆，坐在草地上，他们就把女儿的形貌，所穿的衣服告诉老婆婆，问她见过这样的人没有。老婆婆听了，想了一会，就从衣袋里摸出一条手巾，说是从前在河边拾得的，不知是不是他们女儿的东西。花神的母亲接过来一看，认得这手巾是女儿平时所用的。她揣想这情形，女儿一定被地神从河底带到地里去了。

他们回去约了许多人来帮忙，同到地里去，刚好那天地神没有在家里，大家就把花神带回来了。

花神在地里已经很久，又受地神的虐待，已经是很瘦弱。遇见了父亲和母亲，自然是很伤心的，大家都流泪了。

母亲看见女儿无恙，才放心了。只有父亲，还担着心事，以为女儿在地下有许久的日子，总不免吃了地下的食物，玷污了花神的身份，所以女儿虽然平安无事，心里也并不觉得快活。后来简直向女儿问道："你吃了地里的东西没有呢？"

花神也不敢说谎，答说："我在地里的时候很口渴，只吃了六粒石榴。"

"那还了得吗？以你这样的身份，为什么吃地里的食物呢？世上一切的花木，一年四季都是你管理，现在你既然吃了六粒石榴，从此以后你就在地里住六个月吧！"父亲生气极了。

虽然有母亲和别人的辩解，父亲总是固执不肯，女神的心，又是悔恨，又是悲哀，终于没有法想，只得遵着父亲的命做去了。

每到春夏之交，花木茂盛，花神和仙女们又在森林里、清流旁跳舞唱歌。没有几个月，花神应该到地里去，所以秋天冬天，树木花草，都渐渐凋零了。

伊藤白莲

S兄！

我前年得读易卜生的剧本《娜拉》，是使我印象最深的一件事。易卜生把个人看得比社会重要，描写娜拉离去"玩物的家庭"，深刻而痛快。当时只见易卜生的剧本，心中无日不渴想得演出的剧瞧一瞧；后来在一家电影馆看着了此剧的电影，扮娜拉的是一位 Miss Furgson；虽然情节不十分完全，然而也只好说是"慰情聊胜无"了。伊扮娜拉的态度，很能一一将娜拉这位个性最强的女性在银幕上现出来，当伊演娜拉恐怕郝尔茂将取得那封信，以及活泼地走出门外的时候，我想谁人见了都要称赞的。

像娜拉的个性被压迫于男子强权之下的，岂只拉威见于易氏的著作里吗？不用说女子中不计其数，我想男子们被压迫于社会势力之下，而不知个性是什么东西的，也要一掬同情之泪吧！

这几日又在此间报纸上见了一折与娜拉相同的话剧，内容略略有点差异，可以说是娜拉第二了。连日东京的报纸，都把平日常登的重要记事,移登在第六版去,留出一页的地方专载这件事——就是日本女流文学家伊藤白莲(烨子)Akiko Ito,离弃相聚十载的丈夫,而走到新的生活的事。现在且先把伊离其夫伊藤传右卫门时作别的一封信译在下面。

现在以"你的妻子"的我,写上这封最后的信。我现在写上这封信,在你或许以为是突然的事,但是在我却不外是当然的结果了。回顾你和我结婚的当初到目前,我不能不依从最善的性与勇气之命,而取这条道路了。

自结婚之初以来,你我之间全缺爱和理解,是你所知道的。我所以屈从,乃是我对于我的环境的结婚的无理解,和我的弱小的结果。然而,我虽下愚,还能决心勉力用使此结婚有意义的爱与力,使它现于生活里,期待而努力着。自从我抱了这种不实的期待由东京到九州以来,至今已是十年,我此时的生活,只是以无法之泪掩蔽而已。我的期待乃全相反,努力全归泡影。你的家庭,有我所不能预期的复杂,我也不必在此地呶呶了。侍奉你的女性之中,有不能想为仅和你是主从关系而存在的,你的家庭中,有主妇的实权,被其他女性所夺的事,这自然是你的意。但我对于这种意外的家庭,很惊异的。在此状态之中,你我之间,当然不能育着真的爱与理解了。我对于这些,以及对于时时漏出的不平及反抗,你说到离别或归宁而取冷酷的态度的事,许是不能够忘记的。又生存在这样极复杂的家庭,对于种种意外的事,你的爱已经没有,自不能认识妻子的价值了。我是怎样地度过无聊与寂寥的日子,我想你没有不知道的。

我往往有觉着自身的不幸而欲死的事。然而我却竭力抑压苦恼与忧愁以至于今日。慰藉此不幸的运命者,只有诗与歌而已。因为由无爱的结婚所生的不遇,以及由此不遇所受的痛苦,辨明了我的生涯无非终于黑暗的幕中。然而幸好有一个爱人给我了,我由这个爱,而将复活了。照这样下去,对于你是犯了不成罪的罪而恐怖;到现在是我依据我的良心之命,可以根本地改造那不自然的既往的生活之时机了。即去虚伪、近真实的时候来了。因此我以这封信,向着以全力而漠视女性人格的尊严的你,告永久之诀别。我因为拥护、培养我的个性的自由与尊贵而离开你。对于你长时间的养育我、贴念我,我是极其感谢的。

我的宝石类用挂号信送还,衣物照着封在寄送照山支配人的信里的目录,寄交他了,请你分与。我的印章不送交了,倘若要应用我的名义,无论什么时候都可以盖章。

十月二十一日,烨子

伊藤白莲,母家原姓柳原,是日本的华族,十年前嫁于伊藤传右卫门,伊藤为福冈县富室,以业矿致巨万。白莲幼向某博士习和歌

（日本歌之一），甚精，同与谢野晶子、九条武子等齐名。著有戏曲曰《指鬘外道》，内容是以神表象恋爱及人间苦，我去年彷佛在《学灯》见过一节译本，想来你也见过的。此剧初登《解放》杂志，即博众誉，后来《解放》杂志要请伊允许把这本戏曲印单行本，就派了一位编辑员宫崎龙介到伊的家里接洽，伊前函里所说："幸好有一个爱人给我了。"这爱人便是宫崎龙介了。（宫崎龙介就是所谓革命浪人宫崎滔天的儿子，宫崎滔天的名字，想必国人有多数知道的。）伊和伊的丈夫本是"无意义的结婚""无爱的结婚"，而且一个金钱臭的传右卫门，和一个女流文学家，自是无精神上的相慰，加上一般的日本男子对于妇人的压迫，伊自然不能屈伏于金丝笼之中，而要发展伊的个性，遂和这青年的宫崎龙介有了精神上的恋爱，至今已是几年了。十数日前伊和其夫到东京宿在日本桥的一家旅馆，二十一日伊的丈夫到京都去，伊便写了前译的信，和伊的丈夫为永久之别，可也算得出了 Doll's House 了！现在还住在一个姓山本的家里，新闻记者的探问，正络绎于途呢！我最佩服伊说的"我因为拥护、培养我的个性的自由与尊贵而离开你"一语。中国妇女因为拥护、培养个性的自由与尊贵而离开的人有吗？中国男子因为拥护、培养个性的自由与尊贵而离开……的人有吗？能依据内部的要求，而以自我之力打开环境以建设生活的人有吗？不能离开因袭与传统者姑置不论，即能本诸冲动而自取生活之道的，能把自己的生活置于自由神像旁的，我怕也少其俦，此是我近来所切实感觉的。S 兄！要有个性建设，然后有社会改造可言。

无论男女，对于所谓道德，不可不以自我为出发点，我以为道德即是社会生活的规范，但受社会生活规范的束缚与否，则在看这种规范是否适应于个性，二者若不适应则必冲突，白莲离弃其夫，便是这种冲突的表现。同时伊与宫崎龙介相爱，如伊所说，即是以自我之力打开环境以建设生活。故白莲之爱，超乎性欲恋爱之上，吁嗟白莲之爱！

加尔曼的爱

去年深秋的一夜,我和 C 君在 O 剧院看了我们平日所憬慕的意大利歌剧团所演的《加尔曼》。此剧前在 T 都市时已看过两次,但演者为俄国剧团,虽脚本无甚差异,然歌者的气氛,毕竟不同。提及意大利的歌、西班牙的舞,就像我们平时听说的某地的美人、某店的茶叶一样,是有定评的。去年到上海来的剧团约有四十人(据说从米兰直到这里),出演近一月,世界著名的歌剧如《浮士德》、《迷娘》、《尼哥勒妥》、《塞维尼的理发师》、《漫郎》(即《漫郎·勒实戈》)、《茶花女》、《巴利阿细》诸曲,均先后得观。最博人喝采的如《加尔曼》《蝶夫人》之类,曾上演数次。《加尔曼》一剧素有歌剧王之称,因其情节紧张,歌调曼妙,舞台面颇闹热,易引人入胜。惟剧中吉卜希(Gypsy)女加尔曼一角,须视扮者的舞台姿见工拙。数年前在东京见松井须磨子演此剧于有乐座,虽尽善美,惜须磨子的姿首稍嫌丰腴,终不及此次意人某女士扮演之妙。因加尔曼为吉卜希女子,若缺犉削妖冶之态,便不能尽泄吉卜希气质于舞台。日本新派女优自松井须磨子殉情后，数年间未见此剧出现。至于歌剧，在日尚为幼稚时代，无人演过，即演恐亦不佳。

所谓《加尔曼》者，即19世纪前半期法兰西浪漫派作家梅里麦（Prosper Merimee, 1803—1870）的小说《加尔曼》中的主人（Heroine）。梅氏自二十二岁时发表《Clara Gazul 的剧曲》以后，即为当时的文坛注目，四年后又作历史小说《却尔士九世纪录》。短篇有 *Colomba*、*Tamango*、*La Venus dlille* 等。《加尔曼》（*Carmen*）之作，系以吉卜希族为背景，将此为世界人类遗弃之民族，捉住他们的特质，表现于此篇。其中最堪注意者，为写此流浪的吉卜希族女子加尔曼，与非吉卜希族之男子唐荷色（人名）相恋之点。其表现吉卜希气质之着力处亦在于此，所以一经音乐家 Bizet 谱为歌剧之后，即受世人热烈的欢迎。梅氏未作此篇，对于吉卜希民族，也曾下了一番研究工夫。有些作家对于此种民族之起源及生活，大多臆造，如俄国文学家普希金所写的吉卜希，即为空想的产物，非如梅氏之研究有素可比。所以读梅氏之小说或看过歌剧《加尔曼》的人，对于吉卜希民族之团体生活与气质，可得许多谅解。

吉卜希民族属于何系，到现在还是一个猜不透的谜。据德国荷卜夫氏之说，谓此族出自波斯，为叫做加兹的波斯山岳带的旧居民。13世纪时，从黑海的北方，分为两股：一股越博斯普鲁斯海峡；一股从黑海北岸兹那尼亚族所住的地方，移到东匈牙利及吉宾比尔格地方，以至于今。此等移民队在成吉思汗自蒙古征伐欧洲时，随大军移西。别的一股从亚细亚土耳其经欧洲达西班牙，与沿亚非利加北岸入西班牙的一股相合。(本文所说的加尔曼,即生于西班牙。)这些移民队,一千年间,分散欧罗巴各地。至今分住希腊、土耳其、葡萄牙、东罗马尼亚、塞尔维亚、蒙的内哥洛、匈牙利、波兰、瑞典、娜威、德、法、意大利、英国、西班牙诸国,约计七十七万九千人。此外尚有十万漂流于印度、小亚细亚诸地。若连非洲、澳洲、北美诸地的合计在内:总数有百六十六万之多,全世界有二百万左右(虽然不是正确的统计)。这样众多的民族,却被现在的人类所遗弃。所谓文明社会对于他们并无何等的拥护,不特如此,且把他们看为"病的"。他们之中,不用说无所谓伟人、天才,即文学、艺术也梦想不到。他们也没有一定的职业,以卖卜、打铁、补锅、卖帚、盗窃、修锁、饲犬为多,女子操神女生涯的也不少。日俄战时,在俄国的一队吉卜希女子,曾被送往战地。伊们的容貌很美:身体发育之完全,体格之均齐;微带茶色的面庞,琉璃似的恰好的嘴唇,洁白的牙齿,黑檀般的头发;喜着色彩华丽的衣服,住在西班牙的,则御西班牙的盛装,加上飘逸的风度,便为或种的美人了。然而这种颂赞只适用于青春期,即十五岁到三十岁之间,逾此时间,即满脸鸡皮,日近衰老,什么"……风韵犹存"之类,也就无从说起了。至于老妪,则集天下之奇丑,我们看影戏时,每见住在岩洞里为人设计或占卦的老婆,那便是吉卜希老妪的"型"了。他们的职业的卑下以及花容之易衰,都是有原因的。职业之卑下是因为他们流浪的初期,正当欧洲中世纪宗教热强盛的时代,他们被认为邪教信者,他人羞与为伍,所以他们受世人的迫害与诅咒,终于一蹶不振。至于容颜易衰,也许是飘泊不安、世途艰难的原故。

吉卜希的家庭生活也是奇异的。和我们中国从前的男主外、女主内相反。他们是妇人在外谋生，男子坐在家庭中享福。女子嫁了人，不特要养儿女，还要养丈夫，这负担可不轻呢！所以伊们宁可在乡村卖卜，如溪中的桃花飘流无定，却不愿嫁人，供丈夫的怠惰生活的牺牲。这也是吉卜希气质之一。

若欲看吉卜希女子的姿首究竟是什么样的，我们可以介绍（介绍二字，未免滑稽）。影戏中不时可以看见一位女伶，伊的芳名是玻挪·勒格妮（Pola Negri）。伊是德国的女伶，但确出自吉卜希（波兰系）族。我有伊的一张相片，不知夹在哪一本书里，现在寻不着，不然可以印出来。

既明此种民族之生活，便可说到代表他们内部生活的恋爱（即梅里麦在他的说部里所表现的吉卜希女子与非吉卜希男子之恋爱关系）。《加尔曼》有歌剧本及舞台剧（即用对话加入歌词者）本，现就从前日本松井须磨子所演的剧本（川村氏改编，与歌剧的 Plot 同）介绍此剧的情节，与吉卜希女子的典型加尔曼。

此剧共有四幕五场。第一场在西班牙塞维尼亚街上。上方有兵营，营门外有兵士数人昼寝。对面为一烟草工场。幕启后女工二人与兵卒调笑。有女子来探伍长唐荷色（后为加尔曼之恋爱人），未遇。移时唐荷色出，兵卒告有女子来访，唐询衣貌知为其未婚妻米卡耶纳。兵卒盛称彼女之美，唐亦自豪，向兵卒说。

唐荷色：（笑）"是了是了！那定是米卡耶纳。以她为女神的，也不只我一人。（自语似的说）她确是美丽的女子。我无意识的负气，和打球的对手争吵,不能不离开故乡。我想到年老的母亲和她,我对于看管这烟草工场的职务,就厌弃得不能忍耐。我怀念故乡,我见了黄昏时落在山上的夕阳,就不觉流下泪来。你们别笑我像女人似的,这是我的真心。但是哟!什么也是命运,我已经这样了,也只好诚心地服务,能够有一点升进,便可以早一天迎养我的母亲。"(看河里的流水,坐下。)

兵卒一(看上手的内方):"呀!来了!"

唐荷色:"什么?米卡耶纳来了吗?"

兵卒一:"不是的。女工们吃了饭,回工场作工来了。"

唐荷色:"唔!"(失望的样子)

这时女工在内唱烟草工场之歌,许多女工出场,姿态轻佻。街上的青年与女工互相攀谈。女工走入工场,忽闻男众的声音:"呀!加尔曼来了!"闻声营内有兵卒及官长走出,以待加尔曼之来。唐荷色一人俯眺流水,安坐不动。加尔曼歌着出场,口中衔着红色的 Acacia 花,着红色裙,高高地系着。穿白丝袜,结以火焰般的红带,足穿摩洛哥的靴子,作态似的窈窕地走着。胸前及肩上,均缀以 Acacia 的花束。群众见她来了,有的问她何时答应他的要求,有的愿做她的奴隶,有的想要她口中所衔的花。她笑着从群众中走过,忽然注目唐荷色,止于其侧。

加尔曼:"伍长!好静寂哪!他们都看着加尔曼的脸,只有你俯视河里的水,你掉了宝石吗?"

唐荷色(垂着头):"我想我自己的事。"

加尔曼在唐荷色的身旁说了许多话,他也不理,反身向后。加尔曼微怒,将口里衔的花掷荷色,荷色始抬头视伊,不觉心惊伊的容貌之美,加尔曼面现诱惑的表情,注视荷色的脸。

尔曼:"再会吧!勿把我忘了!"

群众此时均祝荷色的艳福不浅,加尔曼歌着入内,群众亦散。舞台上只余荷色一人,忽见足下的花,用手拾起,未几,又掷于地,后又拾取,如是者二三次。注视烟草工场,长叹若有深思。又拾加尔曼所遗之花,视之不已。

这时他的未婚妻米卡耶纳上,忽与荷色晤面,荷色急纳花于袋。

荷色:"哦!米卡耶纳!"

米卡耶纳:"荷色!"

荷色:"你来得正好!你来这里寻我去后,我就来了。他们说一位着草色裙,头发编成辫儿的女郎来过,我猜着一定就是你了。他们都说你如女神一般的美。——你累了吗?母亲好吗?"

米卡耶纳:"母亲从朝至暮都思念你,就这般地度日。这次我来,还命我带了许多话来对你说。"

荷色请米卡耶纳慢慢地和他细谈,米卡耶纳说那天六点钟就要和朋友一起回去了。荷色听说,十分失望。他把现在的职业和志向对伊说了,又向伊叙爱;二人拥抱,为热恋之表示。米卡耶纳自怀中取出钱袋,说这是荷色的母亲,恐怕他在营里用度不宽裕,特意命伊带来的。荷色托伊致谢。将钱袋纳入怀,正摸索着时,加尔曼所遗的花落在地上。米卡耶纳见了,无意地拾取送给荷色。伊行后,荷色仍视花,不忍抛弃。

一阵喧闹的声音,加尔曼手持切烟草的刀出场,许多女工在后面抱着伊,我们便知道伊是和别人打架了。营中的中尉支尼加闻声,与兵卒二人走出,女工向他诉加尔曼的暴行,说伊杀伤他人。中尉遂令荷色缚伊,伊以辞媚中尉,中尉虽欲循情,然为十目所视,走入。荷色遂缚加尔曼。

加尔曼:"伍长!你把我怎样呢!"

荷色:"怎样!"

加尔曼:"你真冷淡哪!你这样年青,这样体面,为何对女子这般冷落呢?你缚着我,你不想我怪可怜的吗?"

荷色:"安静些!"

加尔曼:"静默着好没趣。伍长!你不要离得这样远,快到这边来呀!"

荷色:"讨厌!"(向后)

加尔曼:"唉!好一副肩膀!你的肩膀可以安放美女的头,到今天,曾有几个女子在你的肩上流泪呢?"

荷色:"安静些!不许和我说话。"

加尔曼听说,便不说了,唱起歌来。歌毕,荷色忽自走近加尔曼,说他并不厌憎伊,可以减轻伊的罪。加尔曼便乘势要求荷色纵伊逃走,荷色不许。加尔曼说从前伊犯罪,有一个伍长,也曾纵伊逃走,刚才命荷色缚伊的中尉,也是伊的朋友,每晚在尼拉斯家中喝酒。伊又向荷色说及故乡,荷色知伊生在自己的邻近。于是二人谈话,渐渐投机。加尔曼以头枕于荷色的肩上,相对无言,二人间已表示互爱。后荷色为伊解缚,加尔曼遂逃。

第二场为旅店的酒间,加尔曼宿在旅店楼上,中尉支尼加及客在楼下等候,加尔曼出,众人举杯祝之。

加尔曼:"谢谢各位,我也饮这一杯!——为生命,为恋爱,为自由。(少间)唉!自由!自由!那个人怎么样呢!"(沉思)

那个人就是指荷色,因为荷色以纵加尔曼逃走,被械入狱。伊对于荷色牺牲身体,使伊自由的事,是很感激的,因感激更加爱他。那一夜荷色出狱,来访加尔曼,入门和伊叙谈很久。闻喇叭声,荷色急欲归营,加尔曼不允,留他在那里,为他唱歌,且跳舞。

荷色:"喇叭响了,请你许我回吧!下次我们快乐地聚会何如?我在营里,我不能忘却我的义务,不能不尊重规则。"

加尔曼:"不行的!你要听我的话!我知道你不听我的话,只知听喇叭声音。荷色!荷色!你看我!你快看你的爱人。我为你歌,我为你舞。"

加尔曼舞。吉卜希女子数人亦舞。四散后,二人复出。

加尔曼:"从今天起,你就是我的,我就是你的,你不可忘了。"

中尉支尼加出,命荷色回营,荷色不从,二人争论,中尉拔剑与荷色斗,为荷色刺死。加尔曼为荷色谋,约他加入吉卜希的山贼群内。

第三场布夜景,为山中吉卜希的盗窟。吉卜希多人坐于岩洞内,洞口有许多抢来的物件。荷色已加入盗群,刚做了一注买卖,大家分赃,盗党安东留语荷色,加尔曼今日已救其本夫喀尔细出狱,荷色听说默然。二人在山上眺望,荷色指山下森林,谓即自己家乡,有老母倚闾,红颜盼归,皆因自己留恋加尔曼之故,虽堕落为盗,亦不能自持。与安东留对话,极为沉痛,二人谈时,加尔曼与斗牛士鲁加斯出,未几,鲁加斯别去,荷色至加尔曼身旁——

荷色:"加尔曼!怎么样了!刚才去的是谁?"

加尔曼:"他是斗牛士鲁加斯!"

荷:"是你从前的爱人吗?"

加:"就是爱人又怎样呢!你又在疑惑什么了?因为我有别的事,想使鲁加斯加入我们的团体,所以我和他交际。"

荷:"我还没有加入之前,你曾迷恋那人吗?我想定是这样的。"

加:"没有这样的事。"

荷:"我想定是这样。你照实告诉我,我命令你!快些说实话。"

加:"命令?加尔曼是不怕什么的。"

荷:"加尔曼!你爱鲁加斯吗?"

加:"是的!爱!"

荷:"那么我这一个你还爱吗?"

加:"爱的。爱是爱的,到今天你只拿过一次钱给我。"

荷:"唉!加尔曼!你不要说这样可卑的事,不要从你的美丽的口里说出这样可卑的话。"

加:"……我最恨别人指斥我所做的事。请你不要怒我!使我自由,随意吧!也请你不要命令什么,你就命令我也不能服从。请你不要禁止什么,禁止了我定归犯你所禁止的事……你只相信我吧!

我……我是想着你的。"

荷:"我听说你费了两年的苦心,把喀尔细从牢里救出,你将我视作你的丈夫,那么将喀尔细置于何地呢?"

加:"他是以前的丈夫。我并非因为他是我的丈夫,我才救他。吉卜希的同伴,为了自由,无论什么事也做的,成了习惯。你入狱时,我自然想早一日和你见面,但是第一件事还是为的使你得自由。纵令不爱,为了自由二字,这一点事也得去做。(少间)我想把你的事向喀尔细说了,就是斗牛士鲁加斯也知道你了。他有强壮的马,有气力,有金钱,目前渐渐贫困,他想加入做我们的同伴。"

荷:"我不要同伴,也不要金钱!你好好地想,我就是为爱你的这一点活着的哪!"

加:"你别说这些吧!请你不要强逼我了,我疲倦了。"

加尔曼去后,舞台上只有荷色一人。闻人说,吉卜希数人在山下抢了一个女子拥着走来。齐声说道"好买卖来了"!荷色一看,是他的未婚妻米卡耶纳,急命众人解缚。米卡耶纳向荷色说,自从荷色失踪后,他的母亲就卧病,甚危。米卡耶纳因此出外访他,苦口劝荷色回家。荷色虽然知道自己错误,入了迷途,但因为恋爱加尔曼的原故,他自己也不能自救了。同伴安东留劝他回家,说这是一个无二的机会。然荷色这时已经不能反抗他自己的情感了。只有恳求米卡耶纳原谅,望伊奉母而已。米卡耶纳无法,但有饮泣。安东留送伊下山,时加尔曼出。

荷:"……加尔曼!你想,我为你犯罪入狱、杀人、做盗贼,撇了母亲和米卡耶纳,做尽了残酷的事,我成了一个活着的恶魔了。都是因为舍不得离开你。你虽是吉卜希女子,这点事你是知道的。你要使我真能安心,真正为我所有,就是半小时也不妨。"

加:"请你不用拿道理窘我哪!无论如何正当的理由,在我看来,是一文不值的。'自由'就是我的信条,我以自由而生,我以自由而死。我爱你也是自由,我憎你也是自由。

"……我思想你,是真确的事,我又想喀尔细,又想斗牛士鲁加斯,都是真确的。也许我又爱世界中的一切男子,但是这也是我的心愿。你想将我当作你一人的,这便是无理,是我所不能为的。"

荷:"你为何这样弃我呢?"

加:"我觉得你讨厌了。"

荷:"加尔曼!"

加:"你不要再说了,我不听了。"

荷:"什么?"(发怒)

加:"你要杀我吗?"

这时加尔曼的本夫喀尔细(独眼)自山下走上,立于二人间。加尔曼呼其名,荷色梦中似的将刀拔出,喀尔细亦拔刀抵御,终为荷色所杀。吉卜希众闻声出场,加尔曼为恐怖所袭,静立注视荷色。时空中有乌鸦鸣声——

加尔曼:"乌鸦啼出这样的声音了。唉!可厌的日子!有什么恶事将来到我的身上了。"(舞台静寂)

第四场在斗牛场附近的旅馆的露台上,陈椅子二三,桌上有酒瓶甚多,斗牛士鲁加斯着鲜艳的服装,与加尔曼对坐,加尔曼为鲁加斯歌,祝他今日斗牛胜利,忽有侍者上,向加尔曼说有人来会,那人是卖橘子的。时闻廊下有声,将与时才唱歌的人相会一面。加尔曼视之,即荷色。鲁加斯询为谁,加尔曼以言语支吾,谓欲购橘。荷色沉思,弃橘篮而入,鲁加斯往斗牛场,侍者亦下。台上只有加尔曼,荷色瑟缩上。伊问他来做什么,荷色说自从被骑兵队袭击后,同伴四散,他也受伤,责加尔曼不应负心,并约同遁。加尔曼不允。

加:"我是不到英国去的,我想这里是最好的了。"

荷:"这里好吗?因为鲁加斯在这里,所以——"

加:"没有这样的事。"

荷:"定是如此!你想在他的身旁,你想迷恋他。"

加:"你这样地注意他,你何不杀了他呢?"

荷:"什么?杀鲁加斯?……我为你杀了中尉,杀了喀尔细,我想那些做你的情人的人,都是我的敌人。仔细想来,任我怎样杀,也不能使你成我一人的。杀了一个鲁加斯,又有第二个鲁加斯出来了,我又要杀了。我至今以为我的敌人就是你的情人,我想尽量地杀,使你完全变为我的女人,其实我的真正的敌人,就是你。我的敌人就是你!我若真正地爱我自己,我不能不杀你了。"

加:"我已经想到什么时候将被你杀了!"

荷色又向加尔曼哀求爱他,伊不愿。加尔曼去,荷色欲随伊同往。时米卡耶纳出。

荷:"是你吗?"

米:"荷色!"(泣)

荷:"我不想还能和你相会,我自己除死而外,没有救济的法子了。米卡耶纳! 我求你! 让我到我将去的地方去吧!"米:"荷色! 你的母亲已经死了!"

荷:"唉!"

米:"母亲一息仅存的时候,还念着你,要和你会面,为你祈福。"

荷:"我不知要说什么才好!"(泣)

米:"荷色! 你好好想! 你想杀了加尔曼,自己也同死,这事已经在你的眼中现出来了。但是你仔细想! 有一个人长久地等着你,为你祈幸福,你想那个可怜的女子吧。快将以前的事忘了,回到原来的荷色吧! 回转山间的村里,安静地度日好吗?"

荷:(沉思)"……"

斗牛场的钟声悠然入耳。只听得群众呼着鲁加斯的名字赞赏他的声音。荷色不能忍,似向米卡耶纳愿伊饶恕的样子,遂入。米卡耶纳连呼荷色,追之已不及,乃泣。

第五场斗牛场外。上方为斗牛场入口处,下方为寺院入口,有庄严之盛。正面为树林,远见连山。幕启后欢喜斗牛者往来不已中有吉卜希二三。移时,荷色出,如狂,面带杀气。口中询:"加尔曼在何处,伊藏在什么地方了?"复下。加尔曼与鲁加斯同出。鲁加斯将往斗牛。加尔曼祝他胜利,相视而别。吉卜希告加尔曼叫伊快些逃走,谓荷色将不利于伊。加尔曼不肯逃,既入。荷色又出,在寺院前遇牧师,荷色请牧师为他祈祷。牧师入寺,有静寂而庄严的音乐自寺内出,荷色跪寺前而祈,立起后,加尔曼出,二人相对。荷色问伊为何不逃,加尔曼答伊愿死,为自由虽被杀也是甘心的。

荷:"我的母亲为我死了,我背了母亲,背了未婚妻,背了故乡,做了盗贼,都为的是你,我杀人也是为你,加尔曼!你若有一片情爱,便救了你自己,也救了我,只要你稍微想一想就行了。"

加:"这是不能商量的!我没有恋你了,你还恋着我,所以你想杀吗?……唉!荷色!我们从此一刀两断!我已经不爱你了,你若因为你是我的丈夫所以要杀我,那么就请随意地杀吧!但是加尔曼无论到什么时候都是自由的,我以吉卜希而生,我以吉卜希而死!"

荷色虽然哀求,加尔曼仍然不理他,将指上指轮取下掷与荷色。

荷色虽怒,仍冀伊转意。加尔曼发狂似的大叫不愿,荷色自胸际拔出一小刀,刺加尔曼的胸部。加尔曼倒地,时米卡耶纳出现,状惊愕。上方有人声,受伤的斗牛士鲁加斯与群众同出。荷色如梦初醒,抱着加尔曼的死尸。寺中奏寂寞的乐声,米卡耶纳默祷,幕徐徐下。

这五场的悲剧,就这样地结束了。剧中对话,如加尔曼说的"我以自由而生,我以自由而死","以吉卜希而生,以吉卜希而死",都是吉卜希气质的表现。吉卜希女子为自由而死亦不惜,苟荷色真能爱加尔曼,当使伊完全自由,然而荷色又怎能如此呢。

往　事

上

——我亲爱的市子！

我们两个原来是合成一片的,那可恶运命,活活地把我们分开。假使我们所占据的空间,相离不远,倒不打紧,无奈我们分离之后,只留你一人在岛上,运命却把我带到大陆来。我们的中间,隔着一片汪洋,在现在虽说渡这点距离,并不算什么,但是那宿命之神,却时时刻刻随着我的身影,总不肯离开我。并且还要想尽方法来捉弄,可怜我从今以后,恐怕永远没有见你的笑靥的机会了。

自从你送我上船,你含着满腔热泪说"请快点归来"以后,我一个人在船上,真是如醉如痴,我的全身的神经已经麻木了,虽然有旅客喧嚷的声音,水夫的吆喝声,还有我倚靠着的船舷下面的海水,振荡着发响,我一点也不能分辨,只彷佛是一只蜜蜂在我的耳际,嗡嗡地鸣罢了。我的眼睛向前看去也看不见是山是树,那无知的热泪,只是湛在眼帘上下,替我戴上一副很厚的水晶镜子。载着我的身体的船向前进,我的心却是朝反对的方向后退。吴融说的"细若轻丝渺似波",西欧也有"爱情比蝴蝶还轻"的谚语,倘若我真能化为轻丝和蝴蝶,不受那载着我的可恶的物件的拘束,那我不免又要飘飘荡荡地飞了回来,倚傍着你了。

我在船舷边立着发怔,也不知经了若干时候。忽然觉得有人在我的肩胛上轻轻地拍了一下,我的意识明明地向我暗示说是你来了,而且又猜着你要说你平时喜欢说的话:"你又想归吗?除非到暑假我和你同去。"那时我被你发觉了,我便要预备说几句笑话逗你展笑。我的亲爱的哟!你还记得吗?有一次正是深秋的一夜,满弦的月亮挂在林梢,碧青的天际描着几撇羽毛般的白云,那泄声的残蝉早已由树梢掉下来,只有秋虫在湖荻里沙沙地呜咽,琵琶湖上的景色,使我们俩逗留了三夜。我还记得很清楚:你穿着紫色的绉面的上衣,你的又青又长的发,挽成那流入市面不久的新髻,我们相对坐着,中间隔着一张小桌,上面放着你的钱袋和你最心爱的绸伞。船泊在那棵形如宝盖的大树下的时候,你不大谈笑,只是捞着你的衣袖,用你的丰腻莹洁的手,去搅船旁的湖水,吓得那些在水面上喀呷着月光的小鱼儿,四散逃去。我呢,也尽坐着不说话,极目四望满湖的秋色,觉得那凄冷的微飔,由模糊着看不清是山是云的远方,吹了过来,湖中的芦草为了迎接她们的好伴侣,大家挤得塞塞窣窣的,我见了这些景色,便微唱了一声,唱起"故乡的废家"的小曲来了。等我唱完之后,停了半响,你低着头说:"看呀!依旧念的是故乡呀!"这时我便注意你的脸上，你那细长而浓的眉尖已经微微接近，我真不忍再看你的才由夏日消瘦恢复过来的脸上，笼着愁云，这时我的脑里彷彿小学生大考时得了难题目一般，要想尽方法，使你腮旁的笑涡现了出来，无奈一时着急，智慧之门，却深深地掩闭，正在不可如何，忽然又是一阵凉风，把掩着你的膝盖的下裾吹开，于是我想到曾经用异国语言向你解释过的一首汉诗的里一句，便不觉冲口而出："……何事入罗帏？"这句本不恰题但却有象征意味的诗，由我的笑眯眯的唇际吐出后，你也会意，要想笑出而又不能不忍着一下，我在旁边见着你用你的细牙去抿着嘴唇，防备它张开，这时我猜想你的心中，以为倘使笑了出来，便无异于承认我的打趣，所以你只得咬着嘴唇了。你用手整好下裾后，说了一声"可厌的风"，其实这句话的声音里已经暗示着你有发笑的可能了，果然……你始终不能战胜我的目光和嘴唇呀！唉，这些景象，如今回忆起来，都如在眼前！

我的肩胛上受了击，停了许久，才掉过身子来看，以为是你来了的幻想，便扫除得干干净净。原来是同归的同学C君，他是预备回来当机械工程师的，就是你常时说的那个喜欢闹笑话的C先生，他拍我一下，竟不负什么责任，伏在舷栏上吹他的口琴。他见我看他，他的回答只是映一映左眼，意思是表示口部没有闲空。

C也不和我谈笑，他的口琴的不谐调的声音，震得我的心里更加难过。我只得仍向海上看，此时船走过了陆地的近旁，许多礁石像棋子般地布列着，远处童童秃山，慢慢地向后移动，海面上翔翱着无数的海鸥。它的白色的肚腹最足令我留意，只见它们飞上飞下，一会儿在水面上，一会儿又钻进水里去了。我想我们真一点也不及海鸥，你看它们不单在海上渔取食物，它们也猎尽了宇宙的神秘，它们和青天碧水为伴，终日拍着矫强的翅膀，胸脯泛溢着喜悦，眼腔里湛满了希望，四围的美都向着它们微笑，泼刺的活气像火星般的闪耀着，它们便在其中飞翔。好幸福的海鸥哟！被欲念和痛苦紧紧束着的我们，只是在生命的道上彷徨，有的趑趄，有的迷途，哪里赶得上它们的分毫呢！

今天不是旧历的望日吗？倘使我的眼睛不病，将要看见怎样美丽的月光呵！因为地位的关系，渡过海这边来，我们俩的时计，便要相差一点钟，想像起来，你在的地方，月儿早已上升了。那银蛇的光，不是已经在林梢蠕动了吗？唉！此时你正在做什么呢？想来你定仰首看着碧空，心里藏着无限的幽思，嘿嘿无声。但是啊！与其这样的想像，毋宁说你已经睡在精雅的小室里的席上，雪白的被条裹着身体，你的那除了安琪儿不应有的，黑而长的发，散披在枕上。四围都静寂了，只有月儿悄悄地越过短篱，把它的青白的光，泄在你的身上，照你如同一枝白珊瑚一般。想到这里，我真要渡过夜之国。我要化作微风轻轻地叩你的窗户，偷看你睡熟时的温柔的笑容，感觉你的芬香的吐息，细数你的睫毛，吻遍你的全身。倘若你被惊醒了，不免要问道："你不是 H 君吗？"那时我也不肯承认了，我只说我是由沙漠里吹到春之国里来的风，经过这样美丽的敞轩，怎能不在你的胸前停息一会，又怎肯独让那朝来在庭柯上快乐着鸣啭的小鸟，才能惊破你的好梦呢！

这些话不是空虚的申诉才好呵——我每日总是这样地祈祷。我要和缠绕着我的宿命开始战斗,使我们的志愿终久能达到。可是我一月以来,一双眼睛蒙上了很厚的翳障,一尺内的东西便看不见,倘使真变成盲视,你想这后天的盲目是怎样的可惨!和 Aurora 绝缘,不是和古时的木乃伊一般吗?我虽然受了医生的几次手术,痛况仍旧不减。每逢日中,眼腔发剧痛,只得用双手紧紧地按着,痛苦才稍稍减轻一点。这时若果能够得你的细腻的手指在我的额际抚摩一会,那无形的药力,不难使我额际的热度减退——可是这又是一个可悲的哀恳哟!

下

自从那天医生来看过 H 的病以后,他的同居的友人都暗地里私议说:"H 的眼睛就是这样算了吗?"大家的心里都担着心事。看护他的只有他的好友 C 和佣人张妈。C 的卧室和他比邻,只是不常在家,一切事都是张妈替他料理。

他和 C 搬到这所屋里还不到四个月,他的寝室虽不甚大,但是四壁却漆得很雅致,窗外还有走廊,下面约有半亩来宽草地,杂种了许多花卉。房主人无事,养了几个鸡雏,清早起来,便听着啾啾的鸣声。铁栏外又并列着几颗很大的槐树。红日当空,一片槐荫,恰好掩映着他的窗户,在 S 镇这样喧嚣的市上,能够得着这样一块清静的地方居住,H 的心中,已经充满着感谢的气分了。

H 的忧郁性的体质,时时使他沉默少言笑;尤其在最近,病态更是显著，许多友人同在一处谈笑，只有他一个人缄口无声，眼里发出的光，一点儿力量也没有。从前月起，又加以眼病，起初不过眼球微红，后来竟至于不能见物。医生曾经问他：

"你不是时常流泪吗？"

"唔。"这仅仅一个字回答，在 H 并不是初次，却已成为他数月来的滥调了。

从前他的健康的面目，现在日见苍老，皮肤和骨骼的距离，不过如像一枚最小的银币般的厚薄，额际的青筋也突了出来的，彷佛是几条小蚯蚓藏在皮肤里面。眼上架着一副薄钢片的眼镜，片上穿了许多细空，医生说这样可以遮蔽外面的灰尘，又可以不致受热。他每天清早，便摸索着起床，慢慢地踱到廊边，抚摩他平时心爱的盆花，一会儿，叫张妈拿了水来，又摸索着灌溉。他靠着廊边站立着，心中便如机械般地发出幻想，接着又是几声长叹，然后才躺在睡椅上，等医生来给他诊视。

天气渐渐转凉，一夜的秋风，便引起草地的蛩声。这天天气很阴晦，不一刻便落下雨来。C 是早已出门去了，伴着他的只有空虚与无聊。他移步到书桌边坐下，开了抽斗，取出平日珍藏着的一本信帖，上面黏着许多信，他一页一页地翻开。他的眼睛不能看见，只得用手去抚摩，黏贴在第一页上的信，是市子给他的许多信中最激动他的伤感的一封。他一面用手摩，一面脑中便印出那些纤婉秀丽的许多字迹，用蓝墨水写在白纸上——

——秋已经来访桐叶了。别后至今还没有信来。凄凉的十五夜的月儿,无边地照临下界,倘若你依旧住在你的书室里,我们又要同坐室内,由松枝里眺望月光了。我看着这样美丽的秋的空际,一个人暗地垂泪。无母的我,每当秋意满庭的时候,便觉寂寞不堪。至于爱友的远别,这是第一次,今夜的悲哀更在无母的寂寞以上了。此时我百无聊赖,只得把过去之梦,细细地嚼味。我们在草原的散步,共坐海滨的细语,我每夜临寝时都联想到。壁上的钟敲了十一时,十二时,一时,我的眼睛仍然看着青白的灯光,我的胸奥有许多难言的痛苦。此时你在那里又是什么情况呢!倘若你已经睡在蔷薇花做成的榻上做那甜蜜的梦——或者你也同样地想念吗?有时我虽朦胧入睡,但是夜半梦破,仍想到恋的彼方,一脉的悲思又锁在我的怀里了。老父要你入籍的事,我虽然费尽口舌,依然没有转机,早知别后有这样的苦痛,当时我排尽万难,也要与你同归了——

H默忆市子给他的信,便是他得着安慰的时候,此时不单是忘却了眼痛,就是精神上也觉得舒展了许多。于是他静坐着,两手捧着头,心里默祷。他的眼睛看不见,又不能请人代他写一封恰好的信寄去,也没有 Thought Transference 的法术,他只得遥遥地向着市子申诉,如像前面所记的那样。

这天下午,H又独坐在房里默想。C走了进来,将 Coat 摺在椅

上,向 H 问道:

"眼痛觉得好些吗?"

"和往日一样,唉!倘使仅仅有一个人能治疗我的病——"

"W 医生是专门眼科,只要你祛除你的忧虑就好了。"

"你这几夜老是没有回来,害得张妈候门,常到更深。"

经 H 这一问,C 的脸上不觉泛着红晕,低着头瞧着他自己穿的白哔叽裤子,微微地笑了一笑。一会儿觉得很高兴,在裤袋里摸出一张很精巧的名片,向 H 说道:

"我们又发现新大陆了!H!"

"吓!我希望你把咖啡店和啤酒的生活戒除了吧!"

H 这类的话,C 不知听过若干次了——他仍是笑眯眯地捏着名片,靠近 H,摸着他的手说道:

"我念这张名片上的字给你听吧!Miss Daisay E. Wei,W 路一二五五号。H!倘若你肯享乐一下,你的忧郁病便也好了!"

"唔。"H 用他的老调答应着。他的这种回答,已经显明地拒绝 C 不用再说下文了。但是 C 的一团高兴,始终阻挡不着。于是他的"讲坛"便开始了——

"我想人生除了应做的工作外,便应当享乐的,你能参透这点意思,你现在也不至于受这些苦恼了。我们昨夜出工厂后又在咖啡店大喝,大家都醉了,R 拿出这个名片来,介绍一位朋友给我,于是我便去了。坐街车经过许多时候,到一条荫路下了车,那时月色微明,我走过一座小小的公园外面,不经意地向短丛内看了一眼,园里有一对年幼的异国男女坐在铁椅上,正在 Kiss,一个说"你把手放在我的肩上吧",一个急忙说"好!——就是这样,就是这样"。我听见了,我的脚的速率不觉加增了许多,放开脚步走了不久,估量着已经到了。我便去看门牌的号数,后来寻着了,是一家西式房屋,我走上去按门铃,一个青年的女仆开了门,很费点周折,才会见了伊。我们都坐在摩洛哥皮的沙发上,伊唱了许多醉心的歌给我听,伊又换了西式的服装,和我跳舞。起初跳 Two Step,后来伊要我跳 Tango 舞,我说不会,伊便教我。吓!Tango 之舞哟!神秘之舞哟!——"

C 说到这点,异常得意,用力在腿上拍了两下,又继续说:

"伊的母亲是西班牙人,伊真是我理想的女性美了。伊有白种人的娇好的躯干和皮肤,加上东方的青发和伶俐的眼,符合肉体美的条件,伊都具备得完完全全的。伊穿着长及腿部的丝袜,白绉纱上衣,黑纱裙,这些我都当作伊的肉体看呵!那时我如在云雾里一样,被那神妙的吸力支配着。后来过了许久,伊称赞我说'You are strong! your body...',H!伊真是一个 Miracle 哟!"

H 的精神实是不济,没有法子可以阻拦他的说话,听完了,很气忿地说道:

"你们,第三帝国的叛徒,异性的蹂躏者!"

"你说我是第三帝国的叛徒,毋宁说我是肉之澈底者。说我是异性的蹂躏者,毋宁说我是异性之 Adorer。现在的一切,所需要的是澈底呵!你和市子的苦痛,不能不归罪于你屈服于运命。你不惟受运命的愚弄,就是支配市子的幸福的人,你又何尝能反抗他呢?你对于灵的方面,并未澈底,你对于宿命,自然,也没有勇气反抗。在别一方面,你却烦恼于你自己招致的苦痛之中,你难道值不得称为一个弱者吗?我的 Stand point 不是灵的,自然我也知道我不能澈底于灵。其实第三帝国的结局,依旧是肉之国呵!无论或灵或肉,我们总得把这个神秘之井的水汲尽,一直到他成为眢井才止,我们要澈底地看这个井里是什么?我们知道什么是苦恼,况且我并没有可以招致苦恼的因。大自然之中,有的是快乐,我们要尽量地享乐,我们的有限的生命,不要为痛楚和不惬于心的事所役使呵!"C 越加有劲地说了。

"唔。"这便是 H 的回答,他知道 C 的性质很坏,始终不和他分辩,同时,他吐这个字的音调,也算得是反抗的武器了。

C 又要架势再谈。此时张妈走了进来,拿着一封信,伊说:

"这信是昨天寄来的。你不在家里,H 先生不能看,我呢,不识字,请你看看是谁的。"C 接过一看,向 H 说:

"你家里有信来了,仍旧由我念给你听吗?"

H 点一点头,躺在睡椅上,并不说什么。

——哥哥:今天母亲身体不好,岑姐在校里不能回来,母亲命我代笔写这封信给你,你看我写的字好不好?

母亲说七年不见了你。虽然你有相片寄来,母亲仍是很挂念你的。母亲时时指着后园的梨树说,你出外的时候,不过几尺高,现在已经结满果实了。昨天老王摘下来放在盘里,母亲见了,便流下泪来。近来我们不大得好东西吃了,母亲不肯买,因为买了回来,母亲记起你,又要伤心,我们大家都不要吃了。

母亲很望你快点回来,他说过了一个春天,两个春天,三个,四个,直到七个,还不见你回来,她的心里彷佛失掉了什么似的,近来饮食也减少了,形容也消瘦了,哥哥!你还不回来吗?

我们的屋后空地新盖了三大间房子,是叔父打样造的,一切都是新的,母亲说是预备等你回来后,给你娶嫂嫂。哥哥!你娶了嫂嫂,还爱我们吗?同学俊正的哥哥娶了嫂嫂,便时常骂他说:"你这小东西,要把你关在学校里,不放回来才好。"我听着了吓得什么似的,回来告诉母亲,母亲倒发笑了。岑姐问前次替你织的袜子,你收到了没有?倘若你还记得我们,望你快点回家来呀!

你的庆弟

H听他念完后,他的心似乎又飘飘地向着家里去了。泪珠只是在眼腔里旋转,眼内痛得和针刺一样。C念了这封信,又注意H的情形,刚才的那样热烈的高兴,渐渐消灭了,鼻腔里也觉得发酸,心里起了一种的不愉快,彷佛生病。这种病状,为他自幼以来没有尝过的,除非那时手里拿着爱食的东西,被别的孩子抢了去的时候。

C呆了一会,不说一句话。忽然用力在腿上一拍,彷佛想着什么似的,披了上衣,拿着帽子,下楼去了。

这时窗外,下了一阵雨,雨点被风带进窗来。H 倒在椅上,只是呻吟。

那一夜 C 又没有回来,张妈候门,直到深夜。

关于《游仙窟》

《游仙窟》一作，在我国久已失传。唐时，日本"遣唐使"来我国，带回此书，影响日本文学甚巨。现某氏向东京古典保存会，求得是籍，将重印俾广流传。因得见书末有山田孝雄氏《游仙窟解题》一文，文述《游仙窟》对于日本文学的影响，并校刊伪讹。兹摘译此文，以供研究古代中日两国文学交涉的参证。

《游仙窟》是成于唐初的一部小说，传为张文成的著作。

张文成是则天武后时人，名叫鷟，文成是他的字。生前，文名在本邦很高。看《唐书》记着"新罗日本使至，必出金宝购其文"就可以想像了。他的著作有《朝野佥载》《龙筋凤髓判》等。此书（指《游仙窟》）应该在本国（指中国）传存的，但并未听说流传，未知何故。或者在本国已佚失，仅传于日本吧。

本书早已见于"日本国见在书目录"，正如传入日本的《唐书》所说的，是日本遣唐使携回的。可是在大宝时充当遣唐使少录（官名——译者）的山上忆良，在他的《沉疴自哀文》里说——

《游仙窟》曰,九泉下人,一钱不值。

据此看来,或者是山上忆良一行人带回来的也未可知。右语是节录本书第二十七页所见的文字。在忆良的文中,也引用得有孔子的话、佛经的话;《抱朴子》《帛公略说》等书,可想见当时已把此书和经子为伍,是不足怪的。

本书似为"奈良朝"时代的文人所爱读,除上述之外,《万叶集》卷四有大伴家持赠坂上大嬢的歌十五首,其中有四首以此书中所述为根据,这是自契冲以来的学者所承认的。第一首有句曰——

"觉 Kite 搔 Ki 探 Redomo 手 Nimo 触 Beneba。"

(惊觉搅之,忽然空手。)

第十五首有句曰——

"吾胸截 Ni 烧 Ku 如 Si。"

(未曾饮炭,腹热如烧,不忆吞刀,肠穿似割。)

这些句子,都是以本书的文学做蓝本而写成的。如要探求此外间接受本书影响的歌,为数必多。

本书入"平安朝"后,更为广布。源顺奉了勤子内亲王的旨令,撰《和名类聚钞》,即以本书的训为典据,引用之处,凡十有四条。用为他的著作的典据的,在汉籍则有《尔雅》《说文》《唐韵》《玉篇》《诗经》《礼记》《史记》《汉书》《白虎通》《山海经》等;在日本的书籍,则有《日本书纪》《万叶集又式》等。可见那时已把此书和这些书籍为伍,被人重视。又本书的文句,又为《和汉朗咏集》等所引用,或被用为"谣物"。又在《唐物语》里,也以本书做材料,作为一场的"说话"。

由此看来，本书虽为一篇短的小说，但在探求日本文学源流之一的古典的人，必须备于座右。其次，在日本国语学上，也是可以宝贵的，为古来学者所重视。如《和名类聚钞》则以本书的训为其出典，本书的训，有不少古语的流传。试举一二为例。又在《万叶集》里，"大夫"一语，训为 Masurawo，这在古来的学者间有不少的议论。在本书内，用"大夫"的字面之处有二。庆安版本，均训为 Masurawo，因此遂决定《万叶集》的训义是不错的。又本书内"未必"读为 Ustutaeni…Sezu，借此又可以推知《万叶集》里 Ustutae 一语的意义了。又"掷入火"一语，读为"火 Ni Kufuru"，借此也可以知道今语之古了。又"鬖欺蝉鬖非鬖"里的"欺 Ki"，为《军记物语》里常用的字。庆安版本注云——"欺，凌轻也"，借此又足以想见背着日本国语本来的意义而这样使用的由来。由这种见地来论本书训义，可以得到许多的解说。又如本书训读时所用的假名字体，在日本文字史上，也是富有价值的资料，这已成为学界的定论，兹不复赘。

《游仙窟》流传日本的版本，据吾人所见的，有古钞本二种，版本二种。古钞本之一，就是本书；一为名古屋真福寺所传，北朝文和二年九月二十四日，名叫贤智的僧人所写的一卷本。版本的一种，有文保三年四月文章生英房的序文，为庆安五年出版的"美浓纸式"六十五纸的一册本，此本有注释。版本的其他一种，是有"元禄三年"的序文的《游仙窟》钞，为"小型半纸本"，分为五卷。此种的卷头有假名的注释，本文是从庆安版本照样取来的。序文里也曾声明。此外，《经籍仿古志》载着与庆安版本同种的旧钞本有两部，著者（即山田氏)尚不知存于何处。

真福寺本,曾为狩谷掖斋用为《和名类聚钞》的考证,颇著名。但它的抄写,尚在本书(本书为醍醐本——译者)十年之后。故醍醐本可说是现存版本中最古的了。

此本为醍醐寺所藏,阅本书的跋,知为康永三年所抄写。原本为正安二年之物,阅跋亦可知。本书的抄写,后于刊本序文的年代文保三年约三十年,但原本则约在其前二十年。在这一点,所以是现在流传得最古的本子了。

此本为一卷轴,用白楮纸,聊以涂墨色之轴。纸宽九寸七分,纵长五丈四尺八寸四分。纸数凡三十四张,第一纸长一尺五寸四分,第二纸以下长一尺六寸三分,最后一纸,直至轴所,长一尺三寸八分,以下则卷于轴上。

文字是用墨写的,有天地线及纵线的墨界。界高七寸七分乃至八分。第一纸十七行余,第二纸以下一纸为十八行,最后一纸为十五行余,其中末尾八行无字。

封面用淡茶色,里面贴有金箔的纸,系有纽。似皆为后来所加者。全部均衬以纸。第一张头上有表题,曰——

康永三年十月十六日摸之
法印权大僧都宗算

其衬贴用之纸,下端有横的"旧记等名目"的文字反映着,因用旧纸的反面,横着衬贴上去故也。

汉字旁的"假名点"均用朱书,其他声点、返点、合点则用墨记。行间及栏上的批也用墨。

用纸衬贴时,为虫所蛀之处,纸片的位置已非原形,略见文字之形而已。例如此复制本第六页第七行(第三纸)最后的夜字的中央部分,第八页第八行(第五纸)"寻常"的"常"字上部中央的部分,又第十页第五行(第五纸)"难求"的"难"字的中央部分等是。

醍醐寺本误字不少,特依庆安版本,略为更正。

(译者注:安田氏原文,此处有校刊记,兹从略。)

醍醐寺本虽有不少的错误,但庆安版本的误处由此本得以更正者也不少。计算最显著者,实有二十五条。兹不遑枚举。(下略)

(大正十五年十二月六日)

《游仙窟》在我国既早已失传,所以它在我国文学上的影响,远不及在日本。盐谷温氏著《中国文学概论》一书,论《游仙窟》如次,借此可知此书与日本文学的关系。

在日本数为第一淫书,而在他的本国反失传。这书所记的是张文成奉使河源,迷入神仙之窟,备受十娘、五嫂两仙女的款待。文章纯然四六,极绚烂缛丽之极。罗列故事,时夹以俗语调子。世传本朝嵯峨天皇时,召纪传之儒者传受《游仙窟》,诸家皆不传受,学士伊时深叹之。时本岛的社头林木深处有住在草庵内的一老翁,常读什么书似的。问之,则答以读《游仙窟》。伊时闻之,洁斋七日,整衣冠,领陪从,亲诣翁所,受训读,还后送种种珍宝去,但见草庵,并无老翁,惟觉异香郁郁。这是本岛大明神的化现,记在文章生英房的序上。今日关于《游仙窟》,训读讲释之本甚多,风流之士,没有不读《游仙窟》的,在日本文学上留了许多的印象。相传连紫式部的《源氏物语》都受了它的影响。(借用君左君译文)

中国的"灰娘故事"

灰娘(Cinderella)故事,是欧美最通行的一种仙姑传说,我国知者亦多。略云灰娘为继母虐待,常坐灰中,为灶下婢,服役甚苦。她的异母妹则华衣美食,与她正相反。后灰娘忽得仙姑的帮助,为贵公子所见,公子想留她,则驰去不复见。有一夜,灰娘在公子前跳舞,舞毕,将逃去。不料她把仙姑给她的鞋子遗落在地上,公子得了她的鞋,试令诸女试着,没有一个能穿,只有灰娘能穿,于是公子才认识了意中人,娶她为妇。

灰娘故事的转变很多,读日人南方熊楠的《南方随笔》上卷,有一段谈到西历9世纪时中国书所载的灰娘故事,他在《酉阳杂俎》续篇,发现一段故事,与欧美流行的灰娘故事相似。现照录于下,供研究传说者的参考。

> 南人相传 秦汉前有洞主吴氏,土人呼为吴洞。娶两妻,一妻卒,有女名叶限,少慧,善淘金。父爱之。末岁父

卒,为后母所苦,常令樵险汲深。时尝得一鳞,二寸余,赬鬐金目,遂潜养于盆中。日日长,易数器,大不能受,乃投于后池中。女所得余食,辄沉食之,女至池,鱼必露首枕岸。他人至,不复出。其母知之,每伺之,鱼未尝见也。母诈女,曰:"尔毋劳乎?吾为尔新其襦。"乃易其敝衣,后令汲于他泉,计里数数百也。母徐衣其女衣,袖利刃,行向池呼鱼。鱼即出首,因砍杀之。鱼已长丈余,膳其肉,味倍常鱼,藏其骨于郁栖之下。逾日女至,向池不复见鱼矣,乃哭于野。忽有人,披发乌衣,自天而降,慰女曰:"尔勿哭,尔母杀尔鱼矣!骨在粪下,尔归,可取鱼骨藏于室,所须第祈之,当随尔也。"女用其言,金玑衣食随欲而见。及洞宴,母往令女守庭果,女伺母行远亦往。衣翠纺上衣,蹑金履。母所生女认之,谓母曰:"此甚似姊也。"母亦疑之。女觉遽返,遂遗一履,为洞人所得。母归,但见女抱庭树眠,亦不虑之。其洞邻海岛,岛中有国,名陀汗,兵强,王数十岛,水界数千里。洞人遂货其履于陀汗国。国王得之,命其左右履之,足小者履减一寸。乃合一国妇人履之,竟无一称者。其轻如毛,履石无声。陀汗王意其洞人以非道得之,遂禁锢而拷掠之,竟不知所从来。乃以是履弃之道旁,即遍历人家捕之,若有女履者捕以告。陀汗王怪之,及搜其室,得叶限,令履之而信。叶限因衣翠纺衣,蹑履而进,色若天人也。始事于王,载鱼骨与叶限俱还国。其母及女,即为飞石击死。洞人哀之,埋于石坑,命曰懊女冢。洞人以为禖祀,求女必应。陀汗王至国,以叶限为上妇,一年王贪,求祈于鱼骨,宝玉无限,逾年不复应。王乃葬鱼骨于海岸。用珠石斛藏之,以金为际。至征卒叛时,将发以赡军,一夕为海潮所沦。成式旧家人李士之所说,士本邕州洞中人,多记得南中怪事。

霍普特曼的《沉钟》

《沉钟》一剧,为霍普特曼1896年的杰作,共有五幕。剧中的人物有:铸钟师海因里希,他的妻子玛格达和他们的两个孩子;还有牧师、教师、理发匠、林中老女怪魏吉亨、林中女妖罗登德莱茵、水怪尼格尔曼、林怪瓦尔德昔拉特。此外女妖、男女侏儒多人。只看这些脚色,便知道将要展开一个童话的世界了。而且,主要的,自然是一个男子——铸钟师海因里希,一个女子——林中女妖罗登德莱茵。

第一幕 是离开人世的深山里,长满了枞林,旁有悬岩绝壁,林外有一口古井,生着绿苔。森林中的女妖罗登德莱茵坐在井上,梳她黄金色的头发。恼人的蜜蜂,时飞近她的身旁,她用手去赶开。她梳好了头发,便俯着半身,向着井内,叫井中的水怪尼格尔曼,她发出了娇声:尼格尔曼,老人家!你没有听着吗?你听我唱——

我身来自何处?
我身归向哪方?

我是林里啭着的小鸟?

我是山中度日的女妖?

开满林中的香花,

他的来踪我也难分晓,

我想念我那未知的爷和娘,

——心中好悲伤,

不相逢又待怎样?

我是金发的林中女郎,

终生与花鸟游荡。

她梳发的时候,就是表示她胸中悲梗。当她的一根发从栉上掉进井内,浮在水面上,水怪的有疮疥般的手便去捆着,从水里跃出来,原来他在暗中已迷恋着她了。

他们在井旁互相谈心,笑谑为乐。忽然听着林中有人呼救的声音。这时铸钟师海因里希像病人似的曳着脚从林里走了出来。她急忙跑进林中,水怪也跃进井里。海因里希一面呼救,一面走近茅屋前,便倒在草丛里。这时蔚蓝色的浮云,掠山巅而过,日已西沉了。只有夜风拂枝,天将下雨。老女怪魏吉亨背上背着笼子,从林中一拐一拐地走来。雪白的发为微风吹动,面貌好像男子,嘴上长有薄毛。她走路时,脚去绊着了卧在草里的海因里希,吃了一惊,大声叫她的女儿罗登德莱茵。女儿来了,说要扶他进茅屋里去。母亲说,茅屋里还容得下他吗?于是老女怪进屋里去了。女儿拿了一束枯草来,走近海因里希的身旁,他已活转来了。他不知怎样会到深山里来,问她,她也不知。她拿牛乳饮他,她救了濒死的、伤重的他。

他被热所袭,哀恳地向她说:"请你挨近我!请你停在这里吧!你决不要走到别处去呀!咳,知道了吗?……现在的你,好似为我而……的吧!这在你是未必知道的。咳,求你勿使我的梦醒转来呀!我说了吧!是,我落到谷里来了……不,不行,还是请你替我说出来吧!因为你的声音,如神仙送来的天国的嘹亮的音乐一样的,我已听见了。请你说话呀?为什么不说呀!为什么不为我歌唱呢?——咳,我是落到谷里来了。呀!我不是已经说过了吗?怎样地落到谷里来的呢?那是想不起来了。大约是我的脚踏着的路逃向他处去了吧!还是我之落下,是我有意欢喜这样吧,是我无理的这样吧,那是记不起来了。总之,我是落下来了。泥土、石头、绿草都和我一齐落到谷里来了。(渐被激烈的热所袭击)我抓着了樱树——不错,是的,是野生的樱树,是从岩缝里伸出来的树干,树干折了,我的右手还握着正开花的樱枝,我在花瓣四散中落到无底的谷中了,于是死了。咳,我已死了,你说呀!请你说谁也决不能使我从长眠里醒转来呀!"

在耸立空际的断岩的顶上,建有一所礼拜堂,尖塔上的金色十字架,在太阳里发光。塔里将吊起一口梵钟,借它的洪大的声音,镇伏山中的群魔。铸钟师海因里希担当了这任务。那天钟已铸好了。他用八匹马曳着大钟,他拉着马走在前面,正在山脊上走着的时候,山中的妖魔尼格尔曼和瓦尔德昔拉特知道钟声不利于他们,便暗中把钟推下山去,沉在山谷的湖中了。海因里希也和钟一齐落下,幸好他被岩角挡住,抓住了树枝,他攀登到众人称为"白银之脊"的山地来了。

自从他失踪以后,村里的牧师、教师、理发匠(代表对于艺术家无理解的俗物)都到山中来寻他了,他们叫着他的名字,见了茅舍的灯光,于是海因里希就被他们寻着了。他们将他抬回去了。

女妖罗登德莱茵见他去了,心中兀自怀念着。我们且看她和水怪尼格尔曼的对话——

水怪(自井内出现):"卜勒克克库斯,卜勒克克库斯[注]!吓!你立在那里干什么?"

[注]"卜勒克克库斯"是妖怪叫的声音,这声音是仿用希腊喜剧作家亚里斯多芬的《蛙》一剧里,蛙鸣的声音。

女妖:"水里的老人家!我悲戚呀!我真悲戚呀!"

水怪(狡猾的):"卜勒克克库斯!你的哪一只眼睛悲戚呢?"

女妖(说笑似的):"左边的一只,我说的话没有假吗?"

水怪:"不错,是真的。"

女妖(用手指拭左眼):"你看,这是什么?"

水怪:"什么,是什么?"

女妖:"这是我眼里的东西。"

水怪:"你的眼里有什么呢?拿出来看看!"

女妖:"是什么我也不晓得,是热的,一滴一滴的,落了出来。"

水怪:"喔呀!没有什么呀!你再靠近我,让我看一看。"

女妖(将泪珠放在指头上):"圆的,小的,白的,热的,请看呀!"

水怪:"好呀!好极了!把这个给我使得吗?我把它装在蔷薇色的贝壳里,好好地保藏起来。"

女妖:"你将它放在井栏上,你看,好美丽!"

水怪:"是美丽的金刚石呀!人世的苦乐都从这个宝贝里放出光芒,人们呼它叫'泪'。"

女妖:"这是'泪'!如果这是'泪',那我已是哭过了。我头一遭晓得'泪'呀!"

她生来尚不知什么是泪,是悲,是恋,可是如今她胸中的情热已炽了。她知道了爱,她追踪海因里希而到人世去了。水怪眼看着她去,也只有悲鸣而已。

第二幕 铸钟师海因里希的家中,他的妻子玛格达和九岁、五岁的两个儿子正准备祝贺他的成功。他上山的那日,妻子彻夜未眠,等候他归来。到了黎明,她的手中尚持着樱草(德人称为"天国之钥")的花束,点缀一个美丽的庆祝日。她和邻家的主妇谈铸钟的情况,说先前大家约好,如果大钟在撞钟楼中安置好了,她的丈夫就会树立白旗,使众人知道。可是直到天晓,还不见白旗的踪影,她忧心起来了。她把两个儿子托邻妇照管,就走出门去,恰巧这时教师、牧师、理发匠肩着担架,一大群的村人跟着走来,她惊愕了。牧师们把海因里希安置在床上,她拿水给他喝,她用言语安慰他。可是他因为自己的工作绝望失败,心中苦闷,遂昏睡不省人事。她急忙出去寻药,这时女妖罗登德莱茵扮做一个农夫的女儿的模样,手中持着草莓的篮子走进屋子来。她用超自然的魔力,治好了铸钟师的病,她吻了他,他们约好仍然回转山中去。

第三幕　铸钟师舍弃他的妻和子,离开人世,再到山中的怪魔境地去。他专心制造一口幽灵的钟,献于日神。(他离开基督教的神,为异教的神、艺术之理想的太阳而服役。)他役使群魔建造日神的殿堂,可是那些妖怪都是阳奉阴违,水怪使他做恶梦而受苦,林怪煽动村人来攻击他。牧师到山中寻着了他,劝他勿背神训以陷于邪道,叫他反省在家中的妻和子的苦痛。牧师虽然说得悲痛而恳切,他全然听不进耳。他固执着自己的信仰,牧师问他,铸钟的报酬,由谁付出。他答道:

"谁付报酬,全无那么一回事。钟的本身就是报酬,就是幸福了。有支付报酬于'报酬'的吗?有支付幸福于幸福的吗?……我叫这钟为自鸣钟。说起自鸣钟,它撞在人的手中,比世间的什么钟更能发出庄严的高音,像春雷般的轰遍大千世界,告知了新光明的诞生。万物之母的日神呀!你的孩子和我的孩子都是用从你胸中流出的乳汁养育长大的。日之神借了柔和亲切的春雨之力,洗涤了附在孩子身上的尘埃,回复了他们的健康。于是孩子们仰视着日神在光明华耀的空中走着的姿势而欢呼。日神能使冬枯的原野在她的怀中得温暖,使它着绿衣。牺牲的火焰,已经在我的胸中燃烧了。我将尽举一切作为牺牲,供奉于你(指日神)的面前。"

他终于不肯回去,一心铸造幽灵的钟。

第四幕　铸钟师在小屋里锻铁,有六个侏儒帮助他工作。他的工作使他苦闷,他的精神漂浮于现实与梦幻之间。他的妻子因为被弃,已投身于谷间的湖里死了。他的两个儿子上山来寻他,他见他们跋涉山路,手中持着一个小瓶。

长子:"爸爸!"

海因里希:"哦!儿呀!"

长子:"妈妈问你的安。"

海:"咳!有劳你们,儿!妈妈好吗?"

长子(缓慢的、悲痛的、一句一句的、沉重的语气):"妈妈……呃……好……好的!"

海:"你们拿着什么来了?"

次儿:"是瓶。"

海:"拿来给我的吗?"

次儿:"是的呀!爸爸!"

海:"瓶里装着什么呢?"

次儿:"酸辛的东西。"

长子:"又是苦的。"

次儿:"是妈妈的眼泪。"

海:"你说什么?"

女妖罗登德莱茵:"你在那里看的什么?"

海:"她……她……"

女妖:"谁呀!"

海:"你没有眼睛吗?你看呀!(向孩子们说)妈妈如今在哪

里呢?"

长子:"妈妈吗?"

海:"唉! 在什么地方呢?"

次儿:"在湖水的底下,水藻的花开着的地方。"

(这时从谷底发出了强大的钟声)

海:"钟响了,钟响了。"

女妖:"钟? 什么钟呢?"

海:"是沉在湖里的旧钟在响……钟在响了。是谁使那钟响呢! 我不要听,我不要听! 救我呀! 救我呀!"

铸钟师海因里希到此时他觉醒了,他悔恨自己的过失,诅咒女妖的诱惑,跑下山去了。

第五幕 海因里希回转村中,他的妻子早已投湖身亡,两个孩子也不见了。村中的人指斥他将灵魂卖给妖魔,是一个异端者,大家向他投石,将杀害他。他没有法想,只好仍旧逃到女妖住的山里来。走到古井旁边,听着井里的罗登德莱茵唱着悲哀的歌,原来她已被迫而与尼格尔曼成为夫妇了。他走到茅舍里,会见了罗登德莱茵的养母——老女怪,她劝海因里希喝一杯酒,以恢复他的精力,喝了一杯又劝他喝第二杯,喝到第三杯时,空际似有微妙的竖琴的调浮着,罗登德莱茵出现于井上。月光映在她的身上,她梳着乱发,井中有尼格尔曼的呼声,叫她赶快进去。她低声歌道:

……暗夜中,只有我一人。

梳我的黄金的头发,

我是森林的女儿,只有我一人。

呀!鸟飞,雾起,

远处魔火燃了。

我无限酸辛,

穿不合身的衣裳,

薄情的,可咒的,

我呀,开在水藻上的花哟!

在月光里梳我的发,

一心想着从前的人儿,

钓钟草在唱歌了,

我们二人是快乐的伴侣,

又是难割难舍的知心,

又是喜来又是悲。

我那时听着——

"回来吧!回来吧!不早了!"

回到水的住宅,回到水草之中。

若是逗留过于长久了,

"回来吧!回来吧!不早了!"

因为她的丈夫在井里催她回去,正要跳下井去的当儿,忽然听着有人叫她——

罗:"是谁在暗中叫我呢!"

海:"是我呀!"

罗:"谁呀?"

海:"说,是我,再走过这边来一点,就知道是谁了。"

罗:"我不能来,我不知道你是谁呀!请你走吧!和我说话的人难免死亡的。"

海:"你别苦我呀!请来触我的手看,即刻可以晓得的。"

罗:"我始终不认得你。"

海:"你不认得我吗?"

罗:"是。"

海:"也没有会过我吗?"

罗:"我不知道你。"

海:"唉!天呀!我愿早点死了吧!我不曾吻过你的唇至于嘴痛吗?"

罗:"不,没有。"

海:"你的唇一次也不曾吻过我吗?"

水怪(不见形,只听着声音):"罗登德莱茵!"

罗:"就来了!"

水怪:"快些进来!"

海:"是谁在叫你呢?"

罗:"是井中的主人,我的丈夫。"

海:"你这般地使我受苦,这是人生战争里决无的可怖的苦恼。

唉！我求你，求你不要责备被弃的、被破灭了的男子，求你使我自由吧！"

罗："可是，要怎样才好呢？"

海："请你到这里来，到我的身旁来吧！"

罗："我不能来，不能来。"

海："不能来吗？"

罗："是的。"

海："为什么呢？"

罗："我们在下面团团地跳舞，有趣地跳舞。——我不拘脚怎样重的时候，只要一跳，即刻就不热了。少陪了，少陪了。"

海："你去哪里，不要去呀！"

罗（她避到井的后面）："到永劫的远方的国土去。"

海："那边……那边有一个杯子，请你替我把杯子……杯子拿来，玛格达（注：妻子的名字），你……唉！你的脸是怎样的苍白呀！喂！拿杯子给我，那杯子。我将为拿那杯子给我的人而祈福！"

罗（紧紧地靠近他的身旁）："我拿给你。"

海："你给我吗？"

罗："是的，我替你做，我使将死的人得安静地休息。"

海："我知道了。那边，有你有庄严的容貌。"

罗（避到远处）："少陪了，少陪了。我不是你的爱人。可是有时我也曾是你的宝重的，可怜的人儿，是五月的时候，五月的时候。但一切是过去的昔日的梦了。"

海:"过去的梦!"

罗:"是。过去的梦。每夜唱歌使你安眠的是谁?朝晨以奇异的魔的音乐惊醒你的是谁?"

海:"不是你是谁呢?"

罗:"我是哪一个?"

海:"你是罗登德莱茵。"

罗:"将新鲜的力气吹进你的柔和的手足里的是谁?被你舍弃了的,被你追进水底去的是谁?"

海:"除了你还有谁呢?"

罗:"我是哪一个?"

海:"你是罗登德莱茵。"

罗:"少陪了,少陪了。"

海:"请你带我一起下去吧!夜来到那里了,谁也嫌怨的夜来了。"

罗(跑近男子的身旁,紧抱着他的膝,放出欢呼的声音):"嗳!太阳出来了。"

海:"太阳呀!太阳呀!"

罗(一半啜泣,一半欢呼):"海因里希!"

海:"我感谢你!"

罗(她紧抱着海因里希,以唇吻他——并使将死的人安静地横倒在草地上):"海因里希!"

海:"高高的空中那边,太阳的钟在响了。太阳……太阳升起了。

唉！黑夜正长呢。"

（舞台现红的曙光）（幕落）

全剧的概略，已经叙述如上。现在我们可以提出一个疑问，就是霍普特曼作这篇剧曲的用意在哪里。关于这个问题，解答的批评家也不少。有的说，此剧与霍氏所作的《寂寞的人们》的主题一样，是被挟在两个女性之间的一个男性的悲剧。作者自己立于他的前妻和新恋人之间，将亲自经验的事迹，作为这篇剧曲的动机。有人说这篇剧曲就是艺术家的悲剧，霍氏曾经苦心制作一篇《佛洛尼安·该耶尔》(*Florian Geyer*)，不幸不能如预期地成功，因此他将自己绝望的心情，寄托于铸钟师海因里希的艺术的破灭上面。他和本国的剧作家克赖斯特一样，因苦心之作失败，将绝望的心情悲剧化。又有人说，此剧的思想与尼采的超人思想有关，反抗基督教的庸俗，借太阳当作新理想与宗教，是想达到超人之境，无力而毙的人的悲剧。他以沉在湖底的旧钟象征基督教的旧道德，铸造的新钟象征新的超人的道德；但终于未竟厥功。更有人说他的自然主义失败了，因以新钟来比喻新艺术的理想。有人将此剧与哥德的《浮士德》比较（尤其是第二幕），浮士德想解决宇宙与人生的谜，海因里希憬慕艺术家的大理想，这两个人物是对照着的。又有批评家说，最靠得住的解释是沉钟代表旧道德，而新钟即代表新道德，但新道德尚未成立即失败。海因里希不受村人的忠告，舍弃他的妻子，而爱罗登德莱茵，可见他受了尼采的影响。于海因里希，足以窥见超人的面影。可是他做一个超人终于力量不足，旧钟的声音动了他的心，而新道德的建设遂归失败。此虽是剧中主人公的心情,同时也是作者自己的心情。作者不是像易卜生那般有意志的人,他的著作常为感情的、诗的。原剧在戏曲上的价值,仍占绝高的地位,是一篇抒情诗的童话剧。文字方面照例应用德国的方言俗语,与韵律之美,合而成为霍氏独有的特色。

我们看《沉钟》时,觉得与看莎士比亚的《中夏夜之梦》有同一的情趣。剧中的人物都有许多非人间的妖精,这些妖精并不是十分可怖的,反具有魅惑人的力量与滑稽味,很是好玩。至于妖精的性格,也表现得极其清楚,水怪与林怪虽是令人讨厌,但却富有人间性。女妖自然是一个玲珑活泼的女郎,善歌、善笑、善愁、善撒娇。她的养母老怪也不十分丑恶,不过一龙钟老媪而已。此外如水怪的鸣声,林怪的鸣声,都带滑稽味;其余的妖魔等,都安排得极恰当,有适当的歌舞或打诨的任务。因此,在舞台上的效果是很显明的。

产生《沉钟》的霍普特曼,生于 1862 年 11 月 15 日,目前还健在。他生在德国东南隅的雪勒幸(Schlesien)的俄伯尔萨尔志普鲁(Obersartzbrun)的温泉地。幼时想成为一个雕刻家,进了普勒司拉美术学校。后进维也纳大学,受倭伊鉴、赫格尔之教。当 1838 年,他二十岁的时候,曾游南部法兰西、西班牙、意大利等地。翌年赴罗马,后因病返国,仍研究雕刻,此时他已有了使雕刻与诗综合,表现于演剧的理想。1885 年与玛丽结婚,后与何尔兹相逢,受了他的彻底写实主义的影响。1889 年,他二十七岁时,处女作五幕社会剧《日出之前》(*Vor Sonnenaufgang*)由奥妥·卜拉蒙监督,上演于柏林的莱森剧场,是为德国近代剧的第一声。

《日出之前》诞生后,他不断地创作。1890年6月,描写式微的家庭悲剧《平和祭》(*Das Friedensfest*)三幕上演于自由剧场。翌年(1891),五幕剧《寂寞的人们》(*Die einsamen Meuchen*)出世,也是写神经质的家庭悲剧。1892年,改作五幕剧《织工》(*Die Weber*)。此剧是他在1844年用故乡的方言作的,不容易使人懂得,所以译出。此后作喜剧《獭皮》(*Der Biberpelz*)四幕、《赤牡鸡》(*Der rote Hahn*)四幕。1893年11月,他的梦幻剧《韩莱耳升天》(*Hannels Himmelfahrt*)上演于柏林的皇家剧场。至此作风一变,由自然主义趋新罗曼主义。如《沉钟》、《可怜的海因里希》(*Der arme Heinrch*)、《而且琵琶跳舞了》(*Und Pippa tanzt*),都是取材于童话的世界,是如抒情诗一般的、象征的作品。

他的自然主义的作品,要推《驭者痕血尔》(*Fubrmann Henschel*)为杰出,然后才数到《日出之前》与《织工》。代表新罗曼作风,现在所述的《沉钟》便是。

在欧洲大战后,他又著了几种作品,1920年作《白色的救世主》十一场,1921年作《印第波迪人》五幕。后又作《异端》等,都含有反抗及讽刺的精神。

霍氏的著作,在本国刊行的版本很多,比较完全的英译本有李维生辑译的霍氏戏曲集七卷。(Dramatic Works of Gerhart Hauptmann, Fdited by L. Lewisohn.)我国也有数种译本,由商务印书馆出版,但《沉钟》却未有译本。

托尔斯泰的《复活》

4月28日早上8点钟,管狱长同女管狱官走进女监里,开了锁,叫道:"司马洛娃,到审判厅去!"狱室里顿时忙乱起来,只听着女囚们的声音和赤脚的步声。管狱长向着小门里催促马司洛娃快些出来。过了两分钟,一个年轻妇人从门里走出来了。她的身材不甚高大,胸脯丰满,穿着灰色寝衣,足上穿着囚犯用的破鞋,头上系着白色三角布,布上露出几把黑头发。脸和手是很白的,一对眼睛又黑又亮。内中一只稍为斜一点,眼神虽然显出疲乏的样子,颇有活泼的气象,有惹人的美丽。

她走到监狱门口,被交给两个护送兵。出得门来,世上已经是春天了。温暖的阳光,普照大地;和风送香,绿草遍野;桦阳树竞放着嫩叶;菩提树正萌芽;鸦雀争鸣,正预备他们的巢穴;树木、鸟兽、儿童们都很高兴。马司洛娃走在街上,大众的脸上露出好奇的神气,暗里叹息这是做和我们不一样的坏事情的结果。孩子们见了女强盗,未免害怕起来,后来看见她的后面有兵跟着,女强盗决不会再来行凶,便不由得安心下来。她走着时，惊起路上的鸽子。街上的春天的空气，使她神往，直到那鸽子飞起从她的耳旁插过扑来一阵微风，她才想起了自己的境遇，深深地叹了一口气。

囚妇马司洛娃的历史是很平常的。她是母亲和一个过路的采干人（Gypey之流）所生的，三岁时便失了她的母亲。母亲本是在乡间的两个姊妹老小姐家中看守牲畜的。年长的老小姐名叫马利，性情严涩得很，马司洛娃的娘死了，她想将马司洛娃当作丫头、仆人，时常使唤她，不高兴时还要打骂。年纪小一点的老小姐，名叫沙非亚，性情慈善，待马司洛娃很和善，为她做好衣服，教她读书，视为养女。这时她的身上有两种势力支配着，当她长成起来，变成一半是丫头，一半是养女的样子。她的周围的人，叫她做喀吉沙。到了二八的年龄，也曾有人来替她做媒，可是她一点也不愿意出嫁。她每天在家中做些烹饪、洗浣的事，有时还要坐在老小姐们的旁边，读书给她们听。

这时女主人的家中来了她们的侄儿，是个年轻的大学生，有钱的侯爵，他到姑母的家中来玩。喀吉沙竟身不由己地爱上了他。以后过了两年，这位青年出去打仗，中途去看望姑母，在姑母家中住了四天，在临走的前一夜他强奸了喀吉沙，临走时他给她一百卢布一张钞票。他走后五个月，喀吉沙已知道自己怀妊了。她此时异常的含羞，要想避开羞辱；又不愿再伺候她们，恨起她们来了。她说出了粗鲁的话，要她们算清工钱。她们对于她很不满意，可也没有法子，只好让她走了。从此以后她便陷于流转与沦落的生活中了。她腹中的孩子，产出不久就死了。她做了他人的情妇、外妾，欺骗男子，受人欺骗,借烟酒来解她的忧愤,终于堕落进卖淫窟里去了。她被鸨婆设法诱进窑子里后,她的生活又改变了。晚上忙得要死,白天却去觅那昏沉沉的梦。到三四点钟,才从污秽的床上懒懒地起身,装饰自己的肉体。到了夜间,被上几于全身裸露的服装,到大客厅里,和客人欢呼、争吵、跳舞,然后才同客人去睡。所谓客人,有老人,有壮年、少年;有衰颓不堪的;有独身者,商人、犹太人、阿美利亚人、鞑靼人;还有富的、贫的,军人、官吏、大学生、中学生,各色俱全。到了早上,她才得了解放。她过这样的生活,足足有了七年。到了第八年,她二十六岁的时候,她犯了一件案子,被收进监狱里,同犯人们住了六个月,现在才把她送到审判厅去。

当马司洛娃同着护送兵向审判厅去的时候,从前她那个养母的侄儿,奸污她的人南黑留妥夫侯爵,还躺在舒适的床上,吸着烟草,想他应办的事情。一会儿,才起身化装梳洗。他走到饭厅去的时候,管家妇送进一封信,说这信是从哥尔查克侯爵的小姐那边送来的。信中大约说:"今天你应到审判厅陪审去了。家母说务请今晚莅临敝寓,无论何时都可以。"他和侯爵的女儿玛利亚过从很密,虽然他很爱她,可是他尚不敢向她求婚,原来他有了一个障碍,就是他同一个已嫁的妇人发生过关系,这关系在南黑留妥夫看来,早已断绝,但在女人那方面还未承认,那女人利用他的胆怯来制服他,所以无有她的同意,这关系还不能断绝。至于他奸污喀吉沙的事,那早已忘怀了。其次他又拆看了第二封信,这是管理田产的总管送来的。信中叫他亲自去处理遗产承继的事务。他看了这封信,一半儿快活,一半儿不快活。快活的缘故,是他觉得竟能管辖偌大巨产;不快活的缘故,因他曾受新思想的激荡,认土地占有为不正当。想把那些土地都送给农民,可是他的奢侈的生活是不易舍弃的,因此他对于这封信有点烦恼。

南黑留妥夫七年前离去军队生活之后,他觉得自己有美术的才能,想成为一个画家。他有画室,画室里挂有图画,可是他作画终于无所成就。他想写一封信给玛利亚,经过画室,他看见自己的习作,心中颇不愉快,复信写好了又撕去。他叫仆人套车,坐在车里想起了求婚的事,又想到结婚和不结婚的利益。结婚的利益是家庭之乐的增进,可以得到两性间的道德生活,得到独立的生活。他反对结婚,是恐惧因结婚而丧失自由,又怕妇女有秘密的行动。他和玛利亚互相恋爱,彼此都能理解。她已经有二十七岁了,他想世上像她这般美质的女子还能找到,也许她已爱过别人了。他这样一想便不愿结婚了。可是不结婚又很可惜,因为玛利亚身出名门,举止、言笑、动作都和寻常人不同,整齐合适;又因她很爱他,看他比别人都高,并且能了解他。他在车里反复想这两方面的理由,不知将赴哪条路的好。这时马车已到审判厅门前,他又自语道:"这事让以后再想吧。现在应该尽心实行社会的义务,这是我因为并且常为的事情,而况这还是很有趣的呢!"说着,他便走进审判厅里去了。

裁判厅的廊下是很混杂的,法警、审判官、律师走来走去,现出忙碌的样子。他问着了刑事庭,便向前走去,走到门前,有两个人等在那里:一个是商人,身体肥大;一个是商店总管,犹太籍。他问这二人这里是否刑事庭,二人回答说是。攀谈之后,晓得都是陪审官。他走进一间小屋子,许多陪审官坐在里面。认识的,大家谈着天气和早春的风景,又谈近来的时事。他遇见了他姊姊的女儿的教师也在那里,那教师对他所说的话不大恭敬,他觉得很不愉快。屋里的陪审官大家等待着,南黑留妥夫虽来得很晚,还有一个陪审官没有到。

首席推事到庭很早,他身材高大,颊上长满花白胡须,他已有妻子,但还过着荒荡的生活,和他的妻子一般。他今天和一个瑞士女人(从前在他家里当保姆的)约好,在一个旅馆里相会。他想赶快把今天的审事办完,可以在六时前会他的意中人去。在出庭之前,他照例地在办公室里练习哑铃体操。这时有一个推事来叩他的门,告知他推事马脱委仍旧未到,他抱怨了几句。书记官进来了,他问书记官说:"我们先审哪一件案子?"书记官答说:"我想毒杀案先审。"首席推事随口答说:"好,毒药案,就是毒药案吧。"他想这件案子在四点钟以前可以完毕,那么他可以去会他的情妇了。

不久马脱委来了。承发吏取出点名簿来点名,只有两个人未到。大家都向法庭走去。刑事庭内是大而长的,一头是一座台,一共有三级,台上正中放着一张桌子,上面铺着绿呢。椅子后面挂着国王的照像,左边的神龛里放着基督的像,右边是检察官的写字台,远一点是书记官的桌子,其下便是被告的座位。右边有两排椅子,是预备给陪审官坐。当陪审官走进来的时候,承发吏匆匆走到大厅中央,大声喊道:"开庭了!"

首席推事吩咐带被告进来,两个佩刀的宪兵带了两个女子和一个男子走进,其中的一个女子便是马司洛娃(喀吉沙),她进来时,满庭的人都极注意她。

于是平常的诉讼手续开始了,先点陪审官的人数,请陪审官去宣誓,他们同牧师走到圣像的面前。等陪审官坐定后,首席推事便演讲他们的权利与责任,讲完,就审问被告们的姓名、身份、生地、年龄、宗教、职业等。第一个被告叫做西蒙·喀其金,是马勿利太纳旅馆里的佣人。第二个被告叫做包慈柯娃,也是同一旅馆的佣人,年四十三岁。第三个便轮到马司洛娃了。欢喜女人的首席推事用柔和的声音叫她立起来,问她的名字。她答说:"名叫留巴菲(这是喀吉沙做娼妓时的名字),受洗礼时的名字叫做喀德邻。"这时坐在陪审官席的南黑留妥夫忽然记起往事了,再仔细一看,果然是他从前奸污过的女子,他的心中痛苦起来了。

首席推事问她道:"你做什么事业的?"她说:"在窑子里。"一个戴眼镜的推事严声问道:"在哪一家窑子里?"她含笑说:"那个你自己也能知道。"说着,向四面望了一下又向首席推事的脸上望,她的娇态使人爱怜。首席推事被她一望,不觉脸红起来,大厅里一时完全静寂。忽地众人中有人嗤地笑了一声,这才把静寂破除了。又有人嘶嘶地叫了一声,于是首席才继续问话。

南黑留妥夫坐在第一排第二只高椅子上,戴着鼻眼镜,瞪着马司洛娃,他的心灵里正进行着复杂的并且痛苦的工作。

告发状的内容,大略如次。

基泰娃寮妓的娼妓留巴菲(即马司洛娃)受客人司梅里可夫之

托,代他回到所住的马勿利太纳旅馆,取游费四十卢布。她和旅馆中的男佣人喀其金、女佣人包兹柯娃共谋,盗取司梅里可夫的钱和金刚石戒指,三人分用。司梅里可夫与留巴菲回旅馆后,她从仆人喀其金的劝告,在葡萄酒里放了一点白粉,将酒送给司梅里可夫喝,后来司便死了。经法庭医生的检查,并解剖尸体,发现死人是中毒死亡,委系生前被人毒杀。留巴菲将那只钻戒卖给妓寮的主妇,说是司梅里可夫送给她的。留巴菲供称白粉是喀其金拿出来的,那是催眠药,她用司梅里可夫给她的钥匙开了锁,只收了她应取的四十卢布。

当书记官读完极长的告发状以后,众人都很轻舒地呼出一口气来,个个都承认现在就要开始审判,明白查究此案,以彰公理。却只有南黑留妥夫一人不曾感着这种感情,他心里正极恐惧,十年前他所认识的纯洁清白的女郎马司洛娃何以能做出这种事来。他对于这件突然发生的奇异的事,使他回忆起从前的一切,而要求他承认自己的无良、残忍和卑陋。

首席推事轮次问了三个被告,都没有头绪。其次便是检查证物,律师的辩论。然后退入会议室休息,陪审官再审查此案。审查的结果:第一,喀其金对于谋杀与窃盗均有关系,一致主张有罪;第二,包兹柯娃关于谋杀事件无罪,于窃盗为有罪;到了第三项,就是对于马司洛娃的审议,议论纷出,不能决定。主席主张她于谋杀及窃财二事均属有罪,有的人不赞成,其余的人都感着疲倦,想早些了事,没有多说话。南黑留妥夫深知马司洛娃的为人,他信她对于谋杀与窃财都没有罪,本想出来说话,又怕暴露自己和马司洛娃的关系,终于没有发言。总之，多数的人，对于马司洛娃都表示同情的。

陪审官经过长久的讨论，于是作成了审议案了。他们都感着疲乏，昏昏瞆瞆的，在审议案里作成了一个大错。本来在马司洛娃的罪名下，说她下药的地方，依审议的结果，应写作"认为事实，但无杀人之意"，他们将"但无杀人之意"这一句写落了。这和他们主张马司洛娃无罪的意味完全相反。当时大家都没有注意到，匆匆将审议案送给首席推事。当法庭再开，诵读这审议书的时候，他们才发觉了错误，然已读出，不能挽救了。

首席推事宣告三人的处刑：喀其金处西伯利亚徒刑八年，包兹柯娃监禁三年，马司洛娃处西伯利亚徒刑四年。喀、包二人听了这样的宣告，坦然无事。只有马司洛娃向着全厅喊叫道："我没有罪，我无有罪！我既不愿意，也不想做，老实说，老实……"没有说完，就坐在楼上，大哭起来。

南黑留妥夫看了这情形，他想这是不能听其自然的，他想跑到围廊那里，去看一看她。陪审官和律师们见这件案子已经了结，大家都拥挤着走出去了。到南黑留妥夫走到围廊那里，马司洛娃已经走得很远了。

南黑留妥夫会着了首席推事，问他有无什么法子可以纠改那点错误。推事告诉他说，如果提出上控，那总应该是可以的，但是须去寻律师。他急忙去打听两个有名的律师法那林和米其杏的住址，恰好在审判厅里遇着了法那林。他将今天的审判由于陪审官的过失而使无辜的女子流徙西伯利亚的情形说给他听，想要到高等审判厅去上控,要用多少钱也不计较。法那林是忙得很,他说明天把这件案子取来看一看。礼拜四下午六时,叫南黑留妥夫到他家里,给他回信。

这时南黑留妥夫才放心了一点,出到街上,只见一片好天气,他吸着新鲜春日的空气,雇了一部马车,到哥尔查克侯爵的家中,赴玛利亚小姐的约去了。

他到了哥尔查克侯爵家中,晚餐已经开始了。全家人都尊敬他,想他是玛利亚小姐未来的夫婿。一看府中的客人,有自由党员、银行家柯洛梭夫、玛利亚的表弟米海拉。席上,柯洛梭夫非难现代的陪审制度,玛利亚则谈打网球之有趣与否。后来玛利亚叫南黑留妥夫到她母亲那里去。这位主妇名叫沙费,是个躺卧着的妇人。将到她的母亲的书房的时候,玛利亚将要说出愿意嫁他的话,不料他尽想着今天所遇的事,无精打采的。玛利亚问他,也含糊其辞,只说发生了一件重要的事情。他走进了书房(玛利亚并没有进去),见了夫人,寒暄了一会,夫人问他开展览会的事,并夸赞他的画才。后来他想退出室外的当儿,玛利亚走过来了,他借口说心神不宁,便告辞回去了。他回转家里,心里又羞又惭,一人坐在椅上回想他的过去。他忆起复活节的那天晚上他奸污马司洛娃的情形;他在廊下追逐她,把钱塞在她怀里便跑走的情形。他的精神兴奋极了,他想从此以后改变他的生活,自己设定一种规则,决定永远遵行。他祷告上帝帮助他,洗净他。当他自言自语的时候,眼里湛着眼泪,又是好,又是坏的眼泪。好的泪是奋起他多年堕落的精神本质所生的,坏的泪是痛悔自己的。他一人想了许久,走到窗下,把窗开了,那窗临着花园,只见月白风清,真是新洁的良夜,树枝纵横地映在地上,空气清爽已极。于是他的心也感受着一种清洁之气,不由得脱口叫道:"真好,真好,上帝呵!"

马司洛娃受了意外的处刑的宣告,要再哭也没有泪了。那天她到了六点钟才回到监狱里去,在石路上走了十五俄里,她疲倦极了。

第二天早晨南黑留妥夫醒来,他只想到"马司洛娃与法庭",他又向法庭走去了。他想说老实话,向那些陪审官说出自己与马司洛娃的关系。恰巧那时又开庭审问案件了,那天审的是强盗案子,被告是个十多岁的小孩。到第一次休息的时候,他就立起身来,走出围廊,决意从此不回到法庭里去。他去寻检察官,在检察官不愿意见他的时候,他走过去了。他声明他的来意,他打算与被告马司洛娃会面。检察官问他何以要见马司洛娃,他说马司洛娃的犯罪,是他欺骗她,使她陷于目前的境况,否则不会受这样严重的刑罚。检察官虽说他的请求出于形式之外,但也只可允许,写一张通行状给他。他又向检察官声明,以后不能够出席陪审了。

他从检察官那里出来,一直到临时拘留所去。但是那里并无马司洛娃这人。管狱的人说也许她在待审监狱里面,他又走到那里去,果然她在那里。因为没有狱长的命令,不放他进去。他去会狱长,狱长不在家。他再到狱里去寻副狱官,副狱官说他的通行状是临时监狱的,在这里不能通用,并且天晚了,请明天来吧,并说明天十点钟无论何人都准相见,他只得回家去了。

他那天很早地起身,坐了马车到监狱外面。他走进狱里去,说明要见女犯马司洛娃,便被带到女犯探望室去。马司洛娃被女狱官大叫有人会她时,他只看一个富翁模样的人立在网的外面,认不出他是谁。他眼中含泪,向她哀恳道:"我应做当做的事情,我应该忏悔。"她望了他一会,她喊道:"面貌很像,却还认不出来。"他又向她说:"我的行为很坏,很恶毒。请你恕我。"后来他因为在网外和她说话不便,请狱长领了她到外边。她出来时,南黑留妥夫见她的头发乱蓬蓬地结成一块,脸上又白又肿。他诉说了从前的事,她只说一点也记不得,早就忘了,所有的事情都已终结。她向他索十个卢布,旁边有人监视着,他不便交给她,将卢布握在手里。他虽然口口声声说求她恕饶的话,但是她却不回答,好像没有听见一样。她一会儿看着他的手,一会儿看那立在旁边的狱长。当狱长回身的当儿,她赶紧拉着他的手,把钞票取去,揣在腰里。

南黑留妥夫会见马司洛娃之后,他觉得完全不是从前的喀吉沙了。他见马司洛娃以为她自己所处的地位,异常满足,引为自傲,一点也不觉得可耻,使他十分惊愕。

到了他和律师约好会面的那天,他去访问律师,写好了诉状,但须被告在呈文上签名。他又有了和马司洛娃会面的机会,他很欢喜。他到监里,好容易才得见着她,他说要她签字在呈文上的话。后来他很坚决地说:"我想赎自己的罪,不用言语来赎罪,却用事实来赎罪,我决心要娶你。"她皱着眉头说道:"这个还有什么用处呢?"她的态度完全是嬉戏的,后来他将去摸摸她的手。她发怒,她骂了他。南黑留妥夫看见她堕落愈深了,他才完全明白自己的罪孽的深重。

他从监狱内走出来,有一个看守的人给他一张纸条,是一个名叫德赫滑的政治犯写给他的,也是一个女子。他见了纸条,便呆着了,起初他不知这是谁人。后来他想起来了,他从前到乡间去猎熊,有一个女教师向他求助,告贷八十卢布,以供学费之用,他借了钱给她,这事早已忘掉了。此时她写纸条给他,在他想来,是这个女人知道他到狱里来,预备报告他的恩德。于是从前他和她遇见时的情形,又涌现于他的脑中了。

第二天早晨,南黑留妥夫去访副县长马司亮尼可夫,这人是他从前在军营里的同僚。他到了马的家中,很受欢迎。他请马司亮尼可夫给他一张通行状,使他可以和马司洛娃、德赫滑二人会面。马司亮尼可夫对他说政治犯是除了亲属以外不许人会的,一面写好了通行证,签了字,交给他。他出了副县长的家里,一直就到监狱里去,顺便先到狱长的家中去转一转。狱长正听着他的女儿弹琴。南黑留妥夫向狱长说明要会马司洛娃。狱长说现在她不便见人。因为自从南黑留妥夫给她许多钱后,她拿来买酒喝,今天竟喝醉了,简直变成一个酒鬼。南黑留妥夫问他说:"那么政治犯德赫滑能够会吗?"狱长说:"那是可以的。"于是他和狱长同到狱里去,会着了政治犯德赫滑、放火犯孟寿夫二人,他问他们犯罪的经过。谈了一会,狱长宣告相见的时候已经终结,他们说话就中断了。狱长向他说如其要会马司洛娃,叫他第二天再去。他急忙走出监狱去了。

次日他又到监狱里去看马司洛娃,这一次狱长怕他再拿钱给她,监督比较厉害,所以相会的地点也不在办公室,而在女犯探坐室了。当他进去时,马司洛娃已经在那里,她见了南黑留妥夫,便走进他的面前,轻声说:"请你饶恕我前天我说了些不好的话。"他答她说:"不是我饶恕……"她又用恶意的眼睛看他,叫他离开她。他说为她的事将到彼得堡去运动,务必撤废这种判决。她说,就是不撤废也是一样的。她固然无罪,这里的人无罪的人还很多。又问他会着了无罪的孟寿夫没有,称她是一个良善的妇人。他问她需要什么东西,她说不要什么。她又说愿意移进医院,以后酒也不再喝了。这时南黑留妥夫看见她的眼睛正含着笑,已不是从前的那样了。他才感出一种新的感情,深信爱情终不会失败,心里想,她完全又是一个人了。

南黑留妥夫去后,她回到囚室里,脱了囚衣,和同室的有痨病的妇人,老妇孟寿夫们谈话,有的要喝酒,她拒绝了,说不再喝酒了。(以上为前篇五十八章梗概。)

马洛司娃的案子在两星期内就要提到大理院去了,南黑留妥夫打算到彼得堡去,如其大理院控告不成功,他便要上诉于皇帝,这是律师替他出的主意。依律师的意见,上诉的理由很薄弱,恐怕没有什么结果,上控一失败,马司洛娃在六月初头就要起程赴西伯利亚,所以南黑留妥夫想去看看他的田产,摒挡一切,以便随她到西伯利亚去,他先到他的一处大田产去,那地方叫做科司敏司奇村。

他从前受了新思想的影响,打算把承继得来的田产分配给农民,后来因为他进了军队生活,浪费奢侈,也就把此事忘怀了。到他母亲死后,他又承受了财产,因此又提起他对于土地私有的问题来。以后他将有西伯利亚之行,还要和监狱世界发生复杂的困难的关系,为了这个,一定需要社会上的地位,而最紧要的却是银钱,所以他不能依照从前的情形办去，他决定将田地用低价租给农夫，使他们自由耕种，能够离开地主独立。这虽是姑息的方法，也可算奴隶制度解决的第一步。

他到了科司敏司奇村，会了管理人，视察他的别庄以及历代苦心经营的领土。他看了那些田产之后，他应否保持土地的问题，又起伏在他的胸中，他如到西伯利亚去，土地自然用不着了，但能一生都消磨在西伯利亚吗？捐弃田地是很容易的，可是再想恢复，却就极难了。他的疲乏的身体躺在床上左思右想，越想问题越多，不能够解决。

他约好农夫们在次晨谈话，到九点钟，农夫们已经聚在球场里等候他了。此时天正微雨，草上树枝都滴着水珠儿。他在早餐后出去见他们，他有点畏缩而且羞涩了。管理人先对农夫们说："侯爷要想赏给你们一点恩惠……把田地租给你们。"接着就是农夫们发言，有的攻击那管理人。后来南黑留妥夫决定以百分之三十的租价，贷地于农民，他的收入因此减少一半，次日契约签了字，他又向他姑母遗赠于他的田产那里去了。

那里就是他会着喀吉沙的地方。他去时恰巧姑母不在家，只有管理人在那里。他走过从前和喀吉沙一起嬉戏的地方。他巡视了一周，吩咐管理人召集农夫，他要同他们说话。

农夫们聚集在村长的院子里，纷呶不已，见他来了，大家摘帽为礼。他看此村的农夫，较之科司敏司奇村的人更穷苦，他鼓着勇气，开始说话。把自己要拿田地一齐交付给他们的愿望告诉大众。农夫们却默然不语,脸上的神色也毫未改变。他向大家说各人都有一个使用田地的权利。有两三个声音说,那是一定的,的确是这样。他将他的计画都说完了。农夫们却不相信他的话,也不明白那些话的理由,而且提防受他的欺骗。

那夜月明如昼,他到庭中闲步,想起种种的问题,又想救出吉喀沙以偿自己的罪过。天降了雨,他才回到寝室。过了一会,风消云散,月亮重又出现,他终夜不能入睡,直到次晨。

翌日,他叫管理人在农夫里面选出几个代表来,他再把昨天想着的意思说了一遍。大意说:"土地是大家公有的。大家对它都有同等的权利。可是田地有好有坏,人人却都愿取得好的田地。要用一种方法使分配公允。就是使用好田地的人当把代价付给不着的人。因为难于说出谁当付钱给谁,又因为公共的消费需要款项,所以我们应当设定,使用好田地的人应当把那田地的价值付给公共,以应他的需求。那么人人都可分享得平平均均了。倘使你想使用田地,可付代价——多的当得好田地,少的当得坏田地。倘使你不愿意使用田地,便尽可一点也不付,可是使用田地的人就要替你付税捐作公共的消费了。"他说了之后,几个代表,似乎懂得了。第二天大家都没有上工,纷纷计议此事,有的主张即时答应,有的怕受南黑留妥夫的欺骗。有一个老婆婆出来说明了南黑留妥夫的为人,保证他决不至于骗人的,大家才决议依从他的计画。南黑留妥夫见自己的主张实现了,他的心里感着愉快。

他归途所过的城镇,触目都觉得新颖不同,他回到家中,仆人们正在吵嘴。自从他见了农夫们的愁苦生活,他不能再这样生活下去,便把自己的邸宅托他的姐姐照管,他决心去住在客栈里。

次晨他到监狱附近的客栈里,租了两间屋子,把东西送到那里,他便去会律师。律师法那林对于放火犯孟寿夫一案认为蹂躏人权,颇为愤慨,因为是村中的主人自己放火,以图保险金,预审推事和检察官却判孟寿夫有罪。第二个案子是皮留可娃,须上诉皇帝。以上二案都是南黑留妥夫托他办理的。以后南黑留妥夫便坐了马车到监狱去会马司洛娃,到了那里,管狱官说她在医院里面。他进了医院遇见医生,说明要会一个因妇被派到这里充当保姆助手的。马司洛娃出来见了他,脸上发出红晕,他觉得她与从前两样了。他告诉她将到彼得堡去。

南黑留妥夫在彼得堡要做四件事情:一是上马司洛娃的呈子于大理院;二是控皮留可娃的呈子于呈文委员会;三是德赫滑托他的两件事;四是要救那些讨论福音被流放高加索的教徒。他到了那里,虽则不愿再钻进贵族社会里去,但因为要使事情妥帖,他不能不去住在一个上流社会而且有势力的伯爵夫人蔡斯奇的家中。夫人是他母亲的姐姐,前任国务总理的妻子。他早已知道南黑留妥夫援助罪人、环游监狱、纠正案件种种奇怪的事情。南黑留妥夫简直把他和喀吉沙的关系和盘托出,请她帮他的忙,因为她的丈夫同大理院的人很熟的。她答应写一封信给克利兹麦司男爵,再写一封信给玛丽爱脱,转托她的丈夫,因他在监狱方面颇有势力。他接了那信,便去访问,先到玛丽爱脱的住宅,到了门口,侍者回答不会。他刚要走出,只见玛丽爱脱打扮很整齐,就要出门上车。他将信交付,玛丽爱脱允许他破格尽力去做。第二处他想到大理院去,在那里他知道马司洛娃的呈子已经收到,并且已经通过,由大理院议员华尔甫准备考核和报告。他到华尔甫处去查案,知道在礼拜四那天听审这个案子。他接连又奔走几处,律师法那林也来了,礼拜四审议的时候,法那林说辞以后,经议员斯科佛罗尼可甫的提议,拒绝了控诉,认地方审判厅的判决是对的。忧愁的云雾,便笼罩于南黑留妥夫的全身了。此外尚有教徒一案,又使他在彼得堡逗留了几天,然后才回到莫斯科。

  他回来后,即刻到监狱医院去看马司洛娃,通知大理院拒绝控诉的恶消息,他这时也不想这事成功了,他想惯了到西伯利亚去,在囚犯中生活,如司马洛娃果然释放,那以后他们的生活如何造成呢?他到了医院,看门的人是认得他的,立时告诉他说马司洛娃已不在那里,仍提回监狱里去了。他询问那原因,看门人笑着答道:"哦,大人,这种人是什么东西,她勾上了那个医药助手,所以医长就命令她回去了。"南黑留妥夫以前他想马司洛娃的心和他多么接近,他被这消息一骇,几乎失了魂魄,他的痛苦也极难受了。

  他踯躅着向监狱大门走出,进了监狱的门,会了新狱长,马司洛娃便允许出来和他会面。她见了他的又冷又硬的神气,她便一阵红晕,面上涨得飞红,只得用手折弄她的衣边,两眼也垂将下来,他又不去同她握手了。他觉得她是十分可恨。他告诉她说大理院已拒却了上控。她说,这是她已知道了的。他取出上诉皇帝的呈文,叫她签字,她流着泪签字了。南黑留妥夫这时已饶恕了她,想要安慰她,并说，无论结果如何，他的决心是保存着不变的。

马司洛娃和医药助手是怎样私通呢？那是很简单的，医药助手见了马司洛娃，他啰唆已非一日了。马司洛娃在药房里，他又去缠搅她，她想摆脱他，他的头撞在一个橱架，两个瓶子堕将下来摔破了。那药房里是没有别人的，恰巧那时候医长经过那里，听着瓶碎的声音，又见马司洛娃红着脸跑出来，他就喝她是私通了，马司洛娃是这样地为一个情人的调弄而被逐出了医院。

马司洛娃将和第一批人犯遣送西伯利亚，南黑留妥夫同她一起出发，所以有许多事情须得准备。第一件是关于马司洛娃的上皇帝的呈文；第二件是处置田产的事，在科司敏司奇收取租价；第三件是帮助囚犯，因为他允许了他们。此外还有可以称为他的第四件工作的，就是对于刑律、监狱制度等的怀疑。依他这次的经验，他所见得的犯罪共有五种。第一种是为马司洛娃、孟寿夫等人所受的冤枉罪；第二种是因为一时的忿怒、嫉妒、酗酒等特别事情而犯的罪，这种罪说不定谁也容易犯着的。第三种是在犯罪人自己的意思，看那行为是十分自然，而且是善良的；但在造法律的人却以为是罪恶。如像私贩酒类，到皇族的大田产，或森林里采伐木材；侵略教会的不信教的人都是。第四种是在道德上他比一般社会的思想高超，因此问罪，如政治犯、社会主义者、罢工者都是。第五种是因受社会的压迫至于犯罪的，如流氓、偷儿、强盗等。在南黑留妥夫看来，这个大问题的解决，实是非容易的事。

马司洛娃一干人犯，已定 7 月 5 日出发，南黑留妥夫也准备好了。前一天他的姐姐娜泰莱、姐夫罗瓜金斯开都来看他。他和他的姐姐相差十岁,从幼时起彼此互相亲爱。中途上他进了放荡的军队生活,他的姐姐也恋上了情人,两人都败坏了。罗瓜金斯开是一个庸俗而忠于职务的人,心地窄小,南黑留妥夫有点恨他。这次他们之来,是因南黑留妥夫托他们管理他的住宅,但在罗瓜金斯开看来,他无异于是南黑留妥夫的法定监护人了。

马司洛娃一干囚犯乘下午三点钟的火车离开莫斯科,南黑留妥夫将和囚犯一起到车站,他打算十二时以前到监狱里去。那时正是七月,天气很热,日光晒在道上,驾车的马也戴着遮阳。他到监狱去时,囚队还未离院,点交和接收囚犯的工作,在清早四点钟就开始,直到那时还没有完工。囚队共有六百二十三人,女囚六十四人,除病弱者外,其余统交给卫队。门外有二十辆大车和送囚犯的行的亲友。南黑留妥夫也挤在群众里,站在那里已有一个钟头了,只听着轰轰的键索声,得得的脚步声,叱咄的喝令声,哼哈的咳嗽声,和一群低低的怨艾声。女囚和病囚坐上马车,男囚徒步,护送的指挥官发令"开步走",于是这悲惨而奇特的一队就向车站出发了。坐在马车里的女囚,放声悲泣。囚队是很长的,载行李和病罪人的车子发动时,前面的人早已看不见了。末一辆车走动的时候,南黑留妥夫上了在那里等候他的马车,叫车夫追赶前面的囚犯,在囚妇里去寻找马司洛娃。马车赶上了,他认出第二排的第三个人便是她。她的肩上扛着包裹,眼睛直向前望,面上露出安静和刚毅的神气。他下了车,打算走上前去问她收到了他所送的东西没有,不料卫队的人员便走过来赶他,说挨近囚队是违章的:除非到了车站。他不得已叫车夫把空车赶在后面,他跟着前行,他走得和囚犯一样快,大约走了九百码的路,因为天热,他又上了马车了。走了一会,囚犯已有几个因热死去的了。

到了车站,南黑留妥夫在车上看见了马司洛娃,他问她收到了那些东西没有,又问她还要什么,又谈了一会囚犯中暑死去的事情。直到卫队的人员来干涉,南黑留妥夫才离开那辆车子。

南黑留妥夫是搭第二班车去,距开车还有两点钟,便在候车室里打盹。他的姐姐娜泰莱来送别,他和她谈起囚犯死在路上的可怕的情形。娜泰莱去后,南黑留妥夫坐在三等车室后面的小露台上,对于犯罪与监狱等事想了一会。(以上为中篇四十二章梗概)

马司洛娃第一队囚犯已经前进约有三千里路了。她和别的犯人被遣发到白耳莫村,因此她能够和政治犯一同去。在旅行的途中她受了不尽的苦,一般癫狂的恶徒,时刻调戏她,因为她的容貌很秀媚。她总是拒抵不理男犯的那副媚态,这实在使他们生气,使他们对她生一种恶意。直到她被许可和政治犯同居,她的地位才好受些,恶徒的搅扰可以免去。她在政治犯里认识了玛丽潘甫洛纳与西蒙生二人。玛丽很漂亮,西蒙生是一个蓬发深眼的青年。他们三人互相扶助,也去扶助别的囚犯。

九月的一个潮湿的早晨,下了雨雪,护送官长,给他们的零用钱。马司洛娃等买了鸡蛋、面包、鱼、饼干。囚犯们都点过了名,检查了他们腿上的锁链。这时忽然听见官长的发怒叫嚷声和小孩哭啼般的打人声。她和玛丽两人往外一望,见着一个军官打破了一个苦力犯的脸，那犯用一只手揩着他流血的脸，另一只手抱一个围着毛巾的女小孩，小孩正惊喊着。原来那囚犯的妻子中途死了，他要抱这小孩，说了一句加上手镣就不能抱孩子的话，恼怒了军官，所以这样惩治他。军官命令卫兵将女孩带走，玛丽赶快上前去哀恳军官，说她是政治犯，愿意领那女孩，得了许可。

马司洛娃得和政治犯在一起，是很幸福的。她的身体和精神都感到舒适。那些政治犯的人格好的居多，使她受了不少的感化。她对于玛丽极亲近，恭敬而爱慕。因此她受了玛丽的感化。此外还受一个感化——就是青年西蒙生给她的，这是因为西蒙生爱玛丽而起。西蒙生是一个发饷官的儿子，因愤他父亲不正的行为，就离开家中，不再用他父亲不洁的钱。他加入了平民团，担任一个村中教员，对学生和农夫大胆地宣讲，解释他所承认的公理。他被捕去审判，因此就处了流刑。他对于马司洛娃发生了爱情，是无肉欲的恋爱。他的温暖的爱情，使马司洛娃受了不少的感化。她早看出他是爱她，知道这样的人竟然会对她有爱情，反倒把自己的身价抬高起来。南黑留妥夫之爱她，想娶她，是因以前所做的事，由义侠心而起的。西蒙生之爱她，是看她是个异常的女子，有非常高尚的品德。她将使自己不失望于他，所以她极力唤醒自己，造成她所达到的最高品德，努力改过为善。

一直到他们离开白耳摩城，南黑留妥夫只和马司洛娃会过两次面——一次在尼此里妥夫高罗地方，罪犯登船被铁网所围之前看见的，一次是在白耳摩监狱里看见的。他两次会见她，她对他都很冷淡畏缩。他问她要什么东西，身体舒适吗，她总是含羞敷衍他。除这两次之外，南黑留妥夫便没有机会遇着她，这是因为护送官不许闲人接近囚队的原故。他每到一个狱站，会向狱官请求与马司洛娃会面，都未得许可，所以有一星期没有和她见面了。

后来到了一处狱站，他想去探望他们，得狱官的许可后，就被导进囚舍里去。那囚舍只有三所平房，一所是囚犯住的，余下二所为护送兵卒与将校所住。那所囚犯住的房子，本来最多只能容纳一百五十个人的，现在却住了四百五十个囚犯，里面拥挤不堪，有许多站在外面的院落里。他走到了政治犯的房间外面，西蒙生正在烧火炉，马司洛娃正用一个无柄的扫帚扫除尘土废物。她穿着白衫，一块手巾盖在她的头上。她见了南黑留妥夫，脸上涨得飞红，急忙将扫帚放下，在衣角上拭她的手，站在他的前面。他同她谈了一会，她回答了几句，就没有别的话说了。南黑留妥夫在那屋里又认识几个囚犯，他想和她私下谈话，不料有狱吏来催他了，他把一张三卢布的钞票放在他手里，这才无事。隔了一会，西蒙生来寻南黑留妥夫谈话，西蒙生向他说，想同马司洛娃结婚。南黑留妥夫答说："与我有甚关系？这是看她了。"西蒙生说："是的，不过她没有你，她心决定不了。因为你和她两人的关系没有安顿好，她的心拿不定。"南黑留妥夫说："至于我的关系，早已安顿了。我所要做的，就是我认为我责任的事，同时要恢复她的命运，但是我一点不存心强制她。"西蒙生说："不过她不情愿受你这样牺牲。"又说："……若她不情愿受你的帮助，就让她受我的帮助……我总想靠近她住着或者乘此能恢复她的命运……"南黑留妥夫答说:"我有什么可说,我很喜欢她有像你这样一个保护人。"西蒙生急忙说:"……我是我这样爱她,这样愿她快乐,那么你会以为她同我结婚是正当的吗?"南黑留妥夫答说:"唔,那自然了。"西蒙生听了南黑留妥夫的一番话,他快活极了,跑到南黑留妥夫的身旁,微笑着亲他的嘴,说要把这话告诉给马司洛娃听去。

西蒙生去后,南黑留妥夫一个人在那屋里想他的心事,他听西蒙生的话,他想自己可以自由脱离他所自认的责任,一方面又不快乐,因为他的牺牲精神,被西蒙生破坏了。他正在想时,马司洛娃走进来了。她说是玛丽叫她来的。南黑留妥夫说,你来得正好,我很想同你谈谈。他又说起西蒙生已和他讲过那一番话。他刚提起西蒙生的名字,她的脸就红了。她问道:"他说什么了?""他告诉我,他要和你结婚。"……"我配做什么人的妻——我,一个罪犯? 为什么我又要去破坏西蒙生?""那么只要收回那句话好了?""唔,让我去吧,没有什么再可说的了。"于是她起身走出去了。

夜气严寒,星光闪烁着,南黑留妥夫向他的旅舍走去,到了房间里,卧在沙发上,想起了许多的问题。他和囚犯在一起生活,已经是三个整月了,他所受的印象是:①热心的、有才能、最强健的、正真的,受了流刑,离开人世,狡猾危恶的人,反得自由;②那些人民屈伏在人类超性的不自然底下,因为有了刑具——锁链、囚衣等,铲除了他们的品格、名誉、廉耻;③他们终日在危险中,不得不用暴虐、可怕的手段防卫自己;④善良的人,一度入狱,便受了恶环境的熏染;⑤暴虐和无人道的举动不但为政府所宽容,而且准许,有意地使这一般人败德腐心。他又想起监狱和每处狱站的情况，还有法庭，等等，一直想到鸡叫了第二次，才闭着眼睡觉。

第二天他又乘了马车，匆匆去追上了囚队。囚犯们看了他，都向他致敬。他见马司洛娃和西蒙生也在大队里面同行。到了一条河边，车辆将要渡过河去，都乘上了木筏。他见了马司洛娃在西蒙生的身旁，他生了不能克制的深感想。到了对岸，他去投宿在一家旅馆里，那旅馆还比较清洁舒适。他安放行李后，便去拜访镇中的省长。见面以后，他把马司洛娃受冤的情形以及他上呈文于皇帝的事说了一遍。省长说关于此事已有消息传到他这里来。他别了省长，便到邮局里去，他说了自己的姓名，便得了一封待取的信，那信是赛列宁寄来的，他心中突突地跳跃，猜想这是代马司洛娃诉呈的答案来了。他拆看了信，马司洛娃的赦罪状也来了。赦罪的公文，已寄到她被囚审问的地方去了。这是可喜而且重要的消息。他想从此以后，百事都解决了。他急忙离开邮局，吩咐车夫一直赶到监狱里去，报告这个好消息。

他设法向省长讨得了执照，进了监狱，会见了马司洛娃。他说只要公文原文（他收到的是附在信里寄来的抄文）一到，她就可以出狱，随便住在什么地方都可以。她说，西蒙生到什么地方，她也跟他到什么地方去。南黑留妥夫很感着疲乏与冷淡，他和同他一起到监狱去参观的英国人走出监狱，他走在路上只是乏味与失望。

他回到旅馆，并不去睡，只在屋里踱来踱去。他为马司洛娃做的事从此完了，以后他不能出力了，使他觉得羞惭。想起了许久，便坐在灯下的沙发上，不意地打开那英国人送给他纪念的《圣经》来看。他想，有人说在这本书里无论什么地方都可得着答话的。他翻开了《圣经》，就读《马太福音》十八章一至四节，五至六节，十一至十四节，二十一至二十二节，二十三至三十三节。他非常动心的是"登上训众"那五节。第一，勿怒。第二，勿奸淫。第三，勿背誓。第四，勿图报复。第五，要爱仇敌。他看完了，坐在灯下呆想，他想他的生活上的责任还多，一桩工作做完，还有别的新工作要做。那一夜他不能睡觉，他受了一个完全的新生活的启示，他的新生活的新纪元将在以后达到目的。（以上为下篇二十八章梗概，全书至此告终。）

《复活》（*Boskresenije*）是托尔斯泰（Leo Tolstoi，1828—1910）在1899年的杰作，那年他正是七十岁。他因为都波尔教徒移住北美洲缺乏用费，故作此书，以稿费充用。初版的发行权，以一万二千卢布卖给《尼瓦》杂志。后经检察官的无理的删削，甚至抽去全章，他又重新改作，比第一次稿要长许多。《尼瓦》杂志社发行者马克斯公司又给他一万卢布的稿费。此作发表后，转载得很多，曾引起版权的交涉，后来托氏特放弃了著作权，并声明非俟《尼瓦》杂志，登载完毕后，他家不得转载。

此作实为托氏毕生的佳作，法国罗曼·罗兰作《托尔斯泰传》，曾说《复活》是托氏艺术的圣书。托氏的思想、精神、宗教和他的艺术的技巧，悉表现在此作之内。题材是单纯的，已重述在前面了。总观全作，托氏吐露他对于事物的见解，极细密透澈。对于人物的描写、心理的解剖，备极灵活。他的如炬的眼光，注视社会的缺陷，而下强劲地批评,阅者在此作各章都可以感着的。尤其对于俄国的裁判制度、监狱制度、囚犯的待遇诸点,用力描写。在精细的描写中,他的彻底的批评眼放着光芒。即使我们不谈原作所含的问题,只把它作为一个艺术品看,已是近代稀有的作品。举一个例来说,比如原作第十七章(此章因本文节省篇幅,没有重述),作者描写青年南黑留妥夫奸污马司洛娃的那一夜的文字,我们绝想不到这是出自七十老翁的手笔。托氏的人道主义的汛爱,由他的不偏倚的双眼去临照一切。据罗曼·罗兰的批评,托氏描写南黑留妥夫,也不免稍有缺憾,就是缺乏客观的实在性。又篇末以宗教论作结,不脱一种的教训与主张,这一点也有人非难他,这是无关紧要的。

《复活》俄文原本,删节之处很多。毛德夫人(L. Maude)的英译本,据说是译自托氏原稿,比较完全。英译本名 *Resurrection*。我国有耿济之君的全译本,为"共学社丛书"之一,商务印书馆出版。

茶话集

题　记

这本集子里的小品文字(第一部)是我在最近两年所写的,以前的都收在《水沫集》里。阅者看过本书之后,不妨再买一本《水沫集》参看。

所谓小品与随笔,原是"随笔写成"(Following the pen),不拘于形式与内容。过去的笔记与随录之类的文字,往往是从"闲空"里产生出来的。不过我自己所写的小品与随笔,恰好和他们的相反,几乎全是"迫切"时候的叹息。现在搜集起来付印,也是这个原故(有几篇因原稿未保存,不及收入)。

我看见别人开会时,秩序单上常有"茶话""余兴"的节目。临到这两个节目时,已是在"雄辩""叫喊""筋疲力尽"

之后了。所以我的书名便采用"茶话"两个字,也希望阅者用同样的心情去看它。

1931年盛夏

谢六逸

茶话集·第一部

摆龙门阵

[**题解**]"摆龙门阵"是一句贵州的俗话,四川人也有说的,意近于"闲谈""说故事"之类,即英语的 Gossip,日本人的"四方山的话"是也。"杂谈""杂感""随感录"等等典雅的题名,已经用得滥而且旧了。现在暂把"土货"拿出来用用,意在破除国内 Journalism 的沉闷;遥想本店老板见之,必嘻嘻笑也。

日本东京的银座一带是大资本的集中点,在这条街上开有不少的咖啡店,如不二屋、老虎、赛色利亚等,其最著者也。

咖啡店里除了红灯绿酒之外,那些美貌的女侍占了最重要最重要的位置。出入于咖啡店的,有绅士、文人、画家、大学生等。每当夜幕展开,电炬煌煌,一般"银跙蹰"之徒,熙熙然往来,真是好一片太平景象也。

目前在下尚没有谈咖啡的余情,然而不得不谈者,在使客官们揣想日本现在的社会是如何的社会。

话说某杂志记者闲来无事,便去查访银座一带咖啡店的生活。据他查询的结果,赛色利亚一家,有一个女侍名叫大川京子的,每月 Tip 的收入最多时是五百八十元,其余各店的女侍每月平均收入 Tip 二百五十元,这是的确的数目。这家咖啡店里的女侍有三十人,一个月有七千五百元从客人的钱袋里跳出来。假使一组客人平均给一块钱的 Tip,一个月应有七千五百组的客人进出,一组就算至少二人,实有一万五千人,平均一天有五百人出入。这家咖啡店每天卖出的啤酒额平均约四百八十瓶,一人应该算他喝一瓶,咖啡在外,这可见咖啡店的繁昌了。

记者访问老虎咖啡店(Cafe Tiger)的某女侍,将她的谈话写成一篇文章,题目是《我喜欢的客人》,拜读之余,叹为妙文,大有翻译的价值——

我还是一个走上战线没有多久的青年武士——说战线,妙极了。然而,的的确确,这里是火花四散不绝的战场呢!三十人不足的同袍,列着阵势,浴着情火与银雨,是为"给我以最后的东西呀"而攻打的战场呢!

立在战场上日子还浅的我,说句真实话,只有睁着眼睛叫"嗳呀"似的心情,至于什么"我喜欢的客人"的话题,在心里沉着地把他来比较的余裕,还没有发生。

所以我在这里对你说的,只是代表我们伙伴的心情的话,意味诚然薄弱,还请先生包涵则个……

唠唠叨叨地说了这一套，怕要见怪吧，我把"新米"（译者注："新米"为日本咖啡店或酒店的女侍的口头禅，意即"新进"或"初出茅庐"）的感想对你说说。

我虽然在这种地方，可是如一般妇女以下的女子，自觉以评估世上的一部分人做职业，在我是做不到的。我毫不偏执地把我认为可以做对手的人说出来，我对于那具有肯定现实的度量与亲热的，我欢喜；对于那些来悦乐咖啡店所有的情趣的人，我愉快地以他们做对手。我和学生们做对手时，正如同朋友谈话一样的愉快。可是，饮酒过多的学生们是我的对手时，不知怎的我觉得伤心。也许我是旧派也未可知。我对于那些太美国式的绅士们，我觉得不合式。

其次，我再讲我认为从心里嫌恶的人。对于那吃醉了酒一定要窘弄女子为乐的，稍稍有点变态的人，我的心中，就想说出"下次不敢当了"。

还有认女子为欲望的傀儡，只要以自己的名声去叫她，她便如绣球似的滚过来的，有这种"大自信"的人，舍了昨天的旧的，和今天的新的做对手，设想我们如货品一样的，我却以为真真可悲了。

译了这几节，已经够了。

我一听说东京咖啡店的女侍，每月的 Tip 最高时可以收进五百八十元，便不禁想到我们中华民国了。我中华"地大物博""人口众多"，试一调查各种行业，果有何业的女侍每月可以收进 Tip 五百八十元乎！后来仔细一想，也未尝没有，听说从前我国某部对于"学者"们每月都奉送干薪三四百元不等（有的是夫妇二人合得三百元），好叫学者们坐在家里研究；或者到日本平安古城去看樱花，复得恭览天皇登极的大典。十年寒窗，宜乎今日受此待遇。若要比较岛国与大陆两地，各种行业中之收入最丰，而责任最轻，享用最豪者，洵岛国有咖啡店女侍，而吾华有某某学院之名誉××员矣！

嗟乎，吾辈小子靠卖三元千字（空行与外国字不计）之稿，以养活八口之家者，对于此月收五百八十元的咖啡店女侍，与夫月领三数百元的什么员什么员，虽欲不必羡慕，然而有所不能也矣！

作了父亲

"抱着小西瓜上下楼梯","小手在打拳了",妻怀孕到第八个月时,我们常常这样说笑。妻以喜悦的心情,每日织着小绒线衣,她对于第一个婴儿的出产,虽不免疑惧,但一想到不久摇篮里将有一个胖而白的乖乖,她的母性的爱是很能克制那疑惧的。有时做活计太久了,她从疲倦里也曾低微地叹息,朝着我苦笑。除此之外,她不因身体的累坠,而有什么不平。在我是第一次做父亲,对于生产这事,脑里时时涌现出奇异的幻想,交杂着恐怖与怜惜。将来妻临盆时,这小小的家庭,没有一个年老的人足以托靠,母亲远在千里,岳母又不住在一处,我越想越害怕,怕那挣扎与呻吟的声音。不出两个月,那新鲜的生命,将从小小的土地里迸裂出来,妻将受着有生以来的剧痛,使我暗中流泪。我在妻的怀孕时期的前半,为了工作的关系,曾离开了家,在旅中唯一的安慰妻的法术,就是像新闻特派员似的写了长篇通信寄回。写信时像写小说一样地描写着,写满了近十页的稿纸,意思是使她接着我的一封信,可以慢慢地看过半天或一天。忖度那信要看完时，接着又写第二封信寄去。过了两个礼拜，我必借故跑回家来一次。到妻怀孕的第七个月时，我索性硬着头皮辞职回家来了。回来以后，我搜集了不少的关于妊娠知识的外国文书籍，例如《孕妇的知识》《初产的心得》之类。依照书里的指示，对妻唠叨着必须这么那么的。我怕妻不肯相信我这临时医生的话，要说什么时必定先提一句"书里说的……"，"书里说的……要用一块布来包着肚皮"，"书里说的……"，这样可以使妻不至于提出异议。后来说多了，我的话还没有出口，妻就抢先说："又是书里说的吗？"我们是常常说笑，并且希望肚里的是一个女孩子，但是我暗中仍是异常的感伤，我的恐怖似乎比妻厉害些。我每天默念着，希望妻能够安产，小孩不管怎样都行。真是"日月如梭"，到了10月26日（1927年）的上午4时，天还没有亮，我听着妻叫看护妇的声音，我醒了。她对我说，有了生产的征候。我的心跳着，赶快到岳母家里去。这时街上的空气很清新，女工三三两两地谈笑走着，卖蔬菜的行贩正结队赶路，但我犹如在山中追逐鹿子的猎人，无心瞻望四围的景色。我通知了岳母，又去请以前约定好了的医生。回到家里，阵痛还没有开始。过了一刻，医生来了，据说最快还须等到今天夜里，并吩咐不要性急。下午3时以后，"阵痛"攻击我的妻了，大约是十分钟一次。我跑去打了五次电话，跑得满头是汗。唉唉，这是劳康（Lacoon）的苦闷的第一声了。妻自幼是养育在富裕的家庭里，但自从随着我含辛茹苦之后，一切劳作苦痛都习惯了。她的腹部虽是剧痛，她却撑持着下床步行，不愿呻吟一声。岳母用言语安慰她，我只有坐在房后的浴室流着泪。这一夜医生宿在家里,等候到翌日的下午五时,妻舍弃了无可衡量的血液与精神,为这条小小的生命苦斗着,经验了有生以来的神圣的灾难,于是我们有了一向希望着的女孩子了。"人生恋爱多忧患,不恋爱亦忧患多"是一点不差的。我们的静寂的家庭,自此以后,增加了新鲜的力量,同时,使我们手忙脚乱起来。最苦的是母亲,日夜忙着哺乳,一会儿襁褓,一会儿洗浴。又因为素性酷爱清洁,卧在床上也得指点女佣洒扫,又须顾虑着每日的饮食。弥月以后,肌肉脱落了不少,以前的衣服,穿在身上,宽松了许多;脸上泛着的红色,只有在浴后才可以得见。在这时,我最怕看我妻的后影。妻的专长是钢琴(piano)和英语,出了学校,对于自己所学的,没有放弃,现在可不行了。那些Maiden's Player, Lohengrin 的调子是没有多弹奏的余裕了。我本来也想使自己的日常生活近于理想一点,就是起床、运动、思考、读书、著述、散步的生活,但是孩子来了,一切的理想都被打碎了。我们的实际生活,不能不随着改变了。每天非听啼声不可,非忍受着一切麻烦的琐事不可了。女孩子是有了,可是还没有名字,照着通例,总是叫她做毛头(头发是那么的黑而长),但妻说照这样叫下去不行,必须请祖母给她题一个名字。我赶快写信去禀告在家乡的母亲。过了许久,便接着了母亲亲笔写成的回信,信里附着一张长方形的红纸,用工楷的字体,写着几行字,上面是"祖母年近六旬为孙女题字,乳名宝珠,学名开志"。在旁边注着两行小字,是"吾家字派为二十字:天光开庆典,祖荫永新昭,学士经书裕,名家信义超"。这些尊重家名的传统习俗,我是忘记得干干净净了,可是我还记得这是祖父在日所规定的,足敷二十代人之用。我的父亲是"天"字一辈,我是"光"字,所以祖母替孙女起名,一定要有一个"开"字的。我们接到祖母的信时,十分的欢喜感激。并且这个名字,我们是很中意。别人为女孩子起名,多喜欢用"淑""芬""贞""兰"等含有分辨性别的字,"开志"这个名称,看不出有故意区分性别之意,所以我们很欢喜。有了名字,可是我们已经叫惯她做毛毛或是宝宝了,"开志"的名称,不过是偶然一用。宝宝到了第七个月时,真是可爱,她的面貌的轮廓渐渐清晰起来了。细长而弯的眉毛,漆黑的眼珠,修而柔的眼毛,还有鼻子,像她的母亲;嘴的轮廓、肤色、笑涡像父亲。志贺直哉氏在《到网走去》一篇小说里,说孩子能将不同的父母的相貌融合为一,觉得惊奇,在我也有同感。到了第十三个月,因为奶妈的奶不足,我们便替她离了乳,到了今天,她的年岁是整整的三十七个月了。这其间,她会开口叫妈妈,叫阿爸,她会讲许多话,会唱几首歌,我写这篇短文时,她是在我的身旁聒噪了。宝宝的笑声、啼声就是我们的"神",我们的宗教。她的睡颜,她的唇、颊、头发、小手,使我们感到这是"智慧"的神。她有许多玩具,满满地装在小竹箱里。我们的家距淞沪火车路线很近,她看惯了火车的奔驰,听惯了火车的笛声,火车变成了她的崇拜物。在我的观察,她以为火车是最神奇的东西,为什么跑得这么快,为什么头上有两只大眼睛,为什么会发怒似的叫号。她崇拜火车,爱慕火车。崇拜爱慕的结果,把我的书从书架上搬下来,选出厚而且巨的,如大字典之类做火车头,其他的小型的书当车身,苹果两个权做火车眼睛。在许多玩具之中,她顶喜欢的是"车"的一类,她有了三轮的脚踏车,小汽车,装糖果的小电车,日本人做的人力车的模型,独轮车的模型。除了玩具,她最喜欢模仿父亲看书或看报。画报是她的爱人,尤其是东京《读卖新闻》附刊的漫画。她一个人睡在藤椅上,成一个"大"字形,两手举起报纸,嘴里叽哩咕噜,不知念些什么,看去她是十分的欢喜。在最近,她每天对母亲唠叨着说:"毛毛长长大大(杜杜)了,好去读书了。"她有了幼稚园读本,有了儿童画报,有了不碎石板和石笔,这些东西安放的位置,偶然被女佣移动一下,她就大声地叫喊。宝宝又爱散步,在秋天,总是每天两次,由我牵着小手到公园去,天寒了,午饭后,领着在林木道旁闲踱着,她的嘴里温着歌,路上散着黄色的落叶,月光从树梢筛在地上,一个大黑影和一个小黑影一高一低地彳亍着,于是我觉得这里也有"人生"。宝宝自己有她的歌,在二十五个月以后,便自作自唱起来。她的歌,我多记在日记里。例如:"乌乌乌乌火车,叮当叮当电车。"(在我们的屋后,有火车走过。她与火车最熟。有一天同母亲到百货店里去了回来,便独语似的念出这两句。)"鸟鸟飞,鸟鸟飞,鸟鸟飞飞。"(到外祖母家去,见小娘舅养着的金丝雀逃走了,回来便这么唱。)"洋囝囝是要困困了,毛毛唱唱侬。"(母亲唱歌催她睡觉,她照样去催眠洋囝囝。)到了今年(1930年),宝宝的智慧又进一步了。夏天买了叫叫虫来,挂在树枝上,一连几天都没有叫,我们说这叫叫虫不会开叫了。宝宝听了就唱着:"叫叫虫,不会叫,买得来,啥用场。"见了木匠来家里修门,唱的是:"木匠师父交关好,是我好朋友;做出物事交关好,是我好朋友。"夜里睡觉时,脱了衣服,口里念着:"耶稣慈悲,牧师听我,夜里保护我困觉,亚门！"（这是母亲教的，但无什么宗教的意味。有时白昼也大声地唱着，自己拍着小手。）宝宝的智慧是一天比一天增进了，这使我们担心着将来的教育问题。在我个人，是怀疑国内的一切学校教育的，宝宝现在是三十七个月了。附近虽有幼稚园，经我们来参观以后，便不放心送她进去。将来长大时，在上海地方，我们也不曾知道哪一所女子中学是优良的。听人说，甚至于有借办女子学校为名，而与政客官僚结纳，替他们介绍一两个女学生，因此募款自肥的。教会办的女子学校更不行，平时拿"耶稣"来骗人，记得几句死板板的英语。他们的宗旨不外是想培养"名媛"，预备在"时装展览会"里，穿上所谓"时装"，替富商大贾们做"衣架子"（比以 mannequin girl 为职业的还要无自觉）。继而她们的芳容在上海的乌七八糟的"画报"上登载出来，大概就会有达官贵人、欧美博士之流来跪着求婚的。接着就是举行"文明结婚"仪式，请"局长""要人"们来证婚，来宾有千人之众。汽车、金刚石、锦绣断送了一生。在教会女学毕业出来的人，大多数以这条"出路"为她们的最高的理想。上海的女子教育，我是根本地摈斥的。再说，像我们这一阶级的人，能否供应一个女孩子多念几年书，也没有把握。所以我们对于自己的女孩子的教育计划，是想由我们自己的力量，将她培养成为一个"自由人"，成为一个强健耐劳的女性。我们想就孩子的年龄（四岁到二十五岁），分做五个教育时期。按期把识字、写字（毛笔与钢笔）、儿歌、童话、儿童剧、运动（特别注重）、作文、散文、小说、诗歌、数学、阅报、自然科学与社会科学的常识、历史地理的知识、筋肉劳动（特别注重）、各国革命史、人类劳动史、外国语言文字、专门技能的学习(特别注重,但以筋肉劳动者为限,使她能在农村或工厂生活)等等教她。过了二十五年,她可以到社会的旋涡里去冲击了,假使我有一天能够脱离这 salary man 的生活,也许我还能做一个打铁的工人。到了那时,我更能将我的手腕磨炼得粗厚些。靠着我的双腕,使我们的宝宝在精神和肉体两方面都健全地养育起来,让她做一个"自由人",做一个"勇者",我们的宝宝呀!

大小书店及其他

一、大小书店

近年以来，上海的书店逐渐增多，卖旧书的也有几家，我以为是一种好现象（但也适用"姑且说"三个字）。一国——不，这个范围太大，应该说一地方——的文、野的区分，当作文化传布事业之一的书肆经营，也常视为重要的标准（自然是指有意义的书店而言）。依我的偏见，如果每条街上都有一二家有意义的书店和一所邮政分局，这便是国家富强的预兆了。

视为文化事业之一的书店经营，并不是"托辣斯式""百货店式"的一家大书店可以包办得了的。不幸十余年来，国内大资本的书店只有一家，于是从幼稚园的生徒以至未戴"角帽"以前的少年青年的精神的粮食，一齐都被他们把持着，所有著作翻译的人都不得不仰他们的鼻息。主持"编辑生杀权"的人物，正如日本镰仓长谷的大佛一样，巍巍然端着坐，一般"善男信女"都顶礼膜拜于下，这个比喻并不算过分。

现在的情形又有不同,就是小资本的书店的增加。别的书籍我不知道,单就文艺方面的书说,大书店的销售往往不及小书店。每逢一书出世,大书店登广告是肯登的,但是他们决不肯在装帧、纸质、印刷上面讲求,因为对于所谓"血本"有关。反之,小书店常以刊行文艺书籍为他们的主要的任务。他们自己也许就是执笔著作的人,因此对于装帧等等都肯研究改善,他们的牟利心,有的较大书店好些。此外则大书店的发行所墨守成法(二十年来寄送各种杂志,都是紧紧地裹成圆筒状,举此一事,可概其余),把一切书籍高高地搁在架上,架前立着"店员",在店员之前又深沟高垒似的造了黑漆漆的高柜台,不用说买书的人不能够纵览书的内容,连小学生去买书也像进了裁判所一样。有一次,我见一个小学生去买书,手里拿着纸条,站在柜台前面叫了几声,没有人理睬,这时我的拳头真有点发痒了。对于这些地方,欧洲中古武士的气质,也不能说是不适用。

我的话有点"出轨"了,再说回来。小书店的书可以任人取阅,买者有充分端详的机会,买一本书不大会上当。因此学生们都欢喜亲近小资本的书店,过了学生时代的人也同然。

若就著作者的便利说,以书稿托付大书店,对于版税的着落,似乎可以放心。每年到了约定了的时期,即把销售的部数与版税通知作者,也没有隐瞒版税或以多报少的弊病,也许可以说这就是从他们的"金钱主义"的信义心而来的结果,但根本上还是区区小数,"何足挂齿",教科书的利息已经饱满得可以了。因此之故,对于书稿的出版就非常之慢。杂志的难产已经可笑了,而书稿印刷之姗姗,更加"发松"。第一年交稿,第二年发排,第三年初校,第四年二校……第六年末校。经之营之,七年成之,于是定价四五角的书才放到发行所的高架上去。

小资本的书店似乎没有这个毛病,但是品类不齐,有的是"公子哥儿"在那里"玩票客串",有的是"贵人智士"在那里"干着玩玩",有的是"时代先驱"在那里"标榜主义",为经营书店而经营的实在很少。因此著作人的血汗的版税就有点危险了。

小书店之中,也并非全是不以信义为重的,他们有时难免以多报少,排三版说只有两版,不按期算版税;实在有时现金周转不过来,所以不得不如此。如其著作者是当代的大家,当然又在例外,不特不必去催索版税,小老板们自然会送上门来的。若自问并非"闻人"的作者,则大小书店对于他们,都互有利弊。

小书店的前途如何,实在难说。总之,有信义、有旨趣的老板终是有望的。在如像我这种不会著作的人看来,一切小书店都是好的,我每逢走过小书店的门外,我总觉得愉快,虽然没有钱去买。

二、我的庭园

我的庭园,是一切可以称为庭园中的最小的了。

长有五尺余,宽有四尺余的一小方土。在土里我自己种下两株竹,两株栀子花,不开花的蔷薇,一列攀藤的牵牛花,C君送给我的无花的夹竹桃。我悦乐我的"低级趣味"。

竹子初种进土中,竹叶渐渐变黄了,过了两天才渐渐变了绿色。有一株从根旁怒然地长出了两三株嫩竹,葱绿得可爱,被邻家的女孩看见,就嚷要吃"油焖笋"了。

我把麻绳缠在短木上,插进牵牛花的根旁,引上去系在楼窗上,一字儿排列了六根。牵牛花便依靠那麻绳发展它的生命,它想伸到的地方它都伸了上去,我颇惊异它的向上的生活力。现在正是季夏,藤蔓上长满了掌状的绿叶,叶与蔓交叉着,把我的窗前映上一片绿荫,妻买了两只"叫叫虫"挂在藤上,虫声便从叶底透了出来。我每天看着这一片绿荫,恢复了我工作后的疲劳。

我的庭园里的草木虫豸,如果是在乡村,本不值什么的。一旦被移植到在嚣嚷的市内,便贵得可以,已经耗去我的"财产"的一部分了。如果客官们不肯信,试看我下面的这个决算表。

一	竹二株	四角
一	栀子花二株	四角
一	牵牛花种子	二角
一	叫叫虫二只	铜元十六枚

其余蚯蚓、青蛙无费。

三、志贺直哉

日本现存的作家中,志贺直哉的作品,我很喜欢。志贺氏虽属白桦一派，可是他的作品中时常用着 Realism 的手法。他的 Realism 是极自然的，毫无一点造作。《好人物的夫妇》一篇，开篇就写道：

> 深秋的静寂的夜，雁啼着飞过沼上。
> 妻把桌上的油灯移近桌端，在灯下做着针线。夫躺在旁边，伸得长长的，茫然仰视着天花板，两人之间静默着有好一会。

这简短的描写胜过二页、三页的文字，使阅者立刻想起住在郊野的夫妻的单纯生活。这种手法，在那些做堆砌、獭祭的小说的作家，确是一种药品。

志贺氏的《范的犯罪》《山科之记忆》《死母与新母》都是优美的短篇，我也欢喜看。

不单是志贺氏的作品令人钦仰，他对于艺术的忠实也是少有的。他在《大津顺吉》《和解》《暗夜行路》等作里面所描写的主人公，大半即是志贺氏自己。他生于富族，因为他从事文学生活，还有他和侍女千代发生恋爱关系的事，为他的父亲所不悦，二人间起了龃龉，后来竟至"废嫡"。但志贺氏毫不顾念世俗的所谓名位与财产，毅然离开家庭，先后住居千叶的我孙子、京都的山科奈良等地，努力于他的著作。在现在的各作家里面，他的著作态度非常谨严；但每成一篇，辄为精心结构的作品，作品的量不多而质却美，与武者小路氏的多作正相反，更和那些作"通俗长篇"与"新闻长篇"的作家不同了。

四、集中人才

我在 N 地会着了某伟人,伟人和其他的一个客人谈了下面的话。

"目前这地方真的了不得,大街小巷的人家都住满了求差事的;旅馆更不用说了,我们来了几乎没有住处。"客人说。

"这倒是好现象!"伟人叹息了。

"怎见得?"客人低声下气地追寻根由。

"集中人才哟。"伟人意气洋洋地答。

五、信仰

妻的十二岁的小弟弟颇聪慧。当他在桌上弹"弹子"的时候,接连弹了三下都没有中,他便双手合掌,叫着"阿弥陀佛",弹了第四下,也没有弹中;他再以双手交叉放在胸前,闭目叫"耶稣",仍没有弹中;他再以右手在胸前画十字,叫着"马利亚",这回却被他弹中了。他雀跃似的叫道:"马利亚真好!"

许多人常在困难窘迫的时候或事后,呼着运命,把一切的拂意事都归之运命。有时竟像孩子以及成年在疾病痛苦时叫娘似的,去哀恳或咨嗟这运命。

从人生的日常琐事,每每看出信仰的真义。

六、上海报纸的社会记事

近来上海有几家报纸,据说已经改善,颇注意于社会栏(或三面记事),但仔细一看记事的材料,则不出"抢""奸""杀""自杀"。七、八两月内(1928年)常有妇女自杀的记载,尤其是投黄浦江的特别多,其中有三个是女学生。有几家报纸的社会栏,除开记载死者的家庭与遗书、致死的原因之外,更将自杀者死后的姿态照相制版,恭而且敬地印在报纸上,仿佛开什么成绩展览会。此种举动实在使阅者十二分的不快,对于死者却是最大的侮辱。老实说,这是最野蛮的办法,只有毫无人心的记者才干得出的顽意。从前"大刀队"斩了人,那些身首异地、满地殷红的照片,不是已充作最优的画报资料吗?还有挂在电线柱上的,装在笼里的,不是已被外国人摄成相片,寄回国去当作中华民国的奇风异俗了吗?大概现在"大刀队"已不很时髦,同时新闻记者个人的好奇心不能满足,但立即得了代替的资料,这便是那些膨胀溃裂的溺死者了。将来如其还不足以满足新闻记者的好奇心,何不打起"某报主催""某报后援"(这里借用了两个日本的惯语,谨致歉意)的旗帜,后面跟着一大群记者,抬着溺死者的尸身,杭育杭育地游行闹市;一面高呼着:"如要知道此事真象的,火速购阅本报。"那么销路便可增加了。销路一增加,就是大大的进步。

致文学青年

"被墨水污了的过去",我执着笔时,常想到这一句话。诸君是青年,又在"青年"的上面加上"文学"两个字,不久也会感到这句话的滋味。

爱好文艺或有志于文艺的青年所急欲解决的问题,就是"怎样读书""如何写作",等等。现在我避免空泛的议论,只就这两点贡献一些具体的意见。

关于读书,我是主张"立读"或"行读"的。能够"躺在沙发上"读书,有"佳茗一壶"或"淡巴菰一盒"读书,那是很好的。可是你们的亲长还没有替你们预备"沙发"和"淡巴菰"时,不如"立读"或"行读"的好。或者你们还没有"富于版税"之时,也依然是"立读"或"行读"的好啊。日本商店里的小伙计,骑在脚踏车上面,一只手驾驭着车柄,一只手拿着口琴,吹奏着《嘉尔曼》中的小曲,这样的"吹口琴的艺术",移用为"读书的艺术",才是真正的读书的趣味。还有在散学归来的中途,站立在书店的杂志摊旁边,"揩油"翻阅儿童杂志的日本小学生,才是真正懂得"读书的艺术"的人。

在修养的时代,只读国内名家的创作是不够的,还得多读在世界已有定评的各国作家的作品。我们欣赏一种伟大的作品时,就无异和作者的伟大的人格、丰富的素养相亲近。不单在艺术方面获得益处,同时对于如何观察人生社会,如何思维,也能叨惠不少。读外国著名作家的作品,最好是先读一二个作家的全集(例如《托尔斯泰全集》《易卜生全集》等)。读时尤贵一字一句地慢慢地吟味,寻绎它的佳胜处。"政治青年""科学青年"们也会看小说,但他们有的看起小说来,恐怕只是看看书中的故事,走马看花似的看过就算。想我"文学青年"们决不会如此的。

其次是如何写作的问题。柴霍甫说过,愿意自己快点老了,好弯着背坐了下来,写点什么。日本的德富苏峰今年六十九岁了,他现在住在东京附近的大森,名其寓居为山王草堂,每天五点钟起床,就写《日本国民史》(现在已写到第三十七卷,逐日在《大阪朝日新闻》发表),写完每天的稿子,然后才吃朝饭。我们要有柴霍甫(你们看柴霍甫的书翰是多么可爱啊)、德富苏峰的毅力与决心,才配称"写作"。我们应该十分地忍耐与审慎,必须要写坏了十几册的笔记簿,将几百张的稿纸,写了又撕,撕了又重写,始可发表一篇作品。关于实际的写作方法,我劝诸君用"卡片制"。让我们买了若干厚纸片放在抽斗里,把我们每天的见闻感想,都写在卡片上。凡是五官所感触的,直觉所想像的,都得写上卡片。每天不论写完几张,随手把它放在抽斗里。日积月累之后,所积的卡片应该不少。在星期六的晚上,把卡片慢慢地整理,真有一种乐趣。如果要计划写一种巨大的长篇,用这个方法搜集资料,也是颇适用的。我在上海教了五年的书,一向就用"卡片制"搜集教材,并记录我自己的研究与意见。在整理卡片时,应该舍弃的陈旧资料,便随时舍弃;有新颖的资料,便时时加以补充,自问能幸免于"留声机器"的讥评。这个方法用来练习写作,在搜集、整理诸点上,是有效的。不过,卡片制只是写作的准备,材料准备好了,还得写在有格的稿纸上。我们虽然没有钱来买"沙发"和"淡巴菇",却不可不买一些稿纸,以作"写了又撕,撕了再写"的用途。

我不是文学家,也不会发明什么新的指导原理,我能贡献给你们的就只有这一点意见。谨祝你们的笔砚多祥!

唯性史观与大学生

从中国的历史上看来,许多丰功伟业,不免是由性的关系助成的;又有许多十恶不赦的大罪,不免是由性的关系构成的。

饱受了金元的恩惠的美国人说:"1930年代就是三个S,一是Speed,二是Sports,三是Sex。"

环游世界的"大徐伯林",在法国烧毁了的"R—〇—",最近烧掉了半只翅膀的"DO-X号"。舞台上的整齐划一的几十条"大腿"的飞舞,骚乱而律动具有Tempo的爵士音乐(Jazz)都是具体的Speed的表现。中国的男女同校的大学生,内中有一部分,希望着自认识以至于"成功",有"大徐伯林"飞船那么的迅速。同时,自入学以至于获得"文凭",也希望有"R—〇—"那样的快。

田径赛、足球、篮球等运动,在中国都含着奇怪的(Grotesque)意味。英雄主义是中国运动员的信条,所以在比赛时会演全武行。女运动员又为无数观众欣赏曲线美的箭垛。所谓"交际博士为某人擦松节油"能播为美谈,变成上海的Journalism的最佳的资料。远东运动会中国每年失败,不算一回事;日本胜了,也不算什么。因为日本人的英语没有中国人说得好。运动比赛是失败了,然而英语是赢了,所以虽败犹荣。大学的运动员,是要显出一点本领给女同学们看看,以便她们赞美自己是一个 College Hero。

"性"是大学生的运动机,有时表现出来的是广义的性,就是 Eroticism。在课堂黑板上写着的即兴文字,在厕所里吟味的性××的漫画,是男性大学生的本色。大学里需要年青貌美的教授,不必听讲,单看那一副形容,在课堂上枯坐五六十分钟都值得,如其在教本以外还能够讲点《山海经》,那是再好没有了,就连坐一二小时也不妨。某教授教书不行,但是昨天有人在马路上看见他和师母挽手而行,他的"师母"是多么的漂亮美丽,第二天就传遍了全课堂,于是大家对于他都有好感。某教授不会教书,快要被赶走了,但是他穿的西装非常讲究,轮廓缝襞,莫不整然,头发梳得那么光亮,大家因为尊重"西装"起见,这位教授实在有拥护的必要。美貌的女同学是最荣耀的,也最苦恼,被男同学们在无形中推选为××时,就有人亦步亦趋地跟随着。每天批阅许多赞美的函牍,已经很费工夫了,他们硬叫这貌美的女同学没有用功读书的可能,把她的精力心思移转到别一方面。在大学生的头脑里,女性是最神秘的,有不可思议的地方,看为永远的谜。

奉唯物史观为经典的马克思青年,同时也是一个信仰"唯性史观"的。在熟记必需的名辞之外,第一是要追求一个女性同志,以便共同研究。他们的书架上,也一定陈列着柯伦泰女士的《赤恋》《伟大的恋爱》等杰作。

唯性史观支配着中国的一切!

[注]本文中有两处用了××的符号,代替了四个字,这是作者尊敬大学生的原故。再,本文中的"大学生",不是专指某处、某校的大学生,是泛指具有我所说的这种倾向的大学生。

读书的经验

我幼小时没有进过私塾,完全由我的父亲、母亲教我。父亲教我读的书,使我受印象最深的,是一部《史鉴节要》。这书是他手抄的,他善作楷书,很工楷地写在雪白的厚绵纸上,装订得很精致,引起我对于书籍的嗜好。母亲能够暗诵许多诗词,她教给我许多诗,使我印象最深的,是韩愈的《符读书城南》。

我对于书籍从小时就有一种爱好癖。在家乡时,由高小到中学,从来没有因为读书的事使我的父母生气。我记得在十三岁时,常常跑到我父亲的藏书楼上去翻书,从早晨到天晚,只下楼吃两顿饭。后来被我翻着了一部《绿野仙踪》,便将它慢慢地看起来,觉得其中有几段很有滋味。隔几天又翻到一部《飞驼子传》,书中的谚语很多,弄得莫名其妙。

中学毕业的那一年,就考得了官费,到日本留学。在留学时期,有两个地方我永远不能忘记。一是早稻田大学的图书馆,一是东京郊外的吉祥寺。这两处地方帮助我,使我多读几本书,那时的吉祥寺,真是读书好地方,不像现在是时髦男女的幽会场所。

我的记忆力还好,无论书籍或论文,看过一遍之后,留在脑里的印象,总有半年以上不会消失。作品里的警句,我更能记忆得长久些。

我的读书的方法没有一定,有时作 Notes,有时用铅笔在书上乱涂线条,有时从头至尾没有作什么记号。

使我的读书能率增进的季节,是夏天和秋天,春天也还可以,我最憎恶冬天。我最痛恨的,就是"围炉读书""躺在沙发上读书""泡一壶佳茗读书"等等调儿。

我看书时不怕喧嚣,孩子在身旁吵闹也可以看下去。有几次我看书时,"太太"在我的旁边对我说话,我完全没有听见,因此尝受非难云。

我的信条是多读,深思,慎作。

《草枕》吟味

我还记得从前我家里的客厅挂着一幅山水画,一个老翁头上梳着髻(在画面上就是一点浓墨),手中扶着杖,坐在石岩边头短凳上,仰起头看对面的瀑布,一种幽闲的情趣,完全被浓与淡的墨迹表现出来了。我想这是东洋人(作广义解)所特有的,所能享受的一种境界。这画上的老翁,不只是忘记了"劳动问题""妇女问题""奥林比克竞技会",等等,就是他自身的存在,在那一刹那,也许会完全[忘]记了吧。这种境界要在中国的诗里,中国的画里,才能够得见的。

近代人的生活,好像夏日的蝉鸣,又像后面有千军万马赶了来,真是"不胜迫切待命之至"。工作,饮食,咖啡,跳舞,Jazz,Talkie(有声电影);忙,乱,冲,撞,摇,摆,动,喘气,疲劳;青春,爱,壮年,忙,老年,死。亚美利坚式的资本主义末期的文明,正走在这一条路上。将这和中国画上"仰首听鸣泉"的老翁比较起来,真真有趣。中国的画与中国的诗,是全靠有"仰首听鸣泉""采菊东篱下,悠然见南山""老翁欹枕听莺啭,童子开门放燕飞"的情景(Scene),然后才觉得中国的画、中国的诗有特殊的风味。

但将这风味写成散文,而能写得活跃生动的,我还没有得见。这种东洋人(广义的)的情趣,却被日本作家夏目漱石捆住,写成了他的《草枕》。但要注意的,漱石绝对不是一个在深山结茅庵、远避人世的隐遁者,也不是一个憎恶现世的乌托邦的憬慕者,他对于人生、艺术,都欢喜发议论,又欢喜说俏皮话,是一个真正懂得"幽默"的人。他想在这迫切的世人,得到一点"不迫切"的境界。只消看他的大作《我是猫》《哥儿》,与现在所谈及的《草枕》,就可以知道他对于人生的观察是怎样的精透。关于漱石,我在《日本文学史》里记着:

夏目漱石原是一个"俳句"作家,又是一个"写生文"的作家。他以胸怀寄托于自然界的风物,富有忘却世俗的"东洋人"的趣味。他将英国趣味、俳谐趣味和江户趣味融混为一。作品里充溢着"俏皮""轻笑""幽默""闲雅""深新"的风味。他见那时自然主义的单调,曾为文指摘。高滨虚子的短篇集《鸡头》有一篇叙文,是他作的。在这篇叙文里,他主张小说可以分为两种:一种是有余裕的小说,一种是非余裕的小说。有余裕的小说,就是"不迫切"的小说,是避去"非常"一字的小说。不用生活上的大事件或其他重大问题做材料的小说,就是有余裕的小说。用运命、人生,或某种问题做材料的,就是非余裕的小说。如果非余裕的小说有存在的权利,则有余裕的小说也应该有存在的权利。我品茶灌花是余裕的,说笑也是余裕的。借绘图雕刻遣去闲愁也是余裕。

从"这有余裕的小说"引申出来的,就是他所称道的"低徊趣味"。这种趣味是指对于一事一物起独特或联想的兴味,从左看或从右看都不肯轻易舍去的趣味。用诗与小说表现在实生活的苦味与悲哀,原是无碍的;但是能使人忘却现实生活的苦味与悲愁,具有浮扁舟、游桃源的趣味的艺术,始有存在的意义。艺术的能事,尽于使读者愉快有趣,忘却现实生活的苦斗。他的主张,明明是艺术至上主义,是崇奉"为艺术的艺术"(Art for Art's sake)的。

漱石的主要作品,有下列各种:

《我是猫》(1905—1906),《伦敦塔》(1905),《嘉莱尔博物馆》(1905),《幻影的盾》(1905),《琴音》(1905),《一夜》(1905),《露行》(1905),《趣味的遗传》(1906),《哥儿》(1906),《草枕》(1906),《二百十日》(1906),《野分》(1907),《虞美人草》(1907),《坑夫》(1908),《三四郎》(1908),《其后》(1909),《门》(1910),《到彼岸》(1911),《行人》(1912 大正元年),《心》(1914),《道草》(1915),《明暗》(1916)。

漱石的作品,约可以分为三类。一,寄梦幻缥缈的情趣(如《伦敦塔》《幻影的盾》《琴音》《一夜》《草枕》《二百十日》《虞美人草》等)。二,在滑稽谐谑里,讽刺社会人生(如

《我是猫》《哥儿》《野分》等)。三,分解心理的(自《三四郎》以后诸作都是)。除上列诸作外,另有《到京的晚上》《文鸟》《梦十夜》《永日小品》《满韩纪行》《玻璃门内》等小品文字。还有做文科大学教授时的讲稿《文学论》《文学评论》等作。(北新书局版《日本文学史》页八七—八九)

《草枕》[注]虽是一部小说,但是没有结构,也没有事件的发展,只是一部"感兴"的文字。在我国已有了崔万秋君的译文,我介绍有志文艺的人都该拿来一读。下面这两段,可以借来说明漱石的所谓"有余裕""非迫切的人生""低徊趣味"的意思。

[注]《草枕》原是"和歌"中的"枕词"。"枕词"是放在名词上的修饰语,通常用四音或五音的字。"草枕"是"旅"字上的"枕词",有"旅居""旅宿""旅途"等意。

  所可喜者,东洋的诗歌有从世间解脱了的。"采菊东篱下,悠然见南山",只这两句便完全忘却了酷暑的人世之光景表现出来了。既不是窥伺东家墙外的处女,也不是南山上有亲友在那里做官。达到了悠然的,出世间的,把利害得失如汗地让它流去的心境了。"独坐幽篁里,弹琴复长啸。深林人不知,明月来相照。"只这区区二十字充分地建立了别乾坤。这乾坤的功德,不是《不如归》《金色夜叉》的功德,是疲于轮船、火车、权利、义务、道德、礼义之后,忘却一切,甜然入梦的功德。

如果在 20 世纪睡眠是必要的话,那么在 20 世纪,这出世间的诗味是很要紧的。所可惜者,现在作诗的人和读诗的人,都为西洋所迷,驾悠闲的扁舟去寻桃源的好像没有。不待说,我既非以诗人为职业,当然不是打算住在这个世界上宣传王维和陶渊明的境界。我只觉得这样的感兴,比较演艺会和舞蹈会还可以见效,比较《浮士德》《哈孟雷德》还有味而已。我所以单独一个人担着绘具箱和三脚几,不慌不忙地走这春之山路,全是为此。我想把渊明、王维的诗境,直接从大自然里吸收了来,暂时也好,愿意在非人情的天地间逍遥自在,简直是一种醉兴。

因为是人类的一分子,任你如何喜欢非人情,但"非人情"不能长久继续下去。就是渊明,也不见得一年到头尽看南山,王维也不见得是不挂蚊帐,乐意睡在竹薮中的人吧。大概也是把余剩的菊花卖给花铺里,把竹笋卖给青菜店里去吧。就是我,也是那样,虽然很喜欢云雀和菜花,但还不至于"非人情"到在山中露宿……(崔万秋君译本,页一一一一三。)

此外抒写作者的人生观、艺术观,与描写风景的妙文还有许多,我不能在这里一一列举了。

崔君的译文还流畅,不过有几处小疵,是应该改正的。

文艺管见

大约五六年前的《文学旬刊》上，有几位朋友曾经讨论过民众文学的问题，当时议论的中心点，不外是想把文学为民众解放，有的说要为民众写些作品，有的说要用民众为描写的对象。五六年来，久已不闻这种讨论的声浪。在别一方面，时代转变，有许多人在提倡"无产"者的文学，所谓民众文学的问题，被视为"慈善事业"一样，好像没有什么讨论的价值了。

目前的所谓"普罗"文学直面着的问题，就是如何能使文学大众化。普罗文学的作品，不要支配阶级来欣赏，这是确然无疑的。可是不能够获得大多数的无产者的欣赏，我则以为十分可惜之至。如果俄国的大多数的工人、农人，现在还喜读普希金、娄蒙妥夫的作品，那岂不是证明了"普罗"文学运动的无力吗？假使一国的被支配阶级的人都已觉醒，他们因为要达到他们的理想的社会，生活是忙迫异常，这时他们还需要文学这等东西不要呢？假是需要的话，需要的又是怎样的作品呢？

一切文学在口传时代本是具有大众性的,自有文学以后,被支配阶级玩弄起来,遂与大众隔离。在支配阶级非把文学弄得神秘艰深不可,如此不足以表示他们的优越地位。因为他们要在社会上永久维持优越地位,所以想方设法,使大众见了文学就头痛,赶快止步。因此文学才被支配阶级独占,与大众绝缘。时代骎骎地驶去,那些感伤的、悲观的、宿命的、小主观的作品,正在扫荡的中途。代替这些的应该是表现被支配阶级意识的、明快活跃的作品,是痛痛快快和过去的历史或传统算总账的作品。不管执笔写作的人是否普罗列塔利亚特(如果是的,最好没有),最低限度是必须具有社会意识与时代意识,用新的手法描写新的题材,把受压榨、忍痛苦的生活表现得明了痛快。此外还附带着一个条件,就是——大众化。如果号称普罗作家,反而去走"大大派""立体派"的路,那就没有人要看了。

日本的普罗作家近来已注意到作品的大众化,所以有一种普罗列塔利亚特的大众娱乐杂志(这杂志名叫《大众》)出现。我国曾经有《大众文艺》杂志的刊行,可惜内容还欠大众。我的预言是——中国的所谓普罗作家如果不能从大众的手里把《上海黑幕》《施公案》等读物扫灭,普罗文学运动就难有成功的希望。

童话中的聂林①

古时候,在某国里,无论谁人都幸福地度日。但是为什么幸福呢?这样追问的人却没有一个。他们以为是受了阿拉神(即谟罕默德)的恩惠之故。

那时候,世上有一个人名叫柯达巴修(大头之意)住着,他是一个聪明的先知,能够完全记诵《可兰经》和法律。

因为是这样一个无所不知的人,连阿拉神也有点惧怯他的。法律书包含的东西是很多的,虽是阿拉神,还不能够把它完全记在脑里。所以他在一个礼拜内,必要把书温习两遍。因此柯达巴修能够从头至尾懂得那书。

有一次,柯达巴修睡醒起来,看见枕畔有一根手杖和一张纸片。他读那字,知道是阿拉的书记伊莎的美丽的笔迹。上面写着——

今赐汝手杖,杖中宿有人类幸福,不可被恶魔取去,千

---

① 聂林不知为何国人,疑为古罗刹国人氏。——作者注

万千万。杖入魔手，人类即灭。

柯达巴修读来，正在沉思时，恶魔寻着了那杖，便悄悄地偷来，逃到山中去了。

柯达巴修大声叫唤，可是这时阿拉正在睡觉，等他醒来时，那杖已经在山里了。两个大恶魔用大石头和木材把杖掩藏起来，别人不能够取去。

这个时候，正是《圣经》里的该因杀死亚伯之时。

在这一瞬间，有一个人对别的人们说："我比你们强大呢。"于是这人就做了皇帝。说是一瞬间，是在柯达巴修阿拉神，恶魔的一瞬间。在其他的人，却是几千年。

这一瞬间，几千年过去了，世上流着血。阿拉惊恐了，但是已经来不及救，因为恶魔把杖隐藏着的原故。

阿拉哭起来了。从那眼里，流了四十昼夜的泪。在世上，就叫那眼泪做罗亚洪水。

人类的幸福，就这样地销蚀了。

这一瞬间更接续到其次的一瞬间，这第二次的一瞬间，起了更可怕的事。这一瞬间在人世过了两千年，世界上出现达麦尔兰，他放火杀人，地球上是许多遍身浴血的人在走动。那血变成了水蒸气升到天空，染在阿拉的白衣服上，阿拉就醒了。

第三次的一瞬间又继续了。阿拉吩咐柯达巴修道："我命你去寻觅幸福。"

但是柯达巴修答道:"我将死了,我命弟子代我去寻觅幸福罢了。"

柯达巴修死了。他的弟子便出外寻觅幸福。

那弟子的名字,叫作聂林。

第三次的一瞬间过去了。聂林打倒了压制他人的人们……他自己的姿首便也消灭了。诸君以为聂林死了吗?不对的,他正在守着柯达巴修的遗嘱做去。

聂林为要寻觅人间的幸福,便走到山中去了。地面震动时,诸君说这是地震,这不是地震,是聂林移动石岩的响声。聂林正寻觅幸福与真理呢。

聂林得着了幸福与真理时,第四次的幸福的瞬间便来了。

这一段童话见日本帝国出版的《新潮》七月号内,是丸木砂土君从俄文的韵语改写成散文体的。据丸木君说,这段童话流行于1925年2月从土耳其斯坦联邦分离出来的乌士维其斯坦联邦地方。丸木君又说这段童话能把《旧约》、专制魔王(Czar)、聂林等拉拢在一起,是并非东洋也不是西洋的奇怪的国度的故事。我也觉得这一点有趣,所以译出来给大家看看。"帝国"的国民看了不碍事,我"民国"的阅者看了,也该不会"碍事"欤?

素 描

一、暑期学校所感

这里所讲的暑期学校,是泛指那些"利用暑假光阴,推广教育事业"的暑期学校而言,并没有专指某一校的。

暑期学校的存在,实在大有疑义。我看学校当局的目的,并不在推广什么教育事业,要想捞一笔钱来补贴亏空(如还债之类),倒是真情。学校当局把学生看成鱼(谨按,我把鱼来比拟学生诸公,真是"恐悚万分";但是"学校"School 这一个字,实有"鱼群"的意思,甚至有一种鱼名叫"校长先生"School-Master 呢)。将"学生"作为"饵",将教员当作"钓鱼钩",只消"饵""钩"齐备,自然会有六七百个鱼(不,学生!)来上钩的。于是办一次暑期学校,学校方面稳可净赚数千元,赚来的钱,便供贴补亏空之用。学生所得到的,是几个有名无实的学分;教员所得到的,是全身汗淋淋换来的几块臭洋钿。

学校之有暑期休假的规定，原是把一种机会给学生到山中海滨去休养、去运动。如要讲学，要办"暑期大学"，也该到森林里或海滨去才是。学生本是经不起"钓"的，只要听说可以早得几个学分，当然就会动念。有许多"大学"对于教员的待遇是十分刻薄：暑假没有薪俸，或者薪俸是减半的。学校当局也忘了暑期休假是给教员一个修养的时机，好叫他们准备来学期的功课或作别的研究。在休假期间，学校完全不管教员的生活，好像一两个月的假期，教员的肚子可以用皮带扎紧，直要等到来学期开学时，才准进食。教员方面有了这个缺点，学校当局也就可以利用（自然也有因为情面的关系，不能不来的），叫他们在九十度以上的热度里，指手画脚。在教员休息室里一看，无论谁某的衣衫都湿了一块。白开水壶的旁边，却放着一瓶"时疫药水"，静待教员的享用。

我时常注意大学生们在课余的"下意识"的表现。他们借了教员用残的白粉，总欢喜在黑板上表现自己的情感。在"正规学校"（Regular School）上课的时间，我见他们所表现的，都是抒情的断片。例如——

> 爱人呀！我一刻也离不开你。
>
> Oh! My Queen!
>
> Who is the Queen of University?
>
> Oh! Love! Oh! Love!

但一到了暑期学校,便一变而为"散文"的叹息了。写在黑板上的是——

为了几个学分,流了一身大汗,不惜牺牲性命与金钱,何苦!

先生!热呀!

这些表现都是很对的。替学校方面设想,如果不怕人说是"滑稽"的话,尽可在课堂的四角,装设电风扇;并且组织"消费合作社",贩卖汽水、Ice Cream 之类,让学生一面听讲,一面吃喝。电风扇的费用是要在教员的薪水内摊派的,汽水等等的卖价比市上要加贵两三倍,自不用说。

这样一来,学校所盈余的钱一定是很可观的。

二、新闻价值

国内的新闻纸,很少有令人看了满意的。在一般记者的眼睛里,认为有"新闻价值"的事件,不外是"要人的起居行动",大的如要人的出巡检阅(要人穿什么衣服哪,拿什么手杖哪),小的是要人的田猎游览(带什么鸟枪哪,太太是否随侍在侧哪),甚至于和要人有关系的人,如像岳母、小姐之类,都被中国的新闻记者们视为最有"新闻价值"的。至于社会新闻呢,只要是闹到"巡捕房""公安局"等处的事件,都全部有"新闻价值"。所以只消打开"社会栏"一看,全部的新闻都是从"巡捕房"或"公安局"得来的。

现在我举出一个例来说明中国新闻记者眼睛里的"新闻价值"。

南京　阎××秘书许××女士,由平来京,连日游览各名胜,定十五早乘飞机赴沪,转杭参观西湖博览会。(十四日专电)

(上为原文,见八月十五日的《申报》(No. 20258)第二张,国内要电二,排在该报时评下第三栏,这天的时评的题目是《美记者团在日言论的感想》。)

在这个要电的后面,排着"永定河又溃百卅丈"的新闻,是北平拍来的专电。我揣想这位许女士的行动会被《申报》的通信员认为大有"新闻价值",而必须拍专电的原因,大约不外下列的事实。

①阎某
②秘书
③一位女士
④游览名胜
⑤乘飞机
⑥参观西湖博览会

有了这五项,"故有了新闻价值"。"永定河又溃百三十丈"的

"新闻价值",反而比不上这位"乘飞机"的"女秘书"了。

中国的新闻纸在什么年代才会有起色呢？我们的回答是："就在新闻记者们,不至于误认要人太太身上掉了一根毛发,都有新闻价值的时候。"

三、现代的范先生

偶翻阅李青崖君译的《启示录的四骑士》(北新书局版),见他对于 Don Juan[注]这人所下的注解是："其人兼《水浒传》上的潘、邓、小、闲四字之长而有之。"李君的话,可谓"四字的(读入声)评"。可是,这位范先生[注]是"封建制度"时人也。由"现代"的"立场"看来,纵然具备得有《水浒传》上的四个字,也必定要"没落"的,可以断言。此何以故？简单明了地答曰："时代不同。"

[注]Don Juan 这个人名,有人照罗马字音译为唐琼,但依原音应读若"东范"。Don 者,先生之意。①

假使"范先生"生在现代,仅靠这"潘、邓、小、闲"四个字有什么用呢？他一定是不能够"活跃"的。据"鄙意",现代的"范先生",必须再添上四个字,就是"有名、有书、有势、有术"。这四个字可以引申如下——

"名"就是"名流",一面做"文学家",一面又兼做政客。"书籍

---

①此注说明文中的"Don Juan"和"范先生"两处。

多"就是"知识阶级"的表示,又是博学的象征。各国文字的书全有,但不是供阅览用,而是供装璜用的。"爱人"嗅着书的香气,自然会走了来,不必像古老的范先生那样地翻墙爬壁了。"势"等于政治家之有"小组织",自己的书一出版,"小组"的伙计们就大声叫好。"术"是什么呢?自然包括一切的"术"而言,这里不便多说,聪明的读者自会领悟,在这里,我要学英文法上的 Understood 了。

具备上述八个字的范先生,不特享有无数的爱人,就是全国的青年,也全被他获得了。如果他肯到上海各大学去教书时,男女学生接连上课七八小时,没有一个溜走的。学校送钱给他,他一个钱也不受,世人莫不称赞他"清高"云。

"中国文学系"往何处去

中国文学系在本校(复旦大学)已经有六年的历史了,六年以来,经过了许多的困苦艰难。今年(1930)逢着本校二十五周年纪念的盛典,诚令人有无限的感慨。借这机会,发表我个人对于本系诸位同学的希望,以供同学的采择。

本系开办的目的,在以"现代的眼光,研究历代的文学;以世界的眼光,创造本国的文学"。知道用这种眼光来研究中国文学的人,是很少的。复旦的中国文学系能够用这种正确的方法来研究中国文学,是值得注意的。现在有许多大学都设有中国文学系,但一考察他们开办的目的以及施教的方针,都是笼统地将"中国文学"看为"国故"的研究。所以课程那面,只有几门所谓"国故"的研究,在教授以及研究的人,对于那几门"国故"的课程,视如神秘的事物一样。他们睁着惊异之眼,双手把玩着那几门"国故"的课程,犹如新嫁娘之宝贵红棉袄然。于是乎今天是研究"国故",明天也是研究"国故",跑来跑去,都是在"国故"里面兜圈子。研究三四年的结果,"国故"依然是"国故",有许多关于中国文学上的新发现与新见解,仍旧是日本或英国的学者的功绩。不过,也不能说以研究"国故"当作中国文学系的目的的教授学士们没有成绩。他们的成绩,就是把从前自家所做的文言诗拿出来印行;或是搜求几部不常见的书籍藏在书橱里,视为名山的宝贝,既不肯借给人家阅览,也不肯翻印流传。这样就算是研究"国故"了。

现在研究中国文学的人,暗中不免受少数人的轻视,就是被这般人弄糟了的原故。所以一提起"中国文学"四个字,就会有人盘问你,说:"你们还读四书五经不读呢?"或是"你们中国文学系是否专教《史记》《庄子》?"

我敢大声疾呼地说,研究文学的困难,决不亚于研究微分、积分之类。如果研究科学不成的人,改而研究文学,也是无所成就的。假如用"学书不成,遂弃而学剑"的眼光来看我们的中国文学系,以为研究文学是易如嚼豆腐,研究科学是难如咬铁,那就实足以表明自己的糊涂。因为,处现在的时代来研究文学,决不是为前人的只知吟风弄月,也决不是如私塾里的默诵古书。"文学"这一个词的范畴,"中国文学"这个名称的范畴,早已增高、扩大了。研究文学或研究中国文学的时候,时有涉及其他各种科学的地方。到了现在,研究文学而不顾及其他有关系的各种科学,是绝对不行的。不明了这种意义,而妄想研究文学,妄想研究中国文学,其结果是,"国故!国故!研究国故!"如此而已。

根据上述的愚拙之见,我对于我们中国文学系的同学,有如次的希望。

第一，是工具的磨炼。白话文学虽然提倡了多年，但是现在国内出版的刊物里面，值得一读的文学，依然是稀少的。中国的白话文学还在改善的中途，这非望诸君努力不可。

第二，中国的新文学，是受了世界文学潮流的冲击，然后才促进的。所以对于外国语言文字文学的研讨，应该注重。

第三，时代已骎骎地前进，我们除了研究文学之外，似可分出一部分的时间来研究其他的学问（例如民俗学、社会学、经济学之类）。我们的兴味应该是多方面的，不可囿于一隅。

第四，你们不可和社会分离得太远了，尤其是对于本国的社会，应该有犀利的观察。理论与实际两方面都应该顾到，不然，在学校毕业之后，仍然无用武之地。日本东京有一所"文化学院"，是著名诗人与谢野宽氏和他的夫人晶子（女流歌人兼评论家）主办的。其中的文科由菊池宽主持，他觉得日本各大学的文科太不注重实际方面，依据自家的主张，将文科分为"创作科""编辑科""演剧科"三部门，使研究文学的人毕业之后，能够对于社会有直接的贡献，他的用意很好。因为这三科在日本的现在是很需要。对于研究文学的人不能够说他们连饭都不必吃。艺术家虽然有 Bohemian 的气质，但是不能饿了十天半月还有力气提起笔来做稿。所以对于这一方面我们也不可以忽略。

除了这四点之外，还有一点要特别注意的，就是中国文学系的同学，非努力合作不可。大家要团结起来，努力求本系的发展。同时，大家彼此勉励用功,多做课堂以外的研究,多写作,多发表,务必使中国文学系成为最有力的、最有声誉的学系。

中国文学系的同学诸君!你们有新的武器,但是你们要极审慎地运用它。双手擎起你们的笔尖,向前猛进吧,奋然地呀!

新时代的新闻记者

国内的报纸,没有一种能够适合近代的"乔那尼斯姆"(Journalism)的标准,有新闻学知识的修养的人,都能证明这句话。

现在上海报馆的记者们,大多数是"冬烘"之流,对于新闻的采访与编辑,都使用着极陈旧的方法,所以上海的报纸不见有什么进步。

因为时代的转变,使我们企望有适应新时代的新闻记者产生出来,扫荡报界的陈腐空气,建立中国的新"乔那尼斯姆"。

新闻记者如何能够适应这个新时代呢?我想他们除了应有的知识以外,还得具备下面的几种特质。

第一是健康。现在国内报馆的工作时间是极不规则的,虽然有才能或学识,如身体不健康,就不能够耐劳。新闻记者对于 Sports 应该热心参加,或选择一种作为自己的嗜好。

第二是明快。忧郁性的人决不适宜于新闻记者的事业,像一个多愁善感的才子,便没有做新闻记者的资格。精神的明快,给他人以不少的好感。精神明快的人,对于繁杂的事务,并不觉得厌烦,处理事务时,是极有条理的。但是,轻薄的明快,就不是我的本意。

第三是机智。是新闻记者的必要的条件之一,就是在咄嗟之间,"运用他的机智(Wit)"。机智的范围很广,例如应事接物、做文章、谈话等都包含在内。但所谓机智,并不是使用"狡诈"。如使用"狡诈",在第一次虽可侥幸达到目的,第二次便不免失败。

第四是热情。对于自己的工作应该有热情和兴昧。新闻记者受挫折的时候很多,正如男子向女子求爱时,总是遭拒绝的时候为多。如果没有热情,遭受一点挫折时便想中止,事业便没有成功的希望。兴昧是从热情来的,记者对于自己的事业,应以兴趣为主。虽然是以记者的事业来维持生活,但必使之兴趣化。拉黄包车的人,觉得跑路太辛苦,一有机会,便想停下车子;在运动场上赛跑的人,越跑越有劲,同是一样的跑路,精神上却大有分别,这就是"兴趣化"的问题。

第五是常识。记者除了自己的专门学识之外,必须常识丰富。常识就是百科全书的"缩印版",记者所急需的常识,有思想、文艺、政治、经济、社会、历史、地理、Sports 等。日本各大学的毕业生向报馆求职业时,都要经过"入社试验",合格才能录用,试看他们的试题,便知道是注重多角式的知识的——

东京"日日新闻社"试题(受试验者大学毕业生一百八十名)

(一)作文(限一小时交卷)

就下列诸题选作一题。

一、泽正之死（注：泽正是日本的名伶泽田正二郎）

二、漫画的新闻价值

三、大百货店论

四、关于 Radio

五、"健康增进运动"所感

六、对于现议会的贵院族的态度之批判

七、产儿限制

八、帝国首相田中义一

九、对于"小选举区"制的提案

（备考）投考营业部者，就一至五中，任作一题。

（二）就下列单语，以三四行文字说明之。Talkie，新渡户博士；Manneguin，胚芽米；Television，山本宣治北平冈崎秀之助。

（备考）投考营业部者，本题免作。

（三）视察记

就下列各地，自选其一，在十日午前亲往视察，午后一时莅场，二时以前作成视察记。

一、上野浅草

二、本所深川

三、百货店

四、"山之手"一带的热闹场所

五、银座

(四)外国语(略)

(五)演说笔记(略)

第六是认识我们现在所处的时代,涉猎现代人应有的一切知识,有尖锐的眼光观察我们的社会与时代,做社会的先驱者。

以上的六种特色,是新时代的新闻记者人人必须具备的。其他的专门知识,辅导知识,文艺的修养与技能,等等,是学校里的课程,不属于我所说的范围。

・茶话集・第二部

性爱与痛苦

一

在动物界的性生活里,当交尾时表演残酷行为的,不算稀有。例如海驴、海豹到了交尾期,便成群地来到海洋的岩石上,为要得到雌的,雄的互相争斗,甚至于丧失生命。如像棘鳍鱼的雄,在交尾期性质暴躁,勇于打架。蛙萤等的混战,都是为要得到雌的而争斗。这是雄与雄的争斗,还有当雌雄两性交尾时,一方伤害或杀死他方的残酷行为,也是常见的。其中最著名的要数蜘蛛类,在交尾时,雄的常被雌的吃掉。"育子蜘蛛"的雌是吃掉自己丈夫的可怕的虫类,夙为世人所知;但是多数蜘蛛都是如此,雌的大得大而且强,常吃掉了雄的。因此雄蜘蛛走近雌蜘蛛时,性命交关,此时苟不最敏捷地赶快交尾,便要被雌的吃掉了。有一种蜘蛛名叫"达南特尔拉",意大利最多,雄的要亲近雌的时候,先走到雌的穴旁,把小石或叶片之类投入,以惹起雌的注意,做这事时,也是战战兢兢的;雌的爬出穴外,则雄的敏捷地跳上雌的脊背，实行交尾，苟不幸被雌的捕着，便当场吃掉。又，虽然登上雌的脊背平安地交尾，万一被雌的一足拉进穴内，也必丧命无疑。所以交尾这一事，在蜘蛛类，倒是拼命地工作。这是因为雌的大而且强，杀了雄的当作自己的饵食，虽与性欲无关，但在其他的许多动物，雄的向雌的求爱，因而兴奋，伤害雌的，也是常见的。金丝雀的雄在性的兴奋时，屡屡破巢且杀害雌的；雄鸡交尾时，啄伤雌的颈部或后头部；种马或种牛的雄往往咬啮雌的。诸如此类的行为，是为要获得异性的胜利与压服的支配，从此种感兴的冲动而发生的；在雌的一方面，因为受了这样的暴行，情热遂以亢进。据仲马氏所述，亚拉伯人有一种习惯，他们把不喜欢交尾的牝马和已起交尾欲的牡马同放在草原，就是因为牝马被牡马咬啮，可以引起性的兴奋之故。在人类，对于异性的感兴情热昂奋时，也和动物一样地表演一种残暴行为。爱人们互相抓股或啮颊以表示或增进爱情，这是普通的事实。日本江户时代有一首情歌是："抓伤了，紫色；咬啮了，红色。用颜色染成的这身体呀。"夫妇口角，反使爱情益加浓厚；不仅是言语的争吵，甚至于抓头发、打耳巴、扭手腕、舞动菜刀，外人看去好像是感情极恶似的，其实时时反复着的争吵，就有性的感兴与兴奋随之，夫妇的情感因此益加增进。谚云"打是心疼骂是爱"，信然。

二

前述的事实是在普通的人看出的，但在病态的人，则有虐待凌辱异性，使大受痛苦，听着叫唤的声音，看那苦恼的情状，觉有无上性的快乐的。其甚者,至于杀伤异性,吸那淋漓的鲜血,又或剥皮切肉,食其内脏,由此以满足性欲。此种变态性欲称为 Sadismus(暴虐狂)。反之,受了异性的虐待,自甘忍受痛苦,感到性的满足的变态者,称为Masochismus(被虐狂)。

Sadismus(暴虐狂)这名称,是从法国的贵族莎德侯爵(Marquis De Sade)的行为与他著的《说部》(romance)而来的。莎德以1740年生于巴黎,1814年以七十四岁的高龄逝世。在青春时代曾做骑兵士官,参加"七年战争"之役。对于文学、哲学、历史、社会学等颇有兴趣;对于圣书,有下明晰的批评的才能。他所爱读的哲学书是拉玛德利的唯物论,又对于阿克唯尼的学说,也根本地加以研究。虽然是这样一个多才多艺的人,可是他的行为完全逸出常轨,从青年时代起就度着放荡的生活,其动机是因为失恋。他的父亲为他娶了个二十岁的身出名门的女子,而他却爱妻的妹妹,结果从尼姑庵里将妻妹盗出来同栖,一时过着幸福的生活。不幸情妇死亡,大失所望,悲哀之极,就放荡度日,他的性欲也变了常态。偶然在路上看见一个向他求乞的女子,他就带她回来鞭笞;又在妇人集会的席上,把名叫"康打尼丁"的药放在点心里给客人吃,中毒者甚多。因为做了这种暴虐行为,遂被禁锢在监狱里。他的监狱生活过了二十七年。在逝世以前,做了许多小说,都是描写虐待凌辱异性,使性的快感满足的变态性欲事态。作中的主人是性欲盛旺的男子,被他牺牲的多上流的妇人,卖笑妇等则较少。他或写男子鞭打妇人;或写某人拿药给他友人的爱人服下,使他们在公众的面前做出不好的事;或写杀伤女子,流出血液，感觉有绝大性感的残酷的情景。每作都以他自己的残忍的性生活做根据，加上空想描绘出来。他的五种作品中，有一种名叫 *La Philosophie dans le Boudoir*（1795），一名《放荡的教师》（*Les instituteurs seurs Libertins*）。由于莎德的行为与他的创作的内容，使异性痛苦而感觉性的快乐的变态性欲，遂称为 Sadisme（暴虐狂）。

轻微的"暴虐狂"在普通人也看得出，如抓所爱的异性的身体的某部分；或咬唇与颊；或故意出恶言招引口角，以表示爱情或使爱情奋昂，但这还是在生理的范围以内的举动。如果超过这种程度，使异性受强制的痛苦，目睹叫唤、苦恼、流血等惨状以满足性欲，则自然是"病理的"了。这样的残暴行为如变成真实或热烈，必演出令人战栗的悲惨事件。与"暴虐狂"相反，甘受异性的虐待凌辱，以得性的满足的"被虐狂"（Masochismus），是由奥国的文人马梭哈（Sacher Masoch）的行为与他的创作的内容而得来的名称。

"恋爱者是奴隶，是囚人，是义勇的使仆。"正如这句话一样，在恋爱里，屈从异性，求媚异性，以求其欢心的倾向，是普通的；但如此种倾向非常显著时，则欲跪在异性的膝下，全然成为俘虏。其甚者，虽被异性詈骂嘲弄，殴打鞭笞，或用刀割，竟不以为痛苦，反而喜欢领受，因此做出种种的手段以受异性的虐待。如像这一类人，明明是"病理的"。马梭哈就是此种变态人物，在他的创作里，也描写着同样的事实。

马梭哈以 1830 年生于加尼细亚的勒姆堡，他的血管里有西班牙、日耳曼、俄罗斯人的血液，他的祖先是西班牙的贵族，16 世纪时在卡尔五世之下打过仗,他的父亲是勒姆堡的警察长,与小俄的贵妇人莎尔洛德结婚,十一年后就生他。他从小儿时代起特别喜欢看残酷的记录或死刑的绘画,又爱读讲殉死的口碑传说的书。到了思春期的年龄,他常梦见一个使他痛苦的残酷的妇人。原来加尼细亚有一种风俗,就是那地方的妇人支配她们的丈夫,视如自己的奴隶一样。他十岁时,才实地目击这种情况。他的近亲有某伯爵夫人者,她的纤手掌握一家的全权,役使其夫伯爵。他目睹这种情况,受了终生不能忘记的印象。

伯爵夫人只有面貌好看,却是一个不规矩的夜叉婆,但马梭哈对于夫人的美貌与她所围的高贵的毛皮很憬慕,而且赞美夫人。夫人也喜欢他的从顺,时常许可他进她的化妆室。有一天,他跪在夫人的面前为她穿鞋,他突然吻夫人的脚,夫人却微笑而以脚轻轻地撞他的脸,他很喜欢而且感到幸福。

有一天,他和姊妹们做捉迷藏的游戏,偷进夫人的卧室,隐身于挂在壁上的衣服后面。一刹那间,伯爵夫人同她的情夫进来了。他依然躲着不走,偷看室内的情景,见夫人横身在沙发上,和情夫调情。继而伯爵进来了,身后有两个人随着,来势并不平常。伯爵正要挺身向二人时,夫人忽然从沙发上跃起,挥拳殴打伯爵的面孔,伯爵的脸上鲜血涓涓流下。夫人这时又取鞭在手,把伯爵和随从追出屋外。情夫逃出的一刹那,挂在壁上的衣裳落下,躲到如今的马梭哈的身体便完全出现了。夫人一见他,就把他投在床上,用手牢牢地压着他的肩膀,痛打一顿。他觉得很痛,但是同时觉得有莫大的愉快。

夫人的暴行尚未演完时，伯爵又转来了，见他一点也没有发怒的样子，悄然地跪在夫人面前，哀求饶恕。夫人又痛打伯爵。这时马梭哈已逃出室外，却又折回来，蹑手蹑脚地隐身门外，倾耳听室内，只听得鞭子嘶嘶的声音与伯爵的哼吟声互相唱答。

上述的光景，在神经过敏的他的脑里留下了深的印象，给他的感情生活以显著的影响。"妇人"在他是"爱的印象"，同时又是"憎恶的印象"，是具有美与残酷两种性质的。这事映入他的一生的原因，就是他少年时代目击前述的情景，深深地感动了他。他的处女作 *Der Emissar* 中的女主人，实在就是用伯爵夫人做模型（model）的。他对于有美丽毛皮与鞭子的伯爵夫人的爱常不去怀，时常梦见她，她支配了他的著作与空想。此外还有一个女性，深印在他的脑里，影响及于他的思想，就是他在十三岁时，即当1848年的革命战争时，在皮带上挂着手枪，在堡垒上助他打仗的妙龄勇妇。

马梭哈的父亲喜欢演剧，在自己家中备有舞台，表演歌德、哥哥儿的著作。他的文艺趣味，在幼年时代受父亲的感化实多。他进了勃赖格与格拉兹大学，十九岁毕业，当德国史的讲师，在格拉兹大学执教鞭，但对于文学有莫大的兴趣，埋头从事；既而辞去大学教职，专心于文艺的创作。1866年参加意大利战争，在莎尔非力一役，极勇敢地战斗，奥国元帅曾赐以褒状。但是他退出军队后，遂委身于小说的著作，文名渐为世人所知。

当时他曾爱过几个女子，多令他失望，或遭遇不幸，遂用自己的经验做材料，作了几种小说。那些小说中的主人公，必定是心意坚强,发挥女权,压服男子的痛快女性。后来在格拉兹,有一个爱读他的小说的女子名叫洛娜,是以缝手套为业的,身分不高,但是一个有文学趣味的伶俐女子,她假借他的小说中女主人捷郁那耶夫的名字写信给他,模拟他所理想的女性的性格,以投合他的心意。这时他虽有一个已经定了婚约的女子,他仍想和洛娜相会。因他从来信的字里行间想象起来,她一定是一个贵妇人。委身于一个比自己身分高的而且刚愎的女性,被她颐指气使,是无上的愉快。洛娜和他会见了,她把自己的身分隐藏着,装起贵妇人的态度给他看,于是他的爱情愈炽,舍弃了未婚妻,和洛娜成为难舍难分的伴侣,生了一子。举行结婚式是1813年。

但是结婚之后,不久间,两人的感情里吹起秋风来了。洛娜知道他的性质是病的、空想的、无能力的,他也发现了洛娜并非自己所梦想的贵妇人,于是两人都大大地失望了。并且他在结婚以后,他的病态的性欲赤裸裸地暴露出来。他叫洛娜用鞭子打他,反复要求过好几次,但是洛娜不答应。一回他叫女佣鞭打他以求满足,洛娜强使他解雇女佣。他不绝地对洛娜献媚,但女的不尽力使他称心满意,因此家庭渐渐不和睦、不愉快了。后来不知怎样地说服了洛娜,叫洛娜每天用鞭打他;但仅仅如此还不满足,更进一步叫洛娜假装不贞的妇人,他自己执笔,在报纸上登了一个广告——"一妙龄美人,愿与美壮的男子交际",强使洛娜与他人奸通,因此洛娜浪费财产,至于出丑。不久洛娜果与一个新闻记者携手逃赴巴黎,和他断绝关系了。

他的第二妻是他雇用的秘书与舌人,名叫迈斯达的处女。她与洛娜不同,温顺贞淑,他为了前妻的原故,颇觉灰心,对于后妻,诚心诚意地献上爱情。二人间生了两个孩子,很和睦地度日。他的晚年生活比较安静,但前妻洛娜时时把侮辱胁迫的信寄给他。他模仿他父亲,在家中设备舞台,时常演戏,以妻子演主角,快乐可知。此后他的健康衰损,1894年赴洛哈姆疗养,病势渐增,遂于1896年3月辞世。

以上是马梭哈的略传,他的奇异的性行为与创作的内容,使克拉弗特耶宾氏对于受异性虐待而以为愉快的病的性欲起了一个名称,即Masochismus(被虐狂)。性爱与痛苦有如此的关系,借这些事实便明显地证明了。普通一般人,其虐待的程度虽不至于陷于这种病态,但在爱人夫妇间,于隐密的行事里,当然有"暴虐狂"与"被虐狂"的倾向,尤其是容易引起性的兴奋的许多事实,更是世人所夙知的了。

除了上述两种病的性欲之外,还有一种由残酷行为表演出来的异常性欲,名曰Fetischismus(性的拜物病)。这病是恋爱异性身体的一部分,例如头发、眼、手足、阴部、排泄物;或爱异性的所有物,例如衣服、鞋子、袜、手巾、化妆品;或触,或看,或嗅,或尝,由此以感觉性的快感。健全的人见了异性的清澄的眼、浓厚的眉毛、紧张的口、如雪的肌肤,便生爱慕;或将异性的所有物作为纪念而恋爱着的人也不少,这是周知的事实。在某程度,这类行为在常人也有的,尤其在恋爱没有达到目的之时;但在病态的人,则并非爱异性的全人格,只单恋爱身体的一部分或是所有物。喜欢在路上剪女人的头发,使女人头部负伤的残酷行为,就是对于异性的毛发有异常的爱着,见了便性欲兴奋,不能克制,冲动地去剪取女人的头发的。

以上所说的,是由变态性欲而来的残酷行为;在别一方面,由嫉妒而来的残酷也很多。正如日本的谚语说"爱愈甚,恨愈深",为爱人所背弃时,便伤害对手,以疗嫉妒之心。有这种要求的,在缺乏反省,陷于性的变态者,常常得见。尤其是感情强而易动的女性,因为嫉妒,陷于极度的兴奋,毫无判断与顾虑,爆发似的做出残忍行为的很多。

三

男性的雄伟刚壮,女性的优婉温顺,这是两性的特征。因为人类有要求自己缺乏的东西的欲望,在性的关系上,男子要求优柔温雅的女性,女子思慕雄伟刚壮的男子。原始人类的男子对女性表示他的勇气胆略,作为求爱的最好的手段。非洲的玛塞蛮族有一种习惯,就是男子的矛没有染上他人的血时,不能够结婚。南洋波尔勒俄的打牙克蛮族有猎取人头,藏储骷髅之后,才能有妻的习惯。耶斯基摩人的习惯是如果没有杀过一只海狗,就没有求婚的资格。像这种杀人或杀动物,无非是表示本人的勇气胆略,借以获得异性的爱。就是说,在男子方面,他的勇壮成为获得女性的爱的"资格";在女子方面,委身于这种雄壮的男子,因此可以永远保有自己的爱。

如像掠夺婚姻,是可以借上述的事实来说明的。男子用暴力去掠夺女性,是证明自己的勇壮的手段。因为如非强壮的男子,则不能实行掠夺;达到掠夺目的的人,被人称赞为有勇气的男子,由此以得异性的爱。太古时代所行的掠夺婚姻的遗习还在现在的未开化民族里保存着。在求婚时,男子故意和他将取来作妻的女子争斗,打胜了对手之后,始成为伉俪,这种风习很不少。根据法尔氏记述纽锡兰的蛮族的风俗,男子寻着了可以求来做妻子的女性时,先是到女子的父亲或亲族家里去要求他们的允许,其次便用暴力把女子带走,于是女子用全身的力量来抵抗。纽锡兰的女子一般是身体强健、筋力勇猛,不弱于男子,因此两性间发生激烈的争斗,常常互斗两三小时以上。如果女子方面得胜了,便走回父母的家中,男子非打断求婚的念头不可。又根据谭法尔的记载,新南威尔斯的蛮族,当男子向女子求婚时,男子逼迫女子同他一起到他的家里去,女子故意拒绝,男子再对女子威迫,于是殴打,双方争斗起来,结果常是男子占胜利。女子虽然在心里老早就答应那求婚,但仍不断地反抗。经过了横强的手段,然后带回家中,和睦地同栖。又据哈耶斯氏所记耶斯基摩的结婚风俗,新郎用暴力把新妇拐逃,女子故意叫喊反抗,直到进了男宅为止,然后成为夫妇。

上述的习俗都是掠夺婚姻的模仿的遗风。男子表示自己的勇敢刚壮,借以获得对手女性的欢心,以达到求婚的目的。就是说,若非具有完全征服女子的体力、意力的男子,就没有获爱的资格。原始人的爱有残忍性伴随着,就是基于这种理由,暴虐狂与被虐狂的本性的一面,也能够借此说明。如借新加勒德尼亚蛮族的男女关系来说明,更是最适切的例证。据佛俄勒氏的记述,此种蛮族中的处女被她的爱人追逐于森林内,受了暴行迫害,脸被搔,身体被殴打,头肩部等被咬,受了各种的残害,然后回到男子家中。像此种凌辱迫害,在男子方面,表示他有勇,使对手的爱加深;在女子方面,认识了对手的勇壮,爱情更其增加。

男子的勇壮表现在他们的体力、意力上,因此女子为男性的强壮的体力、意力与显著的个人性所牵引,较之男性的肉体美为甚。在原始人里,恋爱争斗的胜利者与有做优越的爱人的资格的男子未必是好男子或是有才之人,却是最勇敢、最刚健的人。由此说来,也不单限于原始人,在开化的民族里,憬慕体力、意力坚强的男子的女性也不少。加洛利勒·徐勒格尔氏论法国的奸雄米拉波,在加氏写给路易莎·柯达的信里写着:"他是丑男子,然而莎菲却爱他,因为女子并非为美貌而爱男子的。"即是。莎菲是爱着米拉波的男性的雄浑刚迈的气质。德国的有名哲学家哈尔特曼在他的名著《无意识哲学》里说,女性的强烈的爱并非由最美貌的男子而起的,乃是由与此反对的最丑恶的男子而起的。还有俄国文学家娄蒙夺夫在他的创作《现代英雄》里也说:"为一个容貌丑恶的男子爱到发狂的妇人,决非稀有的,她们不愿把那丑恶的爱人和美少年耶梯米昂交换。"总之,真的男性美,正如伊凡·普洛何所说,是精神的美——即意志力、创造力,自由的个性表现,未必是容貌、肉体的美。

恋爱与残酷之间有着必然的关系,由前面的说明便能充分地说明。在文化民族的性生活里,爱人或夫妇间互相争闹,反而爱情更加浓厚的事实,是不少的。在斯拉夫民族的下层社会里,有一种风俗,不被丈夫殴打的妇人好像感着被侮辱似的。据鲍尼奴斯的记载,俄国的妇人以为丈夫鞭打妻子是爱情的表征,若不被丈夫鞭打时,便不曾感到幸福。此种风俗现在还存在于魏卡龙地方。克拉夫特耶宾氏曾记述那地方农民的妻子，除非丈夫饱以老拳，她不感到爱。俄国的谚语中有这样的句子："爱你的妻如爱你的灵魂一般，打你的妻如打毛皮"，"最爱的人的殴打是不痛的"。休立特格洛耳氏对于斯拉夫民族记载着与前面相反的事实，就是妇人鞭笞殴打男子。

　　捷利立氏在他的自叙传里记载着，他虐待做 model 的他的情妇加特尼娜，她反而觉得愉快，他见了这种情形不觉惊异。男子殴打他的爱人是恋爱的表征，女子遂甘心领受。在捷尔凡登的创作里，有一段插话足以证明。南美的印度种族里也有相同的风俗。曼特卡兹氏在波尼维亚的旅途上，知道不受丈夫殴打的妻子便诉说丈夫的无情；一个处女议论她的爱人道："他很爱我，他时常打我，就是证据。"

　　这种性的感觉在古代的文化民族里也有。例如基尔安氏的《赫特勒故事》中的一个妇女曾经这样说："不鞭打自己所爱的女子，不拉她的头发，不撕破她的衣服的男子，不是真爱那女子。"俄维对于情夫发怒似的叫他撕破她的衣服。卢骚记载着意大利的某地方，只有妇人被丈夫虐待时，认为受了丈夫的爱，不殴打妻子的男子是蠢货。

　　一部印度古代的典籍，述说关于性爱的种种事象的，名叫《爱经》(*Kamasutra*)的书里，曾说："热情的极度，殴打异性身体的某部分是性爱的伴随。"又说："妇人的身体的隐处，见有爱人的抓伤时，过了长日月之后，往昔的爱情重新在心中唤起。若果没有使人想起旧交的爱人的抓伤，则爱情在长日月后就消失了。"又说："搔伤咬伤，时时作为赠送爱人的物品，这是因为要表示爱而做出来的预备动作。"如果再要列举这种事实,还有:乔那国王曾打一个名叫吉特那色娜的娼妓的胸,娼妓死了;班德亚王的将军纳拉德维打一个舞姬的颊,误中她的眼睛,因而盲其一目。从这些例看来,印度民族里,从太古时代起,伴随性爱的种种残忍行为,是普遍地行着的。

在卖笑妇里,因受情人的虐待迫害,爱情反而增进的也不少。关于这类的事实,法国的学者巴兰·吉夏德莱氏曾有记述。他看见一个娼妇被泥醉的情夫毒打,眼睑裂开,满脸是血,身上的皮肤也被搔破,半死半活,抬进医院,但她病好了之后,又急速地回到情夫的家里去了。又据尼采法罗所记的,有一个名叫落莎·耶儿的娼妇,情夫胁迫她,说要杀她,把小刀放在她的头上。虽然这样的虐待,当法官讯问她时,她却完全否认这事实。又有一个名叫玛利亚耶儿的娼妇,受了情夫的殴打,脸上刺破,留下一个大瘢痕,容貌变成奇丑,但是她无论什么时候都不忘记她的情夫,像相思似的保存着他的相片。有时警察询问她脸上的瘢痕时,她答道:"他伤了我,因为他真爱我。"

耶尼斯举出一例,说明受男子的暴力征服反而愉快的女子。他记述着下面的一个妙龄女子。这是一个受过教育的十九岁的女子,懂得几种外国语,聪明而且有富于同情心的性格,她与爱人相会时,常叫爱人加暴于自己的身体。爱人问她的理由,她说:"我愿委身于男子的暴力之下而被征服。"有的时候,她说:"我想要一个男子,他使我的身体受痛苦,差不多使我绝命似的有力的男子。"耶尼斯又记着,犯伤害罪、杀人罪的男子常接着陌生的妇人的情书。基尔兰曾从支加哥通知耶尼斯,说一个犯堕胎帮助罪与伤害罪嫌疑被捕的男子,有陌生的妇人来向他求婚，或是写情书给他。寄信的人是德国人和俄国人。

柯林·施考特氏曾说："求爱是一种美妙的战斗。"将此语从动物的性的关系上来观察，雄的常借体力的发挥以获得雌的，因此雌的不能不忍耐痛苦。雄的加痛苦于雌的，不外是表示体力强壮的欲望的结果。正如米拉孟特所说："残酷即力量。"废了残酷，就是力量的废弃。把自己是一个强有力的人，使得异性知道，为了求爱，非加异性以暴力不可。于是变成残酷行为表现出来，雌的由此被唤起了爱情，并且增进了爱情。所以残酷、痛苦与性爱之间，是有连锁的事，已在动物的性生活里有了渊源，传到原始人，更在文化民族里表现出来。

从这方面观察，"暴虐狂"与"被虐狂"是从动物遗传到人类的性能，普通的人多少都带有此种倾向。如成为病态则殴打异性，用小刀或烧红的火箸去伤害异性的身体而感到性的快乐，异性受了这种残酷的行为便感到欢喜，增进爱欲。像这种男女，世上决不算少有的。仅是口角争吵，不能够满足，还要打、掷、踢，甚至于舞起刀来，看去是极不和睦的夫妇，其实是爱情极深的。夫借暴力以征服女子，妻因被征服而得兴奋与满足，夫妇间的爱情更加浓厚。现另举一个极端的例于下。

距今数年前，日本东京市下谷区龙泉寺町住着一个木匠，名叫小口末吉（年二十九岁），他的姘妇名叫矢作米子（年二十四岁）。米子原是吉原妓寮河本楼的女佣，末吉是做木匠的,曾在河本楼做过木工,遂成相知。末吉因此与自己的原配妻子离婚,和米子同栖。二人的爱好像蜜一样的甜,别人看去,无不羡慕。末吉每天朝晨六时左右出外做工,当时寓居在楼上的一个青年,趁末吉不在家时,便和米子发生了关系。

有一天米子对末吉说:"你在家中或是出外做工时,都是想念着我的,你的心中谅必很苦吧。因为要除去你的痛苦,我是任随受怎样的痛苦都情愿的,请你把火箸烧红,在我的背上烙上'小口末吉之妻'的字样,这样,你的痛苦可以除去,便可安心做工了。"末吉听了这突然的话,一时惊异得很,他在心里想道:"照女人的话做了,烙上了字,以后她不会结交他人了。"他便照女人的话做去,用烧红的火箸在她的背上烙上了"小口末吉之妻"的字样。

男的问道:"怎样?热吗?"

女的微笑着道:"比药炙还开心呢,但是烙在背上没有人看见,你给我烙在手腕上吧。"

于是男子用同样的方法在女人的右腕上烙了相同的字。

既而女人又说,烙在背面看不见,你再给我烙在正面吧。男人又在她的左腕上第三次烙上了字。

"你痛苦吧?"虽是富于残酷性的末吉,见了这烧烙过的手腕上的糜烂的痕迹,也不能不呆起来。

"说什么话,比炙药还开心呢。"女人悠然地笑。

女人虽受这样惨酷的痛苦,一点也不怨恨男人,反而觉得愉快,二人的感情比以前增加。

从此以后,女人渴望男人伤害她的身体的各部分,叫男人切断她的手指、足趾。如果男人不允许时,她就自己动手切断,并不觉苦楚,反而以做这种残酷的事为快乐。她这样地切了指趾,或是剥去指甲,做尽残酷的事,以为比较什么都愉快。不久,她因此丧了生命。把房子分租给他们的房东,一点也不曾注意到他们的行为。女人直到临终时,对于男人有着强烈的爱情,时时给男人以热烈的接吻。这种因为变态性欲而生的伤害致死罪,由东京地方裁判所刑事第一部西乡裁判长付之判决,当时都下传为佳话。

四

轻微的"暴虐狂"与"被虐狂",在普通人中也屡屡得见。如用手抓异性身体的一部分或咬唇颊等,在异性爱着时,足以表示性欲或增进爱欲。这种行为是在爱人间常常发生的。现在对于"爱的咬"(Liebesbeissen)稍加以说明。

哺乳兽当性的兴奋时,便咬雌的颈部;雄鸡在交尾时啄雌鸡的后头部或颈,至于受伤,这是一般地为人知道的。在人类中,也有所谓"爱的咬"这一回事。这种事实在东西的文艺作品中屡屡被描写。例如普洛兹氏描写旁贝留斯的情妇弗洛娜,情妇爱旁贝留斯至于不咬他不肯放手。海涅的诗写过哈斯丁格司战役之后休瓦勒哈尔斯寻出她的情人（皇帝）的死骸时，是因为她曾经咬过皇帝的肩膀，有了瘢痕，借此辨别了皇帝的尸首。印度古代的性典——《爱经》里曾仔细地叙说由牙齿的咬伤，或互相口咬而产生的伤痕，事后爱人们彼此互视起来，可以使得爱情永久继续不衰。

日本的倭奴也有此种风俗——莎唯吉·南德牙氏关于倭奴的处女，曾有下述的记载。他说："爱于（与）咬啮在她们是视为一物，离开其一事，其他一事即不存在。当日将暮时，我们坐在一块石头上，于是她轻柔地咬我的指尖，恰如狗轻咬主人的手一样，并不感什么痛苦。但她却不懂得接吻，我被她咬遍身体感到疲劳之后，二人相携着走回屋里去了。"

如前述的"爱的咬"只不过是轻微的"暴虐狂"。但若咬啮异性的身体而觉得有绝大的性的快感的人，确实是病态的。据莫尔氏所记，有一患"歇斯底里"的妇人，她咬对手的男人至于出血，自觉有莫大的快乐。又傅叶尔里阿尼氏曾记一性欲倒错的男子如次（是根据男子的情妇自述的话记下来的）："我的男人宛如狂人，但是他爱我，常送钱给我。他有奇癖，必使我痛苦（中略），使我痛苦后又向我道歉。他发起兴来，常常咬我。"

不过，"爱的咬啮"不仅是行诸异性，也有行诸自己的爱儿的。此种风习，见于细吉利亚人的农妇，阿农梯氏曾有此种风习的记载，他说，多血腥罪犯的地方的农妇，有对于小儿表示爱情的风习，就是咬并且吸小儿的颈或腕，使小儿痉挛地哭叫。这时妇人们温柔地对小儿道："你真乖呢"，"我要咬你"。若果小儿恶作剧时，则殴打还不以为满足，她们追逐已经逃出屋外的小儿，将小儿捉住，咬她的脸、耳、腕至于流血。这时女的很兴奋，脸上的血抖擞起来，眼里充血，咬着牙齿，虽是美貌的女人也变成可怕的相貌了。

据耶尼斯的记载，在美国的纽约，有一个少女因为虐待小儿被捕。小儿的母亲时时觉察小儿为疼痛所苦，后来果然在脚部发现了咬伤的痕迹。咬小儿的少女，她自供说自己的行为是很愉快的。又有一个三十岁的男子因为虐待自己的三岁的女孩而被控，他咬并且长时间吸女孩的口唇、耳、手等处，使她负伤。但本人自供是因为女孩可爱，所以才咬的。

以上已说明"爱的咬"的一斑，现在更进一步来讲"虐待的甘受"。这是受了异性的虐待凌辱，甘受痛苦，由此以得性的快感的"被虐狂"。有一张绘画画着希腊大哲学家亚里士多德两手、两脚匍匐在地上，他的身上骑着一个女子，她的手中拿着鞭子。据此看来，这位哲学家是"被虐狂"的人。中世纪时代的骑士诗人的大部分也是这一类人物。他们的恋爱的对手是封建诸侯的夫人，他们以奴隶的态度屈从在她们的膝下，为要得她们爱，牺牲生命而不辞。例如，格林·方·森克特·戴得耳，他的上衣仅仅触着某夫人的蓬蓬的头发，就舍弃生命而无悔恨。非德烈·方·俄耶耳弗尔特为他所爱的某夫人，不穿甲胄，与别的骑士比武，负了重伤。魏尔尼昔·方·尼希登司坦不仅吞服某夫人的洗澡水，而且为要得她的欢心，砍断一只手指，又在唇上施了手术使它改变形状。

法国大革命的导火线《民约论》一书的作者卢骚也是一位"被虐

狂者"。这事可在他的名作《忏悔录》中的少年时代的一件事得到证明。我们知道,这部书是他赤裸裸地记述自己的阅历的自叙传。他八岁的时候住居在牧师拉姆伯尔昔的家中,他被牧师的女儿(三十岁的妇人)鞭打而感到愉快。这是卢骚记述自己是一个"被虐狂者",已无疑义了。此外卢骚住在捷南时,做出种种滑稽而猥亵的态度,给街上的妇人、女仆们看,因此受到的侮辱及羞耻,自觉有相同的快感,这也证明他是一个"被虐狂者"。

与卢骚同样被别人鞭笞而觉有快感的被虐狂者,又见于13世纪至15世纪时代的旧教徒(Catholic)的苦行。旧教徒是重灵轻肉的,难行苦行,使肉体吃苦,脱离现世的欲望,以此劝说世人,并期实行,在苦行之中,有殴打鞭挞身体的。可是因为要脱俗而实施的苦行,反而把信教者的肉欲挑拨兴奋起来,引起相反的恶果。试举一实例,有比丘尼玛利亚·马格打勒那·巴琪与耶利莎白特·肯德者,每当他人打她们的身体时,便引起性的兴奋,发生猥亵的状态。关于这个事实,有克那克特耶宾氏的记述。他说巴琪尼叫尼院的长老缚住她的两手,露出臀部,用杖殴击,时情火忽炽,扬声绝叫:"好呀!好呀!这火焰要烧尽我的身体,请勿扇动,我还不希望这样死去,快乐正多呢。"她的意识恍惚,为淫猥的幻觉所袭,殆将破戒了。肯德尼也是每当受殴打时,觉得有莫大的快感,见自己与神交的幻像,连声呼:"爱!爱!"

在近世,用"被虐狂"作小说或诗歌的题材的却不少。此种小说多出于法国。其中以德俄尔南求的创作《爱欲》(*L' Homme Passion*)能够深刻地描写西色特侯爵的被虐狂的行为。原作写西色特侯爵访其情妇,自己把行为举动装作小孩的模样,穿上小儿的衣服,玩弄木偶,又令情妇装成教师,而自己向她学习语言,故意使学习的成绩不好,让她殴打,再向她哀求,以此事为无上的愉快。此外被虐狂的色彩显著的诗歌,有歌德的《百合园》(*Lillys Park*)。日本著名的谷崎润一郎是一个以变态性欲为题材的特殊小说家,他的作品《帮闲》《直到被舍弃》《饶太郎》等篇都是以被虐狂者做主人公的。

又有被异性绞扼颈部,陷于窒息状态而得到性的快感的人。如耶尼斯所记述某妇人,就是叫异性压迫自己的颈部而引起快感的"性欲倒错者"。又如基洛斯记述的某男子,叫娼妇站在他的背后,用围巾绕住颈部缢他,至有窒息状态,以为是无上的快乐,非如此不能够满足他的性欲。

更有绞扼自己的颈部以引起性的快感的人。据最近阿尔弗勒特·哈斯氏的报告,就是一个好例。有一个十二岁的少女,是精神病的体质,时常用自己的两手压迫颈部,或由外绞扼喉头。这时她的脉搏是由平时的七十六搏亢进到一百十一搏;她的呼吸迫促,脸上发红,瞳孔散大,既而全身带青赤色,呼吸带着喘息,眼睑下垂。她绞颈部的时间是二十四秒到四十秒钟,绞完之后,她的全身弛缓,头倾向一边约有二三分钟光景,或马上入睡,哈斯氏以为这是自求苦闷以惹起快感的一种性的行为。

除了肉体而外,因精神的苦闷或恐怖,意外地引起显著的性的快感或兴奋的,也往往有之。如像这一类,自然是属于病的知觉过敏者的变态现象。患神经衰弱症者感觉激烈的苦闷或恐怖之时,或自觉宗教色彩的良心的苛责之时，有引起性的快感，或做自慰行为的人，苟尔氏对此种事实，曾有实验。又据耶尼斯氏的记载，有某妇人在她父亲的葬式时，虽是悲伤，却对于在棺前祈祷的和尚有了恋爱之心，并声言想和他结婚。又有某医师，虽有严肃的气质，但逢参列葬仪时，就感到强度的性的兴奋，因此他避免参列亲戚的葬仪。又休尼兹希特格洛耳氏曾经说过葬仪、死刑、殉死等情景，特别使某一部分的妇人有愉快的感觉。这些都是由苦闷而引起性的快感的明证。

还有比上述的事实更有兴味的，就是寡妇耶弗耶兹司谒亡夫的墓时，哀恸苦闷，既而就和她家中守门的兵卒相爱。与此类似的事实，往往在小儿也可以看见。莫尔氏所著的《小儿的性生活》里，曾说十三岁到十四岁的少女，为苦闷袭击时，每易引起性的快感；学童有不用功，被教师责骂，由这种苦闷也引起性的快感。弗洛德氏也举出学童在试验前的苦闷引起性的兴奋的事实。

以上所述，是由肉体的及精神的痛苦，引起性的兴奋的变态者，甘心受异性的暴虐而以为愉快的人，世上常有的原因，借此便可以说明了。

（根据日本医学博士田中香涯著的《爱与残酷》）

美国新闻大王哈斯脱

一

哈斯脱(W. R. Hearst)是美洲西部加里佛尼亚州檀香山人,生于1863年,今年(1931)正是六十七岁。他的父亲是乔治·哈斯脱,开矿发了财。那时美洲西部,常有矿山发现,大家争往采取,冒险耐劳,他的父亲便是其中的一个。他生在这种空气里,自幼便养成了大胆的习性。他的父亲后来又做了上议院议员,在政治界颇有力量,所以他也受了熏染。

他在家乡读完了中学,于1882年进了哈佛大学。在大学时他很不用功,性情放纵。有一天,教授们正在吃饭的时候,有人送来一个纸包,教授们打开一看,包内是教授们的面孔的漫画,使教授们红涨了脸。大家嚷道:"是谁这么恶作剧?"于是着手调查,查出这是成绩不好的哈斯脱干的把戏。这时哈斯脱正担任学生自己发行的《兰仆杂志》的事务。靠着家里寄来的金钱很多,他做了这一群人的首领。

"哈斯脱着即退学",校令颁布了,他便离了哈佛大学。

他到纽约去研究新闻。那时最为人注意的报纸,是布尼兹(Pulitzer)主宰的《世界报》,是一种以社会趣事为主的报纸(这种报纸名叫《黄色新闻》),看这报的人很多。哈斯脱见了《世界报》,他就带了一束报纸回檀香山,和他的父亲[展]开谈判。

"爸爸!我要寻点工作做呢。"

"好的,干农业吗?"

"不是。"

"那么,开矿吗?"

哈斯脱摇摇头,说道:"你让我来办《檀香山报》(*San Francisco Examiner*)吧。"

这句回答使他的父亲惊异。这时的《檀香山报》,因为抵押债务,属于他的父亲,但是人人都知道办报是要赔钱的。后来他的父亲终于答应他了。

只有二十三岁零十个月的青年,就做了《檀香山报》的主人。可是他的舞台是纽约,他的目的是要和当时著名的《世界报》竞争。父亲死了以后,他承受了约有七百五十万的遗产。他便到纽约,发展他的新闻的才能去了。

二

哈斯脱自己报馆里的纽约特派员巴尔玛和《Journal 晨报》的社长麻克林坐在办公室里谈话,继续着以前的谈判。巴尔玛说道:"前次和你商量的事决定了吗？哈斯脱君已经从欧洲回来了。"

麻克林答道："如果哈斯脱君愿和我共同办报，请他拿出三十六万元来，我分一半权利给他。"

"算了吧，哈斯脱君的性格，决不能和别人合作的。"巴尔玛拿起帽子，要走了。

麻克林止住他道："不要性急，你问他究竟肯出多少。"

"他肯出你所说的一半，就是十八万元，买了你的报馆的全部。"

"好的，那就卖了吧，明天我和他办理手续。"

交易迅速爽快，是美国人的特性。哈斯脱于是买收了"Journal"。这时他是三十二岁。

他买了"Journal"以后，第二步就是和《世界报》争斗。"Journal"的定价本为两分钱，现在减售一分。内容和形式都同《世界报》一样，而售价却反比它便宜，这就是他的战略。《世界报》也要和他竞争，不得不把售价减为一分，这事足以表示哈斯脱战胜了。

他知道要使报馆发达，必须有良好的记者，所以他又施展手腕，罗致当时有名的记者。当时《世界报》的星期刊的编辑者，是一个二十多岁、名叫葛达德的青年，哈斯脱有一天约葛达德吃饭。

"我想雇用你和你的部下。"哈斯脱说。

"好是固然好，不过你办的报还是未知数，景况如何，正不可知。能支持三个月吗？到不踏实的地方做事，我有点不高兴。"

哈斯脱笑起来了。随随便便地从衣袋里取出一张揉皱了的纸片，放在葛达德的面前。葛达德仔细一看，是一张三万五千元的支票。

"如果你需用的话,就全部拿去吧。"

于是交涉办好了。葛达德领着他的编辑员到哈斯脱的报馆里来了。

除了葛达德而外,还有一个天才记者,名叫朴里斯彭(A. Prispen),年纪只有二十三岁,是《世界报》的晚报(Evening San)编辑部长,为《世界报》的主要人物。他想做"短评",登在《世界报》的第一张上,但是布尼兹却不许在自己的报上发表个人的意见,所以朴里斯彭的希望没有实现。正当这时,布尼兹出外旅行去了,他想趁这机会,做"短评"在晚报上发表,使自己的理想实现。他发表"短评"后,颇得阅者的欢迎,报纸的销路增加,他想多发表几次,布尼兹想必不会说话的。孰知过了一个礼拜,布尼兹社长的电报从欧洲打来了,说:"短评应即停作,如有意见,可作成'社论',在晨刊上发表。"他服从了社长的命令,但是他感着满腔的不快,那晚上他走进了咖啡店去解闷散心。忽然遇见一人,对他说道:"你是朴里斯彭君吗?你到我的报馆里来好不好,薪金随你的意思。"

这人就是哈斯脱。第二天,两人又会面。朴里斯彭说道:"哈斯脱君,我情愿为你服务,但是要让人家知道我并非为加薪金离开《世界报》的。"

"你要多少薪金呢?"

"像现在一样,一星期二百元就行。如果你还想多给,等到我使'Journal'的晚报销路增加时,销一千部,你给我一元吧。"

哈斯脱笑了。说道:"那不太少吗,销一千部我给你十五元?"

"不必,一元已足够了。"

于是他们定下了契约。

自从朴里斯彭进了哈斯脱的报馆以后,晚报的销路果然增加,依照一千部取一块钱的契约,朴里斯彭在一年间拿到五万元。后来哈斯脱和他把契约改正了,一年给朴里斯彭的薪金是二十五万元,此外还有其他的收入。

这两件事情,证明哈斯脱的能够用人。不久他又请了一个记者,名叫克利司堡,薪金是每星期三千元以上。

哈斯脱的报纸"*New York Journal*",自从得了名记者之后,一天比一天发达,正如夏天的寒暑表,渐渐往上升了。

三

报馆有了能干的记者,其次要得到动人的消息。哈斯脱便制造一种新闻材料,他想使美洲的小国古巴,脱离西班牙的羁绊,独立起来。当时古巴是西班牙的领土,古巴人受尽西班牙人的虐待。这种消息,常常传到美国。哈斯脱为要得着西班牙人压制古巴人的真相,也差了自己报馆里的特派员、漫画家、摄影班到古巴去,采得许多新闻材料。驻古巴的西班牙总督见这班记者于自己不利,曾下令驱逐。

有一天,哈斯脱坐在办公室里,同一个有名的画家列铭敦会谈。哈斯脱对列铭敦说道:"劳你到古巴去,将西班牙人虐待古巴人的情状画了送来。"那画家便离开纽约,到古巴去了。

过了不久,画家从古巴拍了一通电报给哈斯脱,电文是:"这里平静无事,也无战争的模样,我可以回来吗?"

哈斯脱马上回他一个电报,说:"请你暂勿归来,你供给绘画,我来供给战争吧。"

这是很大胆的话,后来哈斯脱自己不承认说过这句话。但是美国和西班牙的战争,确是他制造的事实,是许多人知道的。

哈斯脱有一天对他的编辑部长张伯伦说道:"好了,我们有了收拾西班牙人的方法了。"说这话时,他很兴奋的。他随即拿出一张从报上剪下的电报给张伯伦看。电文是:"西司勒娜女士今年十七岁,貌甚美丽,为古巴共和国总统亲属,因参加古巴独立,被处徒刑二十年,现将其送至非洲海岸幽囚。"他又吩咐张伯伦道:"你把这事件的一切记载搜集起来,我们要向西班牙女王请愿,释放这个可怜的女子。我们先要得到全美国的妇女的同情。第一步,应该请有名的妇女署名,以感动全美的妇女界,然后再打电报给西班牙女王;一面再打电报给本社的通信员,叫他们把西班牙压迫古巴的事实写成文章,在报上发表。西司勒娜女士的受刑事件,比几百次的演说或评论更有效呢。"他停了一刻,又接着说道:"这样做去,西班牙的大使,也许要压迫我们的通讯员。但是,只要美国的妇女协力合作,则压迫又算什么呢? 总之,我们非把西司勒娜女士救出不可。最好我们费点力气,把她从监狱里夺出来,如果办不到,在中途从轮船里救她出险也是好的。办理这一桩事,任你用多少钱我都答应。"

编辑部长张伯伦唱个大喏,走出办公室外,却又回转头来,看着哈斯脱,二人相对着哈哈大笑起来。

请愿书的署名开始了。签名的妇女,内中有大总统玛金勒的母亲、吉芬孙·戴维丝的未亡人等。到1897年8月23日为止,签名的人已有了好几万。哈斯脱的报纸 New York Journal 每天分出两版的篇幅出来,登载那些参加解放运动的署名。又用顶大的标题,揭着"现正举国一致,营救古巴少女"。西班牙方面虽有对抗的宣传,终于莫可如何。

为营救古巴的少女,全美人士的热血沸腾。

四

哈斯脱派了卡儿·德克(报馆里的名记者)到古巴的哈巴拿,进行秘密的工作。

在古巴的洛哥吉达的监狱前面,忽然有几个美国人租了一所空屋住下,西班牙的官吏却没有注意他们。

这一群美国人,就是德克和他的部下,奉了哈斯脱的命令,来搭救西司勒娜女士的。一个月以后,在1897年10月10日的 New York Journal 的星期报上,有一件惊动世人的消息,发表在第一版上。

这段记载的小标题是"外交家努力许久尚未成功者,区区一报馆克奏肤功"。

大标题是"本馆救出西司勒娜女士"。

本文记叙着该报的勇敢记者,破坏监狱,把女志士救了出来,化装逃走,上了美国船,现于美国国旗保护之下,将到纽约来了。西司勒娜女士抵纽约时,麦迪生大街上站满了人。军乐队、行列、火花,热闹非常。当时的美国总统麦金勒本是和哈斯脱不睦的,对于此事也不得不赞美哈斯脱。

哈斯脱救出了女志士,他便实行制造战争的计划。他先着手寻求煽动的材料。恰当这时,驻美的西班牙公使写信给他本国的报馆主笔,说及美国的战争热度极高。信中有一句说道:"麦金勒和其他的一班低级政治家们……"哈斯脱把这句话在报上发表了,并说:"这是对于美国的最大的侮辱。"西班牙公使并没有答辩。于是他又在报上说:"西班牙公使已经默认本报的记载了。"

他正在自己的报纸上煽动时,不料事件又急转直下。这时停泊在古巴的哈巴拿港的美国军舰梅因号(Maine),不知什么原故忽然被炸沉了。船员二百五十人全数遇难。

哈斯脱本来是主张美国对西班牙开战的。于是他便利用这个机会,在报纸上发表悬赏。

"发现炸沉军舰梅因者,赠现金五万元,此款托维尔斯·法哥公司保管,凡能提出确实证据者,赏金立即奉送不误。"

这时 *New York Journal* 的第一版第一行登着下面的大字:

WHO DESTROYED THE MAINE? —— $50,000

哈斯脱当然知道炸沉梅因号的下手人是西班牙人,不过他有意布下疑阵。群众受了他的煽动,恨西班牙更甚。纽约的绅士们在酒

店里遇见时,常举杯说道:

"诸君,纪念 Maine!"

这一句标语,传遍美国各地。哈斯脱自己的报纸,在梅因号炸沉的第三天,销数突破了三百万之多。

经他每天煽动的结果,美国终于对西班牙宣战了。开战时,他到华盛顿去谒见总统。请求允许他组织义勇队出征,但是被总统拒绝了。他又情愿把自己私有的游艇供国家使用,总统无法推却,只得答应了。

他自己坐了一艘船,领着干练的记者和摄影班,到战地去观战,把战地消息送回报馆。

美国和西班牙的战争,是美国打胜了。可是胜利者不仅是美国,哈斯脱的报纸 New York Journal 也战胜了,它的销数日渐增加,每天印一百五十万份还不敷销售。与他敌对的《世界报》是竞争失败了。

五

哈斯脱于 1902 年和一个女优结婚。1905 年曾被选为纽约市长的后补者。他在政治上的活动没有成功。他对于美国既成政党的堕落与政治家的纳贿,攻击甚力。他不惜花费巨额的金钱,收买政界及商界的堕落事件,在自己的报纸上发表。例如模范火油公司纳贿于上院议员浮拉克、马克·韩拉二人的事件,是他用两万块钱买了纳贿的凭据,发表出来,哄动一时。

他是攻击英国和日本的有力者,从前加尼佛尼亚州的排日运动,可以说是他一手造成的。

他现在掌握着二十二家报馆(哈斯脱系)，经营着十二种杂志，八家影片公司，此外还有通讯社和几百种杂志供给他自由驱使。每天至少有一千万人以上读他的刊物。他的新闻王国的每年的收入是一亿五千万。他不愧是一个美国报界托辣斯的怪物。

他所办的十二种杂志中，以关于摩托车的为最早。此外，如通俗杂志 *Cosmopolitan*、家庭杂志 *Good Housekeeping* 等，都属于他。他办的杂志，有一种特长，就是有人来登广告时，必须先研究广告里的物件的真伪。例如食物的广告，他必先化验这食品的优劣然后才替商家把广告登载出来。为了此事，他设立研究所，聘威廉博士主持。所以凡是在他的杂志上登出来的广告，是可以信托得过的。他对于杂志编辑人的薪俸，异常优异，这也可以窥见他用人的手腕。

哈斯脱今年六十七岁了。世人对于他的批评，毁誉参半。作者对他也不愿作什么月旦，本文便于此搁笔。

新闻教育的重要及其设施

一

菲力浦氏(Wendell Phillips)曾说:"News 是一切人的父母、学校、大学、讲坛、剧场、模范、顾问。"报纸对于社会的各阶级,成为重要的食粮,在今日已用不着饶舌了。

假使一个人隐居在深山大泽,不愿意做一个"社会人",那么,不看报也是可以的,但是这种人和野蛮人没有什么差异。文明人是没有一天不读报,并且在每天很早的时候就想读报的,因为"看报就是看社会"。新闻记者从社会里搜集了许多材料,经过他们的整理安排,作成报纸,再将它送还社会,所以可以说,报纸上记载的,就是提炼过的社会。一个人的能力有限,不能经验人世间的各种生活,也不能把所有的知识都吸收在脑里。我们每天只费少许的时间,打开报纸一看,那上面便有着鲜明的社会的缩图。他能告诉我们什么样的生活是悲惨的,什么样的生活是快乐的;现在的世界是怎样的状态,现代的学术进步到怎样的地步。我们儿时在小学校读书,除开国文、算术之外,还得要读历史、地理。现代的报纸,就是人生的地理教科书、人生的历史教科书、社会教科书,等等。它能指导青年,它能指导成人,甚至于隐居在"菟裘"里的封翁,它也能暗中指导。只有无知无识的野蛮人,同它不发生关系。

报纸的本身,无论对于哪一个阶级,都有很大的贡献。它的内容,包含着各种材料,供给儿童、青年、成人,以及从事凡百事业的人阅览,所以它是儿童教育、家庭教育、学校教育、社会教育的一种锋锐的利器。学究们编辑的教科书,有适合于青年的,但未见得就适合于成年人。若在报纸,它所包罗的资料很多,可以供给大家的采撷,并且那些资料,常是最新鲜的果实。它所用的文字是很明朗的,趣味是很高尚的。所以大家在看报时的愉快,远过于诵读一切的书籍。

就中国目前的情况说起来,理想的报纸的制作,自然是不容易的,可是能够鉴别报纸的好坏的人——就是善于看报的人,也是不常有的。中国现在著名的报馆里,有许多记者连新闻价值(News Value)是什么还弄不清楚。例如在九十度的暑天,数十万的上海闸北的住户,不知什么原故,忽然有两天没有一滴自来水,但是报纸上却没有只字的记载。但是某姓(并非记者心目中的要人)有姊氏死亡而妹往填房的新闻,却很用力地登载出来(这些实例,我们都剪下保存着的)。以最普通的新闻价值的意义尚且不知,更谈不到什么编辑方针、科学管理等事了。又如广告图案的拙劣,也是吾华报纸的特产。例如出售腹胀病药的广告,就画一个枯瘦如柴而肚子特别大的人,愁眉苦脸地坐在椅子上；卖泻药的就画上一位太太坐在马桶上吐泻；卖香烟的总是哥哥打电话力劝妹妹吸××牌名烟。此外如编辑方法的缺少常识，发行贩卖之不合理，真是写也写不完的。再就我国的阅报的人来说，有许多也是用着奇异的方法在看报。例如只翻开本埠新闻（本埠者，上海也）来看看有无强奸的新闻就算看报的，或是只翻阅"报屁股"（好美丽的名称！）也算看报的。办报的人是十数年如一日地办下去，看报的人是永远地看"报屁股"下去，所以我国报纸的改善是遥遥无期的，而报纸的好坏也没有一个人出来说一句有批评价值的话了。如此这般，近代的报纸在中国是早已失掉了它的功能，埋没了它的使命了。

照这样看来，"新闻教育"在我国是最切要的。所谓"新闻教育"，包含着两种意义：①就普通的学校说，应该设新闻学的学科（Journalism Course），由教师讲授新闻学的常识，并指导学生为学校办"学校新闻"；②就专门以上列的学校说，应该开办新闻学系（School of Journalism），为本国报馆培植人材。

所谓普通的学校，是指初、高级中学及职业学校而言。我常见有许多中学生因为学校经济的困难，不能为学校办刊物，而自己去办"壁报"的。仔细一看那壁报的文字，以调笑、轻佻的居多，真能传达消息、发表言论的，很难寻觅。一旦在普通的学校里增设了新闻学科，经教师的指导、督促，自然容易养成勤于写作、勇于任事的习惯，于是团结、合作、活泼、灵敏诸种美德，也必随之俱来。这对于中学生的未来的职业是很有帮助的。因为他们在求学时，对于印刷、排字、制版、校对、写作等等的事务,已可知其大概,将来毕业之后,假使对于这方面有兴味的话,他们可以成为理想中的印刷工人或排字工人,而这种工人的地位便赖以增进。再就教育者的地位说,单靠几本教科书做教材,学生所得的知识是呆板的,如其能够采用善良的新闻记载作为教材,便是活的知识,是最佳的补充教材。试举作文一科来作例,其中的议论文、说明文、记叙文三种体例是很重要的,教师能够将活鲜鲜的材料教他们写成新闻,必能增进学生的写作的能率与兴味。但是教师没有新闻学的素养,便不能事半功倍了。总括起来,普通的学校设有新闻学的课程,至少有下列的几种益处:

①写作能力的养成;

②新闻阅览的研究;

③新闻好坏的鉴别;

④职业教育的预备;

⑤由报纸上的记载,受到活鲜鲜的教育。

其次,再就大学校与专门学校的新闻学系来讲。

谈到这一点,我先要对于现在国内的大学的特殊性质申诉几句。我以为现在国内的大学(无论国立或私立),并非能够完成大学的学术的使命的大学。所培植出来的人材,他们的知识不过比高级中学程度的学生高一点,发明与发现固然讲不到,要求头脑清楚,能够祖述时贤的学说的人,也是稀有的。原因在于现在办大学的人,不知道大学的本身有完成学术独立的使命,他们只拿一点粗浅的知识贩卖给学生。就是说,他们所给予学生的知识只有半截,剩余下来的半截到什么地方去拿呢？他们好像在说："到美国的大学去拿呀！"试问美国的大学，是否为希腊拉丁的大学而存在的呢？（这里要请阅者注意的，我并不是反对大学毕业生赴海外升学，我是反对办学的人，因为大学毕业生还有海外可以留学，因而倚赖别人，把自己的大学因陋就简地办下去。）因此我对于本国的大学，下了一个定义，曰："中国大学者，为准备留学某某国之大学是也。"大学是一国的最高学府，最高学府不能独立地完成其学术的使命，不能使大学生在学术上的研究告一段落，殊令人有"大学无用"之感。一所大学要想完成其最高的使命，最起码的要求有两点：其一，各种学术研究的完备；其二，注意社会的环境与需要。就第一点说，大学各学院、各学系的设备应该完全；就第二点说，应该审视社会所需要的人材，加以充分的指导和训练。

根据这两种理由，我竭力主张大学的文学院，应该开办新闻学系或新闻学专修科。

第一，为大学的福利起见，有开办新闻学系的必要。

现在国立的大学，年耗一百几十万的公帑，想必从教授起到学生止，都正忙乱于埋头研究吧。我们总希望这些学者们将研究所得的，拿点出来发表。一所大学，至少要有代表这所大学的几种刊物，就是季刊、月刊、周刊、半月刊、日报之类。现在国内出版的刊物，有哪一种是大学生产出来的？有哪一所大学所办的刊物，可以拿出来见世面的？虽然有一两种，不过是"课卷式"的刊物，编辑时依然用着极旧的三段式的方法——就是"拉稿""照秩序排列""送印刷所"，如此而已。至于内容的变化与编辑的手腕，是全然没有注意到的。编辑者没有 Journalism 的知识的素养，每每使得好文章不会引起阅者的注意。没有发表文章的好刊物，也不会促进写作者的发表欲望。大学里没有代表学校精神的刊物，仿佛大家都在暗中摸索，甚至于社会也会把它的存在忘记了的。学校刊物之中，最重要的是"大学新闻"（College News）。在美国，自 1883 年以后，就有二百以上的大学新闻，三百以上的大学杂志。有的是单纯的报道机关，这种名叫 Boarding Paper；有的是兼有言论机关的，这种名叫 Journal of Opinion。这些大学新闻，常执全校舆论与消息的牛耳。例如 1924 年哈佛大学的大学新闻"Crimson"，曾因思想问题，引起伯克教授（Prof. Baker）事件；又如波斯顿大学的大学新闻，为了军事训练的强制问题，惹起了轩然大波；纽约大学也因同样的问题，以大学新闻为中心，实行学生总投票（Referendum），结果以二九一二票的多数对三四九票的少数，否决了强制军事训练问题。这并不是说大学新闻是煽动的工具，乃是公平无私的、诚挚的报告与批判，不过尽其大学新闻的职责而已。又如日本的早稻田大学除发行大学新闻、报告师生的举动、披露学术消息而外，更特设一大规模的出版部，出版了不少的专门学术的论著，成为东京的一种有力的书肆。这些例证，是举出来说明大学新闻足以代表一个大学的精神。有了大学新闻，足以使大学活泼有生气，使全校师生亲如晤对。至于负办理大学新闻的专责的，当然以大学的新闻学系学生为中心，而令全校的有志者辅佐之。所以新闻学系在一个大学里，它占极重要的地位，它负担重要的使命，它直接替学校服务,间接为社会服务。假使学校不愿意社会忘记自己的存在,应该知道新闻系的重要,而将它开办起来。

第二,为社会的需要起见,有开办新闻学系的必要。

近代的报纸是一所极大的文化大学。而且是永无卒业时期的大学。它的学生就是全社会的民众。普通的学校教育是在特定的时间,把特定的知识施教于特定的学生。报纸是将非特定的知识与问题,教授非特定的学生。学校教育把原理、原则教人,报纸将实际状况教人。学校教的是过去的社会;报纸教的是眼前的社会,把现代的社会人所必需的经验知识资料供给它的学生。要想把知识普通化、民众化,没有比报纸更大、更适宜的机关了。报纸把政治、经济、文学、艺术、科学、运动等专门的知识与技术,使之通俗化,使之民众化。伦理学家、宗教家的干燥无味的道德,被人拒绝于千里之外,但一经报纸滤过,则道德就不难普遍民众化了。有人说,一国文化的进步与否,只看一国的出版物便知。这里所谓出版物,当然连报纸也包括在内。中国的大都市有几种报纸,我们可以数得清的。每种能否达到上述的职能,在本文里没有再噜苏的余裕。我们只看见恶俗趣味主义的小报日愈增加,有数的几家大报的内容日渐开倒车。"地方报"是如凤毛麟角。归根结局,在多数人的脑筋里,以为新闻记者是任何人都可以做的。可以办报的人常是无聊的政客,报纸的企业是政客、官僚们刮地皮余剩下来的残肴。于是新闻记者有"老枪",有"敲竹杠"的流氓,有公然索诈津贴的,有专门叨扰商家酒食的,有奔走权门以图一官半职的,种种丑态,罄笔难书。我们想,把社会教育机关的报纸,托付在这一般江湖文氓的手里,我们还忍心说报纸是宣扬文化的机关吗?处现在的中国的情状之下,我们敢大声疾呼地说,恶劣的报纸正如毒物一般,在每天的早晚,残杀最有为的青年,颓唐健全的国民。看报纸的人的头脑浸润在战争、奸杀、盗窃、娼寮、酒食、冠盖往来、买办暴富里面。一切受苦受难之声音,被虐被榨的实况,国际情势的变迁,近代学术的趋向,是永远和中国的阅报者绝缘的。假使把中国现在的几家大报的新闻翻译一二段为外国文,送到外国报纸上去登载,必然被人家尊重为"支那特产"无疑。我们现在的唯一方法,就是由大学校本其完成学术研究的使命的决心,创办新闻学系,为本国报馆培养经营人材,培养编辑人材,同时为普通学校培养新闻教育人材,使这些学子有充分的新闻学知识与技能,有正确的文艺观念,富有历史、政治、经济的知识,有指导社会的能力。中国既然有国立或私立的大学,用不着等外国人到国内来替我们培植,这种新闻教育的责任,是办大学教育的人应该负担的。

第三,就学生的本身说,也有开办新闻学系的必要。

新闻学的知识与技能,是最活用的知识。别的课程与社会直接发生接触机会的时候较少,只有研究新闻学的学生,他们几乎是完全浸润在实际社会生活里面。他们对于一切生活的体验与观察,较之任何学系的学生为丰富。同时新闻学系的学生对于各种社会科学必须涉猎,所以他们的常识最为充分。将来他们择业的时候,除了报馆以外,还可以选择其他的职务。国内的地方报将来应该会增加的,只要时代来了,地方报的创办的责任,就在新闻学系学生的双肩上。举一个例来说,将来江湾以北的地方,将成为上海市的中心,那时人口增加,商业繁盛,江湾区域的居民,是很需要一种报纸的。江湾复旦大学新闻学系的学生,就可以办一种报纸来供给他们,正如美国的米苏里大学(Missouri University)的新闻学系办报供给米苏里地方的人阅读一样。将来中国的文化进步,报纸的需要增加,同时老朽的报纸亦将归淘汰,现在研究新闻学的学生,决不至于无用武之地,这是可以断言的。

二

我们既然知道新闻教育的重要,第二步就要问到设施的方针如何?

关于新闻学系设施的问题,可以分做三方面来讲:一是课程;二是设备;三是永久的计划。

(一)课程方面

新闻学系课程,应理论与实验并重,就其性质,可别为五项。

1. 基础知识

此项包括大学必修课程,如本国文学、英文、第二外国语、心理学、逻辑、统计学及其他自然科学、社会科学等。

2. 专门知识

此项包括新闻学理论与实际两方面课程,如报学概论、编辑、采访、报馆组织、管理、广告、发行、照相、绘画、印刷等。

3. 辅导知识

此项包括新闻记者应有的政治、社会、法律、经济、历史、地理、外交等知识。

4. 写作技能

此项包括评论写作、通讯写作、新闻写作、速记术、校对术等。

5. 实习与考察

（1）实习

①介绍学生至设备完全之报馆及通讯社实习，由本系教授指导。

②自办报馆及印刷所、通讯社，使学生服务。（现复旦大学办有"复旦五日刊""复旦通讯社"供学生实习）

（2）考察

①介绍学生至著名报馆及通讯社参观。

②率领学生赴国外考察新闻事业。

（说明）凡大学第一、二年级学生，须读完大学必修学程，故新闻学系一、二年级学生，以攻读"基础知识""辅导知识"各课为主，亦得兼读先修课程（如报学概论等）。第三年级学生，课程加重，专读特设的各学科（即专门知识），并注重写作技能。至第四年级，课堂听讲时间减少，以实习、考察二者为重，务使学生多有与社会接触的机会。

（1）报学概论①

讲授报学（Journalism）的意义与类别，报纸的发生、起源、变迁，报馆的行政及一般的报学知识。

（2）新闻编辑

讲授编辑新闻的工作，编辑方针，新闻价值，编辑部的组织，排版

---

① 此部分分别介绍课程，故重新标号。

的艺术,各种新闻的编辑法。

(3)新闻采访

讲授新闻的采访方法,访员的职责,采访新闻的标准,记述方法,采访部的组织,国际新闻的采访。

(4)报馆组织与管理

讲授组织与管理的理论及实际。

(5)评论练习

注重评论的写作练习,讲授舆论与新闻的关系,评论写作的一般的技巧。

(6)通讯练习

注重长篇通讯文字的写作练习,讲授世界通讯事业的概况,国际通讯员应有的修养,通讯写作的一般的技巧。

(7)报馆实习

由教授指导,实习报馆各部分的工作。

(8)中国报学史

讲授现在国内著名报纸的沿革与概况,本国报纸发达的经过,注重压迫言论的事实的研究,本国报纸所受国外报纸的影响。

(9)欧洲新闻事业

讲授欧洲各国新闻事业的概况,特别注重英、法、德、俄、意各国的著名报纸与代表各阶级的报纸,研究他们的报馆组织、编辑方针、言论、倾向、在国际间的作用。

(10)美洲新闻事业

讲授美国各系报纸的渊源、组织、编辑、特质,现在各著名报纸的近状及各种报纸的阅览。

(11)日本新闻事业

讲授日本新闻事业发达的径路,大阪东京各大报馆的编辑、组织、业务、特质,各种报纸的阅览。

(12)比较报学

研究国内各报纸的缺点,同时将国内著名报纸与国外报纸作比较的研究,明其优劣,促进本国报纸的改善。

(13)时事问题研究

时事问题常是突然而来的,报纸负有解说其起因、现状、结果的职责。本科讲授观察时事的方法,并随时对学生讲述最近国内外发生的时事问题,使学生能理解各种时事问题的全部,获得 up-to-date 的知识。

(14)新闻纸法与出版法

讲授与报纸或出版物有关系的法规,新闻记事的束缚,新闻纸法的缺陷,军事检察的是非,压迫言论的实情,报纸营业的伦理化。

(15)新闻贩卖学

讲授新闻发行的各种方法、理论的适用,研究国外各著名报纸的发行。

(16)报学讲演

敦请国内外学者来校讲演:①新闻学的知识;②批评国内各报纸的得失,发抒改良本国报纸的意见;③与新闻学有关系的知识;④关于技术的知识(有排字、印刷经验的工友,也请他来和学生谈话),由学生记录详尽的笔记,汇交本系主任审查。

(17)特别讲座

本讲座包含两种性质:①国内外学者不能长期来本校授课者,请他们作短期的讲演;②讲题的性质不需要长时期者,亦请学者作短期的讲演。由讲者指定参考书或研究资料,使学生在课外研究,将研究所得作成报告,交本系主任审查。

(18)印刷术

(19)校对术

(20)速记术

上三科讲授印刷、校对、速记的技术,并注重实地练习。

(21)新闻广告研究

讲授广告学的原理、作用,新闻杂志广告的编作,注重练习。

(22)新闻广告图案

讲授广告图案、绘画的原理、应用,并注重习作。

(23)商业新闻研究

讲授与新闻有关系的金融、商业知识,注重商业新闻的编辑方法,注重写作。

(24)社会新闻研究

讲授社会与新闻的关系,国内社会新闻编辑之缺点,国外著名报纸社会新闻编辑之得失,注重写作。

(25)新闻绘画研究

研究报纸的插图、漫画、意匠,特别注重画报编辑方针、家庭儿童阅览的绘画。

（26）新闻照相制版研究

讲授照相制版的原理及应用，照相与文字的关系，新闻照相的重要性，摄影通讯的应用，各种制版的技术，注重实地练习。

（27）新闻储藏法

指导剪报工作，讲授储藏的理论与实验。

（28）杂志经营与编辑

讲授杂志编辑、经营的各种方法。

（29）新闻记者的地理知识

（30）新闻记者的历史知识

（31）新闻记者的政治知识

（32）新闻记者的法律知识

（33）新闻记者的外交知识

（34）新闻记者的经济知识

（35）新闻记者的社会知识

新闻记者除具有专门知识而外，又须博学，例如对于"政治""科学"，非仅以了解政治学原理为能事，必知如何观察政治现象，如何应用政治知识。上列七科与普通之地理、历史等学科迥然不同，讲授时注重此等科学与报纸的关系，并如何将此等知识活用于报纸，而为编辑政治新闻、外交新闻的辅佐。

附美国米苏里大学新闻学系课程于后，以资比较。

（第一学年第一学期）新闻史论，新闻记事，广告原理，选科（哲学、历史、文学、政治、经济等)。

(第一学年第二学期)新闻史,新闻概论,通信,作稿论,选科(同上)。

(第二学年第一学期)作稿论,通信,选科(同上)。

(第二学年第二学期)广告学,地方新闻,农业新闻,文稿写作,漫画(任意选择)。

(二)设备方面

1. 大学新闻(日刊)

组织分编辑、营业、印刷三部,由学生分任,教授负指导的责任。

2. 通讯社

组织分设计、编辑、外交、总务四部,余同上。通讯社的职务在供给报馆记者能力不及的新闻资料,故应对外发稿,供给国内各报馆、各杂志社的采用,复旦大学新闻学系"通讯练习"班学生写作的稿件,可以供外界采用者,有下列各种。

①国际政治经济社会消息。

②各地民生疾苦的实际状况。

③国内农村、交通、产业、教育、民俗的实况。

④实际生活(Real life)的记录。(例如个人的苦难生活而与社会问题有关系者。)

⑤剪裁通讯。(该社注重剪报事业,愿受个人或团体的委托,调查各国或本国的人物、团体组织或代研究者搜集资料。)

⑥时事解说。

⑦国外学术消息与文艺消息。

⑧摄影新闻。

[注]第一至第七项,均以有系统的文字为主。

3. 研究室与阅报室、储藏室

(三)永久的计划

①新闻学系专用的建筑物。

建造铁筋混凝土的四层楼专用教室。底层为印刷机器间、照相制版间,其上为教室、研究所、编辑室、办事室、图书室、新闻储藏室,屋顶为气象台、传书鸽饲养处等。

②印刷机器、照相制版机的购置。

③应用于报纸的科学的各项设备。

④新闻研究所的设立,容纳有志深造的新闻学系毕业生,资助相当的生活费,使其安心研究。

⑤世界各著名报纸的搜集与储藏。

⑥世界各报纸、各通讯社、各大学新闻学系的联络。

⑦本系永久资金的募集。

新闻教育的提倡,在我国尚属草创,不过是着手尝试而已。现在国内办有新闻学系而设备较好的,只有北平的燕京大学与上海的复旦大学两处,但都在进行的途中,一时尚无长足的发展。

日本的学生新闻

一、学生新闻的现状

日本各大学里,有"学生新闻"的出现,是最近的事。在十年以前,过着学生生活的人,还想不到这种言论机关会产生在学生社会里。日本的出版物占世界的第三位,"铅字文化"的泛滥,在日本社会的各处播下了 Journalism 的种子。尤其在——对于学生运动(如闹风潮、研究社会科学、辩论等)有泼辣的舆论的学生阶级,敏锐地反映出来。日本的学生新闻的倾向,和德国、英国的学生新闻比较,固然不同,和美国的比较,也全然有别,这样的"学生新闻",在日本的各大学产生出来。现在全国各大学几乎都有"学生新闻",连专门学校、高等学校算在内,足有五十余种之多,颇为热闹,值得我们的注意。并且,这些"学生新闻",都成为学校社会里的唯一的言论机关,正在发达着。一国的政治当局,注意国内的报纸,所以学校的当局,也非用新锐的眼光去注意学生新闻不可了。因为同是舆论的反映之故。

日本的学生新闻，现在以什么形态，站在什么地位发行呢？以下我们先研究它的现状。

（一）办有新闻的大学及其他学校

就国立学校讲，从东京、京都、九州、东北、北海道五个帝国大学数起，以至东京商大（商科大学）、神户商大、东京大阪两工科大学、千叶医科大学、京都府立医科大学、东京文理科大学等十二校都有学生新闻。此外如京城帝国大学及台北帝国大学两校，虽有计划，因为在殖民地的原故，不容易得到出版的许可。高等学校发行学生新闻的，有第一高等学校、第七高等学校、弘前高等、松江、浦和、东京、府立、成城、台北等九校。如高知、第三高等学校，水户、大阪等校虽亦发行，但经昭和五年（1930）六月的高等学校校长会议的决定，以后不许发生新成立的学生新闻，故该校等的学生新闻未被正式承认，便都牺牲了。专门学校发行学生新闻的有桐生、横浜、神户各高等工业学校，山口、横浜、松山各高等商业学校，其他如东亚同文书院、京城医学专门学校也有发行。

在私立方面，可数者有早稻田、庆应、明治、法政、立教、日本、专修、中央、国学院、同志社、东洋、慈惠（医科）、龙谷、关西、立正、驹泽、东京农业、高野山等各大学。此外有大谷大学因起纠纷，该校学生新闻解散了。早稻田大学原有《早稻田学生新闻》与《周刊早稻田大学新闻》两种对立。《早稻田学生新闻》是"左"倾分子组织的，但现在停刊了。其他的专门学校如明治学院、关西学院、大仓高商、名古屋的樱花女学校、日本女子大学的变相的《家庭周报》等三四种女学校新闻,也可以算在学生新闻的数内。

(二)学生新闻的类别

五十多种学生新闻,其内容不用说,就形式上看,也决不是完全同样的,可以说千差万别,有很进步的,有极幼稚的。就形式说,有日报式的布兰克德型,这种形式因为印刷的关系,占大多数。其次是四页半的达布洛德型,这种形式的学生新闻有十三种。高等学校发行的多为小型,已成为一种倾向。普通的篇幅是四页,六页的有四种,八页的只有一种。

就发行回数说,有周刊,隔周一次;旬刊,每月二次;月刊;不定期等。其中月刊最多,有二十八种;每月两次的有十一种;不定期的有五种。最进步的周刊,有三种。日刊完全没有,这样热闹的学生新闻,还在发达的途上。

就以上的分类,可以把学生新闻,列举如次——

  《帝国大学新闻》(东京)　　　周　刊　八页

  《早稻田大学新闻》　　　　　周　刊　四页

  《明治大学骏台新闻》　　　　周　刊　四页

  《京都帝国大学新闻》　　　　月二回　六页

  《一桥新闻》(东京商科大学)　月二回　六页

  《三田新闻》(庆应大学)　　　月二回　四页

  《日本大学新闻》　　　　　　 月二回　四页

  《工业大学藏前新闻》　　　　隔　周　四页

《北海道帝国大学新闻》	月二回	四页
《九州大学新闻》(九州帝国大学)	月二回	四页

其他尚有——

《中央大学新闻》	月二回	四页
《龙谷大学新闻》	月二回	四页
《横浜学工时报》	月二回	四页
《国学院大学新闻》	月二回	四页
《东高时报》(东京高校)	隔周	四页(小型)
《向陵时报》(一高)	月二回	四页(小型)

其他大部分，是一个月发行一次的。

(三)学生新闻的读者

学生新闻是在学校里发行的,所以它的读者以学生为主体:学校的先辈,(毕业生校友),大学里的预科,高等学校的生徒等,当然是它的读者。计算起来,先辈及高等学校生徒里的读者较多,发行数能到几万,这点颇值得注意。不过,读者总是有一定的限制的,要获得与学校全然无关系的读者,在性质上,是很困难的。各种学生新闻,究竟有多少读者,是一个有兴味的问题,由学校里的学生数及先辈的数目来断定,是没有大差的。学生新闻的特征之一,就是它有知识卓越而[又]有固定的读者。

（四）学生新闻的编辑

学生新闻是学生在学校里编辑的。但是经过怎样的径路，用什么方法编辑呢？普通是由对于新闻有趣味的，或是研究新闻的人若干（多至数十人）组织新闻学会或同学会的新闻部或新闻社，以它为编辑发行的主体。

先在学校里成立编辑室，以此为中心，再与各研究生、各研究所、事务室、各学会、各种集会、各运动部等学校内的机关联络。派编辑员采访新闻，在一定的日期，将 News 拿来编辑。组织虽小，但与普通的报纸没有什么差异。在学校内，遍布着滴水不漏的"新闻网"。一面对于记事与广告必须注重，尤其是书籍的广告。广告主人因为广告费比较便宜，而又容易传播全校及校友，所以乐于利用。广告也有由学生去接洽的，不过因广告主人是校外的，太偏重于实际了，应该设置专门的系，或将广告托付通信社的也多。

新闻与广告的文稿，整理以后，就要送到印刷所。但是学生新闻在资金及经营上，自己没有印刷所，所以都是托报馆或普通印刷所排版印刷，照相制版、凸版等也托他们制成。

新闻的来源及读者有一定的限制，所以记事的内容是很窄狭的。可以作成新闻的，在学校内限于与教授、授业、学校行政等有关系的；有同学会的学校，记载他们的动静；有运动部的，记载它的活动及学生间的事件等。至于学校以外的，就要看篇幅的情形了。这在综合大学是如此，如在单科大学或高等学校，当然更专门、更偏重一方面了。如时事评论、学艺、文艺、Sports 等，可以一般地、社会地记载出来,如是则可以破除被专门学术所限制的倾向。早稻田、三田注重Sports;骏台、法政、日本等注重文艺;帝大的学生新闻有八面(即四页),以两面记载校内消息,一面记载高等学校,其他则登载一般人阅看的论文、文艺、Sports等。

(五)学生新闻的立场

第一是思想的立场。因为学生新闻是存在于学校内的,由此条件而来的桎梏,就是放在学校当局的管理下。既受此限制,故不能成为纯粹"左"倾的,要成为"急进"的也困难,但又决不可以把它当作隶属于学校当局的机关报。在学校的自由范围之内,学生新闻的自由独立,是可以承认的;如果不能自由独立,就不能够完成言论机关的使命了。现在日本的学生新闻,大多取"自由主义"的立场。(不过程度有多少的差异)早稻田学生新闻,曾经在战斗的、纯粹"左"倾的色彩下面发行,(日本昭和四年,即1929年)在学生界引起相当感动。因为是在校外的原故,不能得到多数的读者,现在已经消散了。

第二是"学生新闻"应该站在"学校当局"方面或是站在"全体学生"方面的问题。要之,因为大学是研究学问的学府,是教育的场所,所以不能说"学校当局"与"学生"常是对立的,不相对立,便没有怎样的问题。但如最近早稻田大学的风潮,后来的明治大学风潮,学校当局与学生立于反对的地位,"学生新闻"当此种场合,就很为难。早大新闻受学校压迫停刊。明大新闻因为巧于掩饰,幸得保全。不过他们的立场,总是站在学生方面的。新闻的读者是学生,所以它常站在学生的立场,是当然的。但是,以什么程度为止,那是另外一个问题。

二、学生新闻的编辑与经营

(一)编辑论

1. 编辑组织

为便宜计,将"编辑组织"分做"编辑者""编辑主体""编辑室"三部分。

现在的学生新闻,编辑者全是学生。青年学生,他们是清新的,是泼辣的,这种精神表现在纸面,使得新闻常活泼新鲜。有一种议论说,凡是新闻,应该知道明日而将昨日忘掉。学生新闻在技术方面,永久地由青年学生编制,是很有效果的。不过,就反面说,阅学生新闻的人,是有高尚的批判力的知识阶级时,他们对于幼稚的整理方法与文章,是否满足;又学生新闻,只是由青年学生的手作成,是否能够永久发达;还有,必须怎样始能引起读者的兴味。这些是应有的问题。所以虽是学生新闻,在技术上,也该与 Journalism 的潮流同时前进。这是今后要注意的问题。

编辑主体的问题,不外是由学生中的任何一个机关来编辑的问题。如前所说的,现在的学生新闻,必为独立的新闻社、新闻研究会或学友会的新闻部,三者必属其一。所谓"言论自由,必从经营独立始"。如其可能,应该由新闻社或新闻研究会维持。如果当作学友会的一部,虽有因预算而能保障损失的便宜,但必受学友会当事者的无理的支配,有如机关报纸,言论终难望独立。至少希望能自主独立,否则不能完成真正言论机关的使命。

编辑室是在学校内或是学校外呢？自然是在学校内的。可是在校外也可以。《早稻田学生新闻》是在学校外发行的,是其先例。在学校外,能站在较为自由的立场发行,比较屈居一隅,像温室里的花卉似的。校内新闻,自然是堂堂有为。不过,既然校外发行,读者又只限于学校有关系的人,在此现状之上,有无在校外发行的必要呢？并且是否有利呢？这自然是一个疑问。在学校里规定着自由的范围的现状之下,在校内(外)发行,有无绝对的必要呢？如果像美国的College Paper一样,也以校外的一般市民为对象,自然是应在校外发行的。

2. 主张

"学生新闻",可以视作"大学"这个特殊社会的"心的交通机关",它是由此产生出来的。如问学生新闻的使命在什么地方,那就是除了本来的目的——研究新闻之外,还有报告消息(News)与学校内的思想交换。如果是这样,它的主张自然容易决定了。既然以在校内发行为前提,则它当然是在学校当局的责任以内的。所以它是"公的存在",这是极明了的。在前面说过,学生新闻是一种言论机关,要使它的职能充分地发挥,在编辑上非令其自由独立不可。同时,即令是在学校当局的责任以内的,然大学(或学校)是研究学问的地方,是自由的学园,所以非把最大限度的自由给"学生新闻"不成功。必须如此,然后青年的人们的理想,才能够尽量地表现于纸面。如近来日本学校的当局者与学生对立,成为尖锐化,则当交换思想之责的学生新闻应取什么态度,是一个颇为复杂的问题。

如最近的《早稻田大学新闻》,在闹风潮时,由会长下令停止发行了。《明治大学新闻》,在闹风潮时,它的消息比较的正确,足见它在紧要时能够发挥职能,这也是一例。其他的学生新闻,也有纯然采取反对当局的态度的。关于此事的是非,是要看"大学"的目的何在,然后始可解决的,不单是一个"新闻"的问题。但如早稻田大学当局的处置,就学生新闻的本身说,是很令人不快的。

3. 编辑方法

编辑方法在本质上,和普通的报纸没有什么不同,不过学生新闻是一种特殊新闻,因周刊或其他不同的期刊的差别,应分别加以考察。

首先,要限定 News 的范围,以学校学生的身份而觉有兴趣(Interest)的,作为"学生新闻"的 News。如关于学业与研究,关于教授、学校运动、校内行事、学生生活,关于就职,以及学生一般的共通关心的事物,都可以作为 News。在一个学生的身上发生的事件,在社会的见地看去,虽是重大的事件,但在这个学生所属的"学生新闻"上,不能成为 News 的例,不算稀有的。例如某生情死了、自杀了、结婚了等事件,虽可成为社会的大 News,但在学生的身分上,是不会感觉什么兴趣的,所以不能成为学生新闻的 News。

其次,如周刊或其他期刊,单讲 News 是不可能的。况且即使是日刊,也不能完全都登载 News 的。如新闻小说、普通读物、长篇论文等,都是必要的。因为是周刊,便应多少带着一点杂志的色彩,因此论文与普通读物是很需要的。日本的一部分学生新闻,已经登载了运动或文艺或学艺或时事论文，占了相当的篇幅，他们的办法是颇正当的。就"普通读物"讲，必须不背时代的潮流，以学校为中心，向日刊所不可能而较月刊为早的道路前进，周刊是有这种可能的。这里说以学校为中心，就是说登载出来的论文与批评等，与其只顾到自己要做一个天字号的杂志，不如以不失却学校的氛围气为上。换言之，例如运动的批评，最好先请教校友；论文的稿件，最好向教授与校友罗致。这些与 News 相并列，使阅者更有亲热深厚之感。"普通读物"可以使周刊发挥它的特色，在与学校有关系的第三者（毕业生、校友）也觉得有兴味。如果想把"学生新闻"扩张到校外，编辑者对于这点，须加以注意。

前面屡屡提起，学生新闻的读者是学生和校友，所以它的读者，是水平线很高的知识阶级。如果要做到"应顺读者的编辑"，那就要做到适合知识阶级阅览的编辑。从此意味说来，编辑上的各点，与其是"感觉的"，不如是"理智的"；与其是"解说的"，不如是"简晰的"，然后才受欢迎。其他如照相、印刷等也应分别研究，又如不附注音字母（日本的假名）的铅字的使用，也成为悬案，因为学生新闻自己没有印刷工场，所以"研究"与"实际"是颇不一致的。

(二) 经营论

1. 经营独立

言论机关的第一要件是自主独立，因此在经营上是必须独立的。学生新闻不以营利为目的，自己所需的经费，由自己来供给。如果受其他机关的补助，就成了直接受那机关的支配的新闻，没有好的结果。现在学生新闻的多数是在不受学友会补助就不能维持的状态，为学生新闻的前途打算，诚不免遗憾。在普通的日刊新闻（大部分是营利主义），他们的收入很多；设备、用人、经费，都很充裕，所以能够有良好的新闻。收入是非常重要的，这确是事实。在学生新闻，这理论也可实用，必须经费、稿费等支出有几分可靠，然后才能产生良好的新闻。但这不是一朝一夕可以达到的，因此，有关系的同人，非长时间牺牲不可。

2. 广告

以前学生新闻的广告，只限于学校附近的文具书店、点心店、电影、洋服店等，但是近来广告的大部分，已经为新刊的书籍所占满了。这是显著的进步，又是学生新闻的向上发展。在《朝刊》第一面，全部登着广告，这是东京各新闻的倾向，学生新闻大概是模仿东京各报，所以也用第一面来登载广告。四页新闻，广告占了一面，就服务读者的见地看来，也许有疑问，但是新闻注重广告的倾向，是很可注意的。在以前广告主人认为麻烦、讨厌，最近则对于这种广告已规定了预算，甚至有注重学生新闻较普通新闻为甚的。这种广告业（为学生新闻招徕广告的人）也成为一种独立的职业了。广告本是新闻发行的工作之一，因为是过于现实的，过于生意经的，所以不由学生自办，将它托付于专门的办事人或是通信社。总之，广告收入与购读者收入成为对立，从新闻经营的原则上说，是可以欢迎的。其次，广告多了，新闻纸面的调和，必须加以注意，"广告也是 News"，应该确切地维持它所附属的报纸的品格，否则便与普通以营利为目的之新闻无别了。换言之，如淋病的广告、妓女的广告、色情的广告等等低下的，虽也是广告，但是"学生新闻"非加以排斥不可，也没有计算这种收入的必要呀。

3. 贩卖

学生新闻的定价，几乎都是一份卖五分钱。这种定价，是从发行总数的计算关系来定的。现在各种学生新闻的发行部数不多，决难与数十万的普通新闻相比较。交给新闻社代印，如果四页的报纸印数为一万，连排工、照相制版、纸价等合计，所费的本钱是一钱八厘到二钱。再加上编辑费用与发送费用，即使一万份都卖完了，以五钱的定价出售，是否够本，还是疑问。必须要预定广告的收入，然后才可以出入相抵。况且能够卖一万部的，在各种学生新闻中，也不过四五种，卖二千、三千的最多，所以定价五钱一份，并不算贵。如果六页或八页的新闻只卖五钱，则非预计发行部数与广告的收入不可了。

除了学友会与校友会的机关报之外，各报部都是在校内贩卖的。在校内放着一只贩卖箱，凭着各人的公德心，自己拿报，自己放钱进箱内。只有学校新闻，才有这种可能的有趣的试验。此外的一部分报纸，便拿去托市内各书店代卖，这是作成扩张势力到社会的一步。这种贩卖方法，是值得注意的。

三、学生新闻的受难

（一）学生新闻的发生

日本最早的学生新闻，是大正六年（1917）五月产生的《三田新闻》（三田是庆应大学的所在地），它的头衔是"东洋始创"四个大字。

其后《帝国大学新闻》出版于大正九年(1920),《早稻田大学新闻》《明治大学骏台新报》相继出版于大正十一年(1922)。它们的最初的形态,与其称为新闻,不如称它为杂志,每月发行一次,只可视为"校友会志"的变形。在记事方面,不过作当时勃兴的"对抗运动"的捧场;在经营方面,是淹淹不振的。在大正年间创刊的学生新闻有十八种,到了昭和年代(1926—?),只就昭和四、五两年计算,就有十八种增加。如果将它作成图表,也许可以窥见日本的 Journalism 的发展状态。日本的新闻界,是大正中叶到最近一二年间最为发达,学生新闻的盛况,恰与普通新闻平行。

大正年间(1912—1926),是日本资本主义达于绝顶的时候,同时又是一切文化激变的时期。Journalism、劳动运动、思想运动,都乘此时机跃起。在学生界所表现出来的,就是学生运动,这个时期的曙光,给日本学生的思想以革命的影响,学生运动忽然变为全部的白热化了。与这潮流合流的,就是学生新闻。自然,不是各处都是一样的,不过就一般的看来,学生运动的潮流,使得学生新闻成为大众学生的真正的对象,这乃是事实。

(二)学生新闻的发达

学生新闻的先觉者(就是前述的五种新闻),感到互相团结的必要,并援助当时兴起的"普通选举促进会",于是结成"五大学新闻联盟"。于大正十二年(1923)十二月二十一日,在早稻田大学的大隈会馆(纪念该校前总长大隈重信的建筑)开第一回委员会,作成联盟规约。在席上讨论普通选举问题,唤起学生对于普通选举的舆论,决定站立于学生的立场,以纯真的运动,协力贯彻目的。这次的联盟组成,目的的一部分在于促进普通选举,但也是踏实地把学生新闻的活动安稳了基础。后来有《一桥新闻》(东京商科大学新闻),立教专修、东洋、立正、法政各大学新闻加入,几乎网罗了都城的各大学新闻,成为一大势力。后来社会思想渐次急进,到了大正十四年(1925),从"军教运动反对"时起,因为步伐不能一致的困难,退出联盟的有一桥、三田、早稻田(早稻田先解散了)等,现在只有都城的八大学新闻联盟了。

在"军教反对运动"以前,学生新闻和学生运动是平行的。到了"军教反对运动"时,便是一个难关,学校当局的压迫开始了,势如升天的学生新闻,便受了当头的打击。所谓"军教反对事件",就是大正十四年(1925)十月,发生于小樽高等商业新闻的"军事教练演习"问题。当时各校联盟发表反对军事教练的共同宣言,开了"拥护学术"的共同演说会。帝大、早稻田、立教三校连名,于同年十一月九日发表宣言,这是运动热烈之时。宣言里说:

> 大学之本质的使命,在于确保学问的独立与研究的自由。学生的使命,在于把一切社会现象,放在科学的理论之下,纵横地检讨批判。因此之故,大学不是养成布尔乔亚意识偶像化的,抽象地拜跪于国家的布尔乔亚意识的教育机关,也不是可以浸润在军国主义的精神里面的。军事教练在其本质上,侵害学问的独立,束缚研究的自由。不过是因

为要拥护帝国主义,作为"阶级的国家存在"之必需的手段,遂将一切教育机关军国化,使纯真的学生成为军国的傀儡而已——。

(三)大学校学生新闻的受难

反对军事教练时,是学生新闻最自由的时期。后来学生倾向于社会科学研究,对于各种"学生言论"的压迫,就来到头上了。自昭和三年(1928)三月十五日的第二次共产党事件(即"三一五事件")以来,对于学生新闻的急进者之压迫,便昭然若揭了。学生新闻的历史,也就是言论机关所常受的苦难的历史,旧《早稻田大学新闻》是由该校新闻研究会发行的,以济济多士的文人及一万多的学生为背景,由热心的研究者,作成优美的新闻,为学生新闻界的领袖。经过了"军教事件""三一五事件"之后,该校当局想将它变作"御用新闻",但新闻研究会方面则主张编辑自治权,两方暂时对峙。到了昭和四年(1929)二月五日,该校新闻研究会认该校当局全无诚意,遂决定毅然停刊,在日比谷(地名)的松本楼(酒店名)集合校友及同人,"声明含泪解散"。后来,在纯"左"倾的反学校的色彩之下,在学校外发行了《早稻田大学新闻》。同年五月,另有周刊《早稻田大学生新闻》创刊,以喜多壮一郎教授做会长。二者互相对峙,但是现在《早稻田学生新闻》(略称《新闻》)是停刊了。

其次说到《同志社新闻》(京都同志社大学新闻),因为二月二十六日的后任大学总长问题,同志社理事会强使该新闻变为"御用",于是该新闻与理事会立于反对的地位,甚至于影响到有关系的教授,遂至破灭。三月一日,宣言"守护学生新闻的立场,拥护有关系的教授的地位,因为直面此问题之故,唯一的方法,是决定解散"。到了六月,又有同名的《同志社新闻》创刊,声明说:"与《旧同志新闻》在形式上不是同一的,但在实质上,是其再起。"

《京都帝国大学新闻》以佐佐木总一教授为部长,部员是校内的进步的团体促进会员占多数。每当校内有思想问题发生时,便成为学校当局的问题,于是佐佐木部长辞职,代替他的是学生主事大野氏。为反对新闻御用化的运动,曾有十月一日及十月四日的学生示威。结果部员及促进会系的学生十三人受了处分,有二十一名部员全被除名了。另以新委员七名当编辑之责,改周刊为每月发行二次,完全变了样了。

《九州大学新闻》,是九州帝国大学法文学部学生发行的。自由主义的倾向相当浓厚,有时表现出"左"倾的色彩,支持到最后。该新闻于昭和五年(1930)八月,发行的报纸上,在运动的照相之旁,插入了说明性质的红色的运动记事。这一天的新闻,色彩颇为浓厚,成为大学当局的问题。此事在普通的报纸上也有记载,其行动颇为人注意。后来在第二天的报纸上,登载着启事,声明"因我等的诚意的披沥,得到谅解,当再以真相示诸君"云云,遂得平安无事。到了后来,那"左"倾的鳞爪,便完全看不见了。

最后再谈到周刊《早稻田大学新闻》,昭和五年(1930)十月,早稻田大学与庆应大学比赛野球(Base Ball),因为分配门票问题,引起了早稻田大学的罢课。早稻田大学当局,嘱会长喜多教授停止刊行,封锁有关罢课的言论。当大事件发生,大家希望新闻大有作为之时,该社却一次也没有出版过。因此之故,"反对大学新闻御用化",也成为罢课团的一种口号。早稻田大学的新闻,是多么的不祥啊。为了这次事件,研究会的委员总辞职,新闻则于十一月二十日复活,现暂时出版两页。

(四)高等学校学生新闻的受难

高等学校的学生新闻,以昭和二年(1927)发行的《东高时报》(东京高等学校新闻)为魁首,各地遂有刊行者。这在文部省(即中国的教育部)的直接监督之下,所以取缔逐渐加严。自"三一五事件"以来,取缔更为彻底,在记事方面,凡社会主义及自由主义的言论一概封锁,部长由负专责的教授充当,稿件经过两重、三重的检阅,然后始能登载。

《高知高校新闻》,因为昭和五年(1930)一月该校(高知高等学校)学生反对当局的无理的压迫,要求学生自治权,起了纷扰,遂由学校当局下令停刊了。

《弘高新闻》(弘前高等学校新闻)与《高知高校新闻》先后由当局下令停刊。在出版第十三期时,学生当局曾经召集在该新闻上发表社会问题、政治问题的全部学生,下令禁止他们投稿。

浦和高等学校发行的《浦和高报》,在第十六期上,曾经揭载着矢吹博士的思想善导讲演的笔记,未送当局检阅便尔登载,惹起了问题,除下令停止出版之外,有两个编辑员还受了停学的处分。因为此次事件,引起愤慨的学生,罢课四天。向学校当局要求将停止发行的命令收回,并议决全国高校新闻拥护联盟组织六条。这一次的事件,可算是发端于压迫新闻的最大的事件了。该报暂时停刊,到了十月又复活,复活的条件是:

— 文稿概用本名,经当局涂抹的字句,不得在报纸上表示出来;

— 文稿概须经过部长或顾问的检阅;

— 有一部分订正后的文稿,须再送检阅;

— 对于检阅的结果,不得质问理由。

此外还附着两项苛酷的条件,这使成为高等学校学生新闻的取缔标准了。

除上述的几种学生新闻而外,如佐贺三高富山静冈各高校,其新闻发行计划正在准备中,但都被高等学校校长会议的议决取消了。

其他各校,有不发行新闻,而编辑校友会杂志的,但取缔亦如新闻。下列的这种极端的限制,也时引起了问题。

取缔高等学校新闻的方针,是在昭和五年(1930)六月十七日的高等学校校长会议决定的,并附记于此。

在高等学校发行学生新闻,鉴于现在的形状,实多弊端,故今后以不准发行学生新闻为方针。对于目前发行新闻的各高等学校,由各校长适宜地处置可也。

四、结论

经过了十几年的岁月,许多的牺牲者,与受难的历史,日本的学生新闻,现在有五十多种,盛极一时。发行页数多的,甚至于有八页(周刊)。今后的学生新闻如何呢?编周刊吗?或由四页加到八页吗?或如美国的 College Paper 一样,以学校附近的市镇为中心,发达成为日刊(Daily News)吗?或有超过各种学生新闻,有日刊的学生新闻产生吗?这是似乎可能,又似乎不可能的。总之,学生新闻已一天比一天地在改善了,要预测今后的学生新闻,是大可不必的。对于可以改良的许多的切实问题,是大家正在注意的。

附 记 看了日本学生新闻的概况,我们便知道学生新闻的重要,同时希望有为的青年们,在自己的学校里能够认真地出版学生新闻,不必将可贵的精力去消耗在花花绿绿的"壁报"上。关于学生在学校内出版新闻的重要,我在《新闻教育的重要及其设施》一文里(发表于《教育杂志》1930年12月号)已经说过,阅者可以参看。再本文取材于日本内外社出版的《综合 Journalism 讲座》第四卷泽村隆一氏的《学生新闻论》一文,而有所更改。泽村氏为东京帝国大学经济科毕业生,充东京《日日新闻》记者多年,现任东京帝国大学学生新闻指导。并志于此,以表谢意。

上海报纸改革论序

有一天,我和上海某大报馆的经理先生谈话,我对他说:"你们的报馆已经有五十多年的历史了,为什么老是不进步,不想改革呢?"后来他就回答我下面的一席话。

"我们何必改革呢?因为照向来的老样子已经能够赚钱,股东们可以多分利息,报馆同人到了年终可以分得两三个月薪金的红利,也就心满意足了。说到改革二字,谈何容易呢。万一改革之后,看报的人减少了,登载的广告减少了,那岂不倒霉吗?所以留学回来的新闻学家,我们不敢聘请。纵然聘用一两个,最高的限度是请他们在广告部办事。至于编辑部则绝对不敢任用一个懂得新闻学的人,因为怕他们一个不小心,要替我们报馆闯祸。现在我们的编辑部,都是在馆内做了四五十年的老先生。他们像钱庄里的学徒一样,非常忠实可靠。比方说,做钱庄学徒,从揩桌子、替师父盛饭等杂事做起,后来把珠算、挂账、看银色学会了,他们每天只知道埋头做事,做东家的乐得享福受用。假如钱庄里请了一位美国回来的银行学博士,他硬要把中式账簿改为西式,那才要命呢。我们的报馆也和钱庄差不多。最怕的就是改革。即使要改革,也无非要多赚钱罢了。现在既然每年能够赚这么多的洋钿,还用得着改革吗?如果改革了,反而亏本,先生!你怎样呢?三一三十一,二一添作五,先生!弗是生意经呀!"

我听了这一套伟论之后,我几乎要"窒息"了。我只有看着他头上戴着的瓜皮帽顶的红珠子,又注意到他的蓝缎狐皮袍外面罩着一件黑缎的小背心,背心左右两边的小口袋里,横挂着黄金色的表链,表链上又叮叮当当吊着几个小金镑。于是我忽然想起一句幼时读过的古文来了:"呜呼噫嘻!"

但是我对于这位经理先生,依然是敬佩的,所以我又郑重地对他说:"现在上海的报纸,有几点是急需改革的。如果改革了,我想总不至于妨碍'赚钱'。就是那些细而且长的广告——像蛔虫似的广告,能不能改排为其他的形式(如长方形或方形)呢?那些某人将于某日出洋留学,他如何告别亲友的新闻地位,以及他的一方玉照的铜版,可不可以省下来,算入赚钱的总账之内呢?还有那些某某博士、某某硕士从外国回来,自称某某机关将大大地录用云云的新闻,你们收了他的广告费没有呢?假使没有收广告费的话,你们以后应该收广告费,也拿来算入赚钱的总账之内呀!又有那些强奸的新闻,万一非登载不可,只消用'某妇人被人凌辱'几个字就可以的,你们却用一'皮'的地位来描绘如何拉裤子、如何拒抗之类,当这种金贵银贱的时候,那一段外国纸和外国油墨,你们为什么不愿意节省呢?这也得算进赚钱的总账之内呀!像这几点,如果加以改革时,你们还怕'妨碍赚钱'，那么，最好是请一位 Golden Touch 来，把旧货摊上的别人看过、用过的贵报都买进，再请他用手指一页一页地去'触'成金页好了。"

我还想和他谈谈什么是"综合编辑法"和"十三皮排版"的，但是时间已经不早了。

郭箴一女士这本《上海报纸改革论》，足以代表她个人对于"洋场"上海报纸改革的意见，有许多精辟的地方。我虽不想"赚钱"，但我也不愿意多费时间和这位经理先生夹缠不清。老实说，我是极愿意介绍这本书给他去仔细玩赏的。

这篇序文好像不大庄严，但是"实有其事"，引用的话也是真确的。我想再做得庄严一点，那只有等待若干年之后，郭女士的第二本《上海报纸改革论》出版时了。

唯物文学的二形态与其母胎

　　——两种主义的对立——亚美利坚现文坛的鸟瞰图——新艺术的母胎之亚美利坚——新艺术的母胎之俄罗斯——新文艺之母胎的唯物论与机械观

一、两种主义的对立

亚美利坚与俄罗斯是现在世界各国中最值得注目的两个国家。因为亚美利坚是资本主义极盛的国家,俄罗斯是社会主义的国家,他们都鲜明地表现出特色。更正确地说,亚美利坚使资本主义组织成熟到什么地步,同样地,劳农俄罗斯使社会主义发展到什么地步,这是一个可以研究的问题。在这里,姑且把这种意味的政治的、经济的考察按下不提。

总之,他们各自的存在是值得注目的,谁也没有异议。

资本主义与社会主义是对峙的。在这个意味上,资本主义国家亚美利坚与社会主义国家劳农俄罗斯形成了思想上的对立。可是俄罗斯在怎样的意味上排斥了美国或美国主义(Americanism)呢？在政治的、经济的关系上,劳农俄罗斯容纳了亚美利坚的财力。俄国在革命的方法上,它采择了美国的泰娄主义(Taylorism 科学管理制)。从俄国的革命实行的方略上看,列宁曾信俄国的国民性之一(即俄蒙洛莫夫型),是有用泰娄主义来陶冶的必要。在劳农俄罗斯,将美国的亨利·福特(Henry Ford)和列宁、杜洛茨基等人并称,冠福特以革命家的称呼。从这点看来,劳农俄罗斯是采用了亚美利坚主义(这是由泰娄主义而来的),并没有排斥,是明显的了。

如像亨利·福特的资本主义,已经摆脱了贪婪的榨取之恶意(这是从前资本主义者的属性),而采用了合理主义与能率主义,可以说他是新资本主义的经营形态。其所以尚称为资本主义者,不外他是用资本主义的意识去贯通经营形态之故。假如把福特的意识换成社会主义,则他的经营形态的几乎大部分,从社会主义的立场来看,也是属于可以蹈袭的一类的。在技术的经营方法上,劳农俄国受了亚美利坚主义(Americanism)的唆示,是充分地指得出的。所以我可以说,虽说资本主义与社会主义是对抗的,然而俄国不能够全部地排斥美国。

有这种特色的两个国家,一个在日本的东,一个在日本的西,日本正从这两个国家受着很显著的影响。试看日本的青年,便可以知道。日本青年的一部分受了亚美利坚主义的影响,其他一部分受了俄罗斯的影响,也有并受这两国的影响的。

近来(尤其是 1929 年)显著地伸长起来所谓"现代派"(Modernism），以受亚美利坚的影响为主。在国际的溶解作用显著的今日，其原因自然不能说是单纯的。

现在的所谓"现代派"，虽然应该说是各国各种的诸要素合凑而成，比较复杂，但从百分的比率看来，可以说亚美利坚的要素最多。

二、亚美利坚现文坛的鸟瞰

以前的亚美利坚除了少数的卓越文学家、思想家而外，那里没有什么可观的文学、艺术，日本人只管这样地侮蔑。

可是现在不然了。我们知道，那国的作家中，值得注目的并不少。即是我们从那国的"文学的实在"，较多而且较深地接近它、了解了它了。现在日本的文学家们，以十分的热情，去了解辛克莱奥列尔，诵读嘉尔文登、薛乌德·安徒生、弗洛德·特尔等人的作品了。据我所见的亚美利坚现在的文学，大约可以分类如下。

（A）通俗的大众作品（其中包含着容易在好莱坞作成电影的作品），这一类的作品里，无论哪一种，都是满足亚美利坚的现存社会的娱乐文艺。在那些作品里，反映着"利己""轻笑""明朗"与美国近代生活的诸相。日本的幼年时代，与其说直接从那些著作杂志，毋宁说从电影吸收了他们的生活式样与生活情调。最早是服装，其次是生活情调（如爵士舞 Jazz 的情调就是一例，竞技的快活亦其一例），最后就是"利己""明朗"与明爽的 Eroticism。

（B）就寡闻的我的知识范围，如像《日规名利场》（这个名称虽不是好的，但它与《日规》的投稿者都是大陆的知名作家与评论家，是相当优良的文艺杂志)等都是艺术的杂志,尤其是后者所具的高雅(虽说高雅,也是"现代的"之意)、清新、明朗与惹人注意的编辑法,使知识阶级的(好意味的)亚美利坚主义十分明晰。喜欢它的群集,在日本是很多的。

和(A)项所述的比较起来,它有知的清澄,是可喜的。它们也是属于"现代讴歌"的,即是用布尔乔亚的自由主义为基调的,这一类的社会评论家有门肯兄弟等人。

(C)这一类是普罗列塔利亚思想的作家、评论家的一群,其旁有评论家嘉尔文登(年少,不过三十岁),在日本比较为人所知。作家辛克莱、乔治·李特、弗洛德·特尔等,也渐为日本人亲近。李特与特尔二人和马克斯、伊斯特曼是占据《新群众》杂志的共产主义思想的所有者,这一点和《近代人》(季刊杂志)的主干嘉尔文登相同。伊斯特曼是杜洛茨基派,正攻击现在的劳农政府干部,奥尼尔也颇有"普罗"的色彩。

三、新艺术的母体之亚美利坚

从这些 ABC 的知识,再来看美国在新文化、新文艺的哪一点上,能成为母体。美国的社会学的文艺批评家布鲁克斯以为美国没有产生优良的文学,是因为产业本位之非创造的生活,阻止其发达之故。可是,现在我有着与他反对的意见,我相信,正因为是产业本位的机械时代,反而能够成为新文艺(说广泛一点,就是新艺术)的母体。现在的美国,把"生活的展开"的诸相放在科学上,是产生无线电,发明有声电影,完成电视术的美国。机械正在使形貌改变的美国社会生活式样,正因为有他,我以为是新文艺的母体。产业界里的高速度的生产国前述的泰娄主义国家的亚美利坚,诚如孚克斯在他著的《博胜利的机械》中所说的:"新文学的特征,在于他的锐利,他同机械工具一样,毫无顾虑地切断。"并且于此显出不必要的神秘(这是效能的产业组织的键盘)的追逐与分析的热情。在美国人中,缺乏俄国人所特有的神秘倾向,可是倒反而为列宁所喜欢容纳。在这一点,可以说俄国人把分解的能力送给了美国人。在别的意味,美国人的社会生活,切截人生,试验分解人生,视听人生,有很忙的速度,可以说他成为文学形式的母胎。于此便产生了非低徊的、直前的文学。

斯透氏(Harold Stearns)曾说:"亚美利坚的社会生活中最动心最可感伤的事实,就是情绪的与美学的饥饿。如琐絮的规则之狂热、推进力、部队编成、操练、秘密的社会与其奇异的(Grotesgue)主权;对于我们的快乐愉悦的,物质组织之不必要物的坚确的把持,等等,都是有力的证明。"

可是也有利有弊,我却以为利益的展开中,有新文化的一母体。

我以为现在美国的速至无极的生活是新文化的母体。我以为其中的一部分,就是从机械所暗示的新的美的构成而来的。

我们可以注意耶尔玛·赖斯的《计算器》与奥尼尔的新戏曲《发动机》。在《发动机》里,奥尼尔意在从机械创造极可惊异的神。此作以电气崇拜为中心,好像是暗示近代生活的福音。(见肯尼斯·马果湾的介绍)

此戏曲中的一个人物,拉姆塞·法伊弗的妻子说:"我也喜欢发动机呢!""我无论到什么时候,都能守着发动机的。我喜欢听发动机的歌,我想做发动机。"

这些台词,就同意大利马利勒其所说的一样。——"机械的形体,表现时代的真精神。机械具有人间一切的精巧的属性。我因为要收回自己的最优良的部分,所以想做机械。"

弗勒格尔与麦耶尔荷尼特都承认机械的思想,说"劳动者与大规模的产业主义者,都以非常的热心,容纳机械时代"。又说:"二者的差别,只在产业的支配者仅关心能率生产,而劳动者具有集团主义的机械观念——集团的生产、所有、分配,等等。"

四、新艺术的母体之俄罗斯

俄国自从容纳西欧的近代产业,使本国的大都市具有机械的设备的工场以来,该国的容貌已经改变了。马克斯思想的移植也是同时的。现在没有详说这些历史的推移的余地,我就主要的事项说些大概。

第一,劳农俄国的共产主义文学,从机械取得了他的组织的要素之重要性,是从机械的电压单位(Volt)、节动轮、活塞(Piston)以及成为其他调整的综合组织的东西指教而成的。

这是共产主义文学的一个要素。实际如马幸·谭斯的发明,普鲁妥弗肯爱真斯登的电影式样,都各各取用了机械的色彩。

韩德尼·嘉德在他著的《苏俄的新剧与电影》中曾申说如次:

"新机械跳舞的考案,如 One Step 舞、Two Step 舞、狐步舞、克乌克舞等机械的运动,在认识运转着的机械的调节的运动的劳动者中,大受欢迎。劳动者自己,长于调节和机械的韵律。因为这个理由,机械的形式的姿态与爵士(Jazz)音乐的神秘,成了许多研究与实验的题目。简单说,泰娄主义(Taylorism)的精神,在俄国已承认为新形式的意识形态了。"

嘉德氏又说:"他们(指劳动者)把一切的他们的社会的、道德的属性(他们自己的生活力、强健、勇气、明确、钢铁的神经、对抗性、精密、韵律、姿势、忍耐等的)归之于机械。"

美国的福特与俄国的列宁,对于机械的效率,都有相等的热意。所以现在机械是俄国剧场的指导者。而且机械时代表现他自身的泼刺的观念,具有它自己的艺术形态。它是对于"无用"的有益的强力,是排击剩余价值的(艺术上的)合理主义。孚克斯关于这点,他说:"他们所尊重的音乐,是工场汽笛的震耳的叫声与马达的笛声混淆而成的爵士音乐。他们所选择的美术与戏曲,是机械的印象。引擎的鼓动,铁锤的声音,噗噗而鸣的轮转机,如飞的腕与脚,机械看守者的驼背等,博得一切的胜利。他们融和于喧嚣的歌舞之中。他们想要一个催促一切人的,有巨大的发动机安放在当中的世界。"

五、新文艺之母体的唯物论与机械观

本文篇幅有限,不能够详说俄国及现在美国的社会生活与艺术的各部分。可是就新文化、新艺术的母体的两国来看时,便注意到他

们以机械为机轴而展开的走赴新艺术的前进的倾向。

在俄国,机械与意识形态的解释结合,导入于集团的组织。在美国,则倾向于速率(Speed)与机械产生的新的美与快适享乐。这虽是两国的各种艺术能够充分说明的,可是尤其以两国的电影最能明显地成为对照。

试举一例,如使有声电影、电视术、彩色电影等机械的进展迅速的,就是美国的特质。

"属于布尔乔亚的电影,是欺骗愚弄民众的最有力的手段。由我们的手作成的影片,务必使它成为共产主义宣传的,以及广泛的劳动者大众所了解的有力的武器。"(吉洛耶夫之言)所以在俄国的电影,以群众影片的制作,最为注重。

如爱真斯登的论文《群众影片》里所说的,颇能使他们的主旨明晰。他声明:"我自己的见解,是彻底的功利的、合理的唯物主义。"又说:"我们的影片,是集团主义的反映。""影片是重大的而有高尚组织的产业之反映。"最后又说:"我们俄人的方法,与美国极发达的电影的技巧,应有强固的结合。现在的世界,正迅捷地向变革的过程(在各种意味上)前进了。"

新文化、新艺术所内含的意识形态的要素,所依待于一切科学开发的技术革命者实多。

这种意味的艺术母体的美国(德国也在内),我以为他是一个最有资格的母体的熔炉。在各方面,可以说日本的新艺术所受俄国、美国的影响甚大,而且正受着影响呢。

JOURNALISM 与文学

一

近代的文学,尤其是近代的小说,是因为 Journalism 而勃兴的,又是因为 Journalism 而衰颓的。

Journalism,是由于造纸工业与印刷技术的进步始有可能的文字工业。新闻杂志的生产方法与近代工场里的生产方法,并无什么差异。把"纸"和"文稿"当作原料买进,再将它做成"杂志"或"新闻"一类的制造品,多量地生产,贩卖于市场(就是读者),这和卫生衣、火柴的生产一点也没有差别。就是说,Journalism 是一种企业,其所以和其他的企业不同者,就是他有"每日""每周"或"每月"的一定的标准形式,将内容各不相同地制造,不断地生产出来。

因此,Journalism 不是向后的,它的眼睛,注视前方,向前直进。它犹如站立在社会的尖端前进的火车头。对于某社会、某时间的状态,及其前进的方向等,可以借那社会所有的 Journalism 最速而且最精确地知道。例如,要敏捷地知道日本现在的社会状态与其动向,只有读日本的报纸是最近的路。

Journalism 的领域,横亘在用言语(即铅字)能够表现的一切部门上面。因为社会的一般的现象,能够言语表现,所以可以说 Journalism 的领域,扩张到社会的全部分。如政治、经济、科学、哲学、宗教、艺术,等等,都不是站在 Journalism 的圈外的。只是由 Journalism 生产出的制造品,是以供给最广的需要者为主而制造的。在它的领域以内,一切都通俗化了。只能引起专门的少数人的兴味的事件,必谨慎地将它除外。例如,极难解的科学上的问题等,不会走进 Journalism 的领域。

二

在艺术里,纯用文字构成的,就是文学。被 Journalism 最快地取用的艺术,就是文学。在文学里,尤其是小说,它的发达,完全可靠 Journalism 的小说不仅是占了近代文学的首席,在近代的一切艺术里,它带着最大众的一性质,这都是受了 Journalism 之赐。为什么呢?如前面说过的,Journalism 是近代的文字的工业,在今日,除了 Journalism 之外,用言语或文字构成的商品是没有法子可以送到市场的。正如因为有火车,驿站马车便无用了;因为发明了电灯,煤油灯便衰颓了;因为机械发明了,手纺车便成为废物了。Journalism 的大量生产主义,使得旧式的各种方法没有存在的余地。近代的小说,就借用 Journalism 的力量,强制地广布于民众。如像小说一样的,用比较的多的文字而构成的艺术,若不倚赖文字的工业化——即 Journalism 的力量,决不能够扩张的。

其次,Journalism 所生产的商品——即新闻杂志,在原则上是营利的企业,所以必须尽力寻求多数购买者。因此之故,如果不用极易了解的、自由的形式的文学,则不适当。在一切文学里,用最自由的、不为规则所拘束的散文而写成的文学,就是小说。因此小说最早被 Journalism 所利用,小说也利用 Journalism 以至隆盛如今日。

近代小说,它的基础,可以说是由于 Journalism 才确立起来的。Journalism 隆盛的条件,有如前述,是使制纸工业、印刷工业与制造品迅速传播的交通机关发达(某程度的)。在大体上使这些条件完满的,就是资本主义。可以说唯其是资本主义社会,所以成为近代小说的母胎。

三

其次再看 Journalism 对于近代的文学里有什么影响?

Journalism 对于社会文化的作用,第一就是文化的标准化。在大体上,使用于 Journalism 的言语,是本国的标准语。因此,借 Journalism 的力量,可以使言语标准化。就日本的内地讲,如日本的青森与鹿儿岛等地方语,和东京京都的地方语有很显明的差异,但是配布在这些地方的新闻杂志,是使用着相同的语言。于是语言可以全国统一,口里所说的话,也有慢慢地近于标准语的倾向。就我的经验看来,最近京都、大阪的言语,虽有古旧的传统,然而已颇近于东京语了，乡下人的语言也显明地东京化了。

这种标准化，不仅是语言，也影响到国民的趣味与嗜好。新闻杂志借其记载与广告，以支配民众趣味与嗜好的力量，是可惊的。一种大新闻，或是发行部数多的杂志，如果将一种事物传播于民众，其效果可以说是颇为确实。多数妇女杂志，在目前都揭载着酒宴的肴馔、洋服的裁缝等文字。全国的家庭，都将它当作一种模范去实行。如像爱因斯坦的学说，虽是普通人所难理解的学说，但经其新闻大杂志登载之后，乡间的小学生也记得他的名字。支配目前的"流行"最大的力量，就是 Journalism。如果大新闻与大杂志想把一种事物或是一种事件广布于民众，则它们的推进，较之政府的法令、地方官的训示更快、更有效果。Journalism 有一种强制力，广告的力量也是不可侮的。每天每天，看着"怀中良药——仁丹""狮子牌牙粉"的广告，我们真觉得是这样。我们对于"仁丹"与"狮子牌牙粉"的品质是好是坏，本是不知道的。和其他同类的物品比较，其品质是相同的也好，或是恶劣的也好，其销售都是靠广告的力量，即是为广播于民众的力量所左右。听说市面繁盛的时候，某家书店，无论出版什么书籍，只要一登广告，销售一万本很容易。如其不登广告，虽是好书，一千本也不易售出。Journalism 的附属物广告，在使民众的趣味、嗜好标准化之点，也有巨大的力量。

四

文学本以个人的独创为重，但在 Journalism[注]，则个人的独创极端地被排斥,因为被"标准化"所支配的原故。在近代的社会里,文学想继续存在,就非与 Journalism 结纳不可。除此而外,文学就没有发表的路了。文学作品既然要依靠 Journalism 生存,所以不能不受"标准化"的支配了。

> [注]Journalism 一字,无适当的释语,故用原字。在本文里,Journalism 的意思是泛指新闻、杂志等定期刊物及此等事业。此字有时又用作贬意,例如说,他的著作有点 Journalism,就无异说,他的著作有点江湖气。

试看最近的新闻与发行部数很多的杂志里揭载的小说,尽是有一定型式的作品,它不能超越大多数读者阶级趣味与要求。作家牺牲了自己的天分与独创性,非努力与一定的标准型式符合不可。否则那位作家便不能成为 Journalism 的宠儿了。奥普赖茵批评美国的短篇小说家,曾说:"从美国的短篇小说的一定的型式中脱出,无疑的是谬误。想这样脱离的轻率的作家,便不能够把握着发行者。"

在新闻或发行部数很多的杂志上发表的小说,就纵的方面看,每个作家的作品都标准化,无论看哪一种作品,其作品中的主人公、情节的进展,都有一定的型式。又就横的方面看,同时代的流行作家全部都有一种共通的型式。作家是不许走出那型式之外的。连续不断地写感伤的恋爱小说的人,非常常继续写这种东西不可。因为编辑者希望作家做这种作品,指定他做。如其违背他们的期望,则作家的生命就不得善终了。又在某一时代,EROTIO 的要求广布于读者间,于是编辑者便要求作家作这种作品,作家不得不马上答应。否则他由 Journalism 获得的名誉,便忽地消失了。

前面提及的奥普赖茵,论美国的短篇小说,有如次的几句话:"在杂志又有所谓'检阅'的这么一回事。这'检阅'与其标准,与道德问题决没有关系。就是——短篇小说,应该是乐天的。'性'的嬉戏,是很渴望的,但是那'性'必须写为架空的。小说纵然与一般所能容一的见解挑战,或是批判那见解,都不得含有宗教的与哲学的意见。小说不得取用社会的或政治的问题。它必须鼓吹亚美利加主义(Americanism),又必须是 Happy Ending(快乐的结局)。换言之,作家必须竭力与一般人的水准一致,所以他被禁止拿出见解来。美国的编辑者给与作家的理想的礼物,就是'标准化'。作家应该不断地写作同一的小说。借着扩大或传染,大杂志与在它的背后的广告社,将此种'标准化'的来想,推押在一般读者的面前。"

第二,Journalism 对于文化的作用,是就通俗化。前面说及的,Journalism 的目标,在于能够了解文字的大多数的民众。Journalism 的标准化,势必为通俗化。若不通俗化,便不能与 Journalism 相容。因此之故,文字作品如其要与 Journalism 结合,便不能脱离通俗化的一般的支配。

前文说过,Journalism 是一种企业,他所取的目的,不是在乎得优美的作品,也不是要使每个作家的天分自由地发展,也不是要促进文学的一般的进步。他的目的,就是要竭力多卖。如优美的作品,等等,不过是作为使这个完美的手段罢了。

新闻纸只要看见有可以多卖的机会,虽是割让一页纸而来登载无名的咖啡店的侍女,也是要干的。不管这对于社会有什么价值,因为多卖一份,对于新闻纸是很重要的。可是,我并不是说现在的新闻纸全是为"多卖主义"而编辑的。其中也有相当的品格的。虽然他们知道为销售起见是很好的记事,但是恐怕伤害新闻的品格,便不把它登载出来。不过,这只限于新闻的基础已经稳固,而且虽是如此,也不怕失掉多数读者的时候。或是只限于采取这种方针,虽一时不利,在长久间反而增加新闻信用的时候。

为这种原则所支配的文学作品,渐渐变为浅薄,渐渐成为愚拙,乃是当然的。在奥普赖茵的著作里,引用着有一个美国的编辑者,对世界有名的小说家说:"只要你不写作得太优美,杂志就可以登载你的短篇小说;只要你的文字写得低俗如普通人的言语一样,我愿意为你效劳。"

在日本,有某杂志的编辑者,对于相当知名的小说家说,请他在下次继续发表的小说里,将情节写得紧张一点,或是请他把著作中的女主人的境遇,写得更不幸一点。这样预约制造的话,我曾经听见过。编辑者对于作者的辩解,常常是说:"你的小说太高尚了,读者看不懂。"

总之,Journalism 在起始时,是养育保护近代文学的慈母,到后来,因为强制地使近代文学通俗化,便将它虐杀了。

五

第三,Journalism 以速度为重,不愿停滞在同一的地方。同类的新闻纸与新闻纸、杂志与杂志之间,常有激烈的竞争。日刊新闻的生命是一日,月刊杂志的生命是一个月。如果过期之后,新闻纸和杂志就等于废纸了。Journalism 每期若不将新鲜的东西供给读者,则他的读者就有被别人夺去的恐怖。一切商业的竞争,渐次激烈起来,但都不如 Journalism 的竞争的 Tempo 之速。Journalism 以不断的急速的 Tempo,向着尖端前进。只是追逐流行,还有所不及,必须指导"流行"(时髦),有时非创造"流行"不可。

文学作品也承受着 Journalism 的这种性质,必然地尊重 Tempo,必须常是"尖端的"。所以,通俗作家常把眼睛配布在现代社会的四方八面,追寻着新的"时髦"。同时,自己必须创造出"时髦"。他们对于打野球(Base Ball)时防内野手的欺瞒行为的规则(Infielding)氖气灯(Neon),等等,凡是一切新的东西,都得知道。随时把这些编织在他们的作品里。

在读者,如果是看新闻纸,就每天每天寻求新的刺激;如果是看杂志,就每月每月寻求新的刺激。杂志、小说的生命,在多数读者只是一个月;新闻纸的连续的生命,普通是一天,作者一天一天,一个月一个月地把材料安置好,又须在次日或次月维系着读者的兴味,他们必须写这样的小说。作品全体的结构等,还在其次,只要每期能够惹动读者的心,小说的使命便达到了。

由同一的理由,最近的短篇小说、长篇小说,大多是依照编辑者的约定而作的,其长度有一定。

决定小说的长度的,不是作者自己,而是编辑者。作者虽然起了充分的感兴,因为限定字数的关系,却不能不在相当的地方结束起来。或是已经完结了的作品,因编辑者的吩咐,也非引伸到必要的长度不可。而且作者对于这种不自然的条件,是不能一般地加以拒绝的。

六

Journalism 这样地把所谓流行作家制造出来。要成一个流行作家,不必要特出的天分。甚至于特出的天分,反而妨害他做流行作家。只消有普通人的才能,充分地有了前举的标准化、通俗化的条件就可以了。所以 Journalism 不仅是发现了流行作家,还能随心所欲地把流行作家制造出来。

比如,这里有 A 与 B 两个有相同的平凡才能的作家。有某大杂志只是约定 A,请他做适合于那杂志的作品,借此作为广告,大大地宣传,则 A 就一跃而为流行作家了。反之,不为杂志社所垂青的 B,非以无名作家终其一生不可。这里要注意的,这并不是例外,乃是原则。

Journalism 一旦制造了流行作家或是发现了流行作家,便尽力量所能利用地去利用他。虽是相当的知名作家,对于 Journalism 的这种利用,心里虽以为苦,却不能够拒绝。Journalism 对于他,不断地使他工作。在流行作家方面,只要不为读者厌倦,便一篇一篇地、无限地、机械地创作下去。借奥普莱茵的话来说,就是:"流行作家是不许作文学的生育节制的。"其结果怎样呢? 奥普莱茵在同一著作里面,论俄·亨利(O. Henry)道:"俄·亨利发狂似的搜求材料,出现于纽约的旅馆或咖啡店。小说到了非交卷不可的日子,不能够做好,俄·亨利便坐了下来,写点无聊的辩解的言辞。他的小说,带着这种的仓惶与悬念,是不用说的了。他的作品,差不多都是 Sketch 式的、报告的、浅薄的。不过他的丰富的表现的才能,能够遮盖那小说的题旨,与人物性格的贫弱罢了。即使是他的最优美的作品,也缺少深刻与圆满。他屡屡将坚硬的观念,不加磨炼,也不经思考与感情的融化,便那样地显示出来的时候为多。"

连俄·亨利也是如此,何况艺术的天分缺乏的作家,因为 Journalism 的"酷使",便立即疲敝,损蚀了才能了。就等于是"写字的机械"。正如奥普莱茵说的,美国的短篇小说家,不过像股票经纪人似的,以稿子的市价、编辑者的故事等作为话题,艺术家的风度已不为人所认识,只是认识他们生产文稿,将稿换钱的风度罢了。

如此这般,艺术的天分虽高,要被 Journalism 所杀掉也说不定。但是文学在现在是不能够离开 Journalism 而存在的。在这种情势之下,高叫文艺的危机、艺术的灭亡,并不稀奇。Journalism 以"文学保护人"的立场,在不知不觉之中,他有了使文学的内部崩坏的职能了。

七

资本主义成了"物质的富"的生产的催促者,同样,它也刺激各种艺术;尤其是文学,产生出近代小说,现出了小说的黄金时代。可是,资本主义发达起来,同时,因为它的矛盾与无统制的缘故,使得社会进步的障碍,更深刻地显出来。文学也不能在资本主义的一般的作用之外。

资本主义的 Journalism 破除了旧文学的烦琐的形式，产生了自由形式的散文文学，就是近代小说。资本主义的 Journalism 的发展，使近代小说在商业主义的高压之下，喘不过气来。这是因为资本主义的 Journalism 是无统制的 Journalism，与其他的商品生产的场合同样，他的活动，只是被多销售、多获利所支配之故。于此行着无限制的竞争。

虽是这样，却不能说 Journalism 是文学的敌人。岂但不能说，而且因为 Journalism 文学才能一般地普及、浸润民众之间呢。文学从一部分的人的独占里解放出来，成为大众的所有，就是 Journalism 的恩惠。Journalism 与近代小说，在发达的当初，是能够翕然调和［和］前进的。但是不久，Journalism 与近代小说成为互相矛盾的存在了。Journalism 的强权，杀害了文学的独创性，使之平均化、标准化、通俗化，强制它的高速度，使它的艺术性陷于危亡。

从各种的视觉，可以考察 Journalism 与文学，现在我只是从下述的角度来观察，就是资本主义的 Journalism 尝为艺术的保护者，现在却成为它的障碍者了。

Journalism 从现在的无统制的状态脱离之时，成为不为纯粹的利润，只为社会组织的向上发展而指导之时，Journalisn 与文学才能从新恢复紧密的友谊的握手吧。

（平林初之辅　作）

［原注］本文中引用奥普莱茵的话，是借用木村利美氏的《机械与艺术革命》中的译文。

上海各报社会栏记者养成所学则

记者先生阁下：

敬启者：鄙人行年六十有五，怀才不遇，常以未能飞黄腾达为憾。不料昨日竟有某大报大主笔某先生降临，嘱为"上海各报社会栏记者养成所"草拟学则一件；当即诚惶诚恐，连声唱喏。某先生告辞后，鄙人亲送至汽车旁，打拱作揖而别。迈步回至小斋，即秉笔直书，一挥而就，洋洋稿纸数张。（此三句务恳贵记者嘱手民用特号字排印，俾引起世人注意）既而停笔环诵，叹为生平杰作，不敢自私，拟先借贵周报余白发表，（因鄙人近来对于白话文字颇表同情）社会不乏明达之士，如蒙赐教，幸甚幸甚，草此，祗颂撰祺。

名正肃。己巳年端阳节后一日

附

"上海各报社会栏记者养成所"学则

第一款　名称

　　第一条　本所定名为上海各报社会栏(或社会新闻)记者养成所

第二款　宗旨

　　第二条　本所以养成社会栏记者供给上海各报录用为宗旨

第三款　资格

　　第三条　凡年龄在十五岁以上九十九岁以下染有特殊嗜好者或身为男性而作文署名时喜化名为女士之"雌雄同体"类均为合格

第四款　学费

　　第四条　本所为服务社会起见不收学费惟将来各员毕业经各报录用后对于该员(即养成所所员)每条新闻所得之报酬征收"光绪通宝"一枚

第五款　毕业

　　第五条　本所所授各种专门学识以八小时为毕业期间

第六款　课程

　　第六条　本所课程形式虽简单而内容极复杂兹将在学习期内应研修之各种课程公式列举于后(如所员有天资过人者阅读两三遍亦可毕业八小时云云不过师法古人"苦修苦练"之意云耳)

计　开

　　第一　强奸式

　　闸北(或十六铺)某弄　江北人〇〇(填姓名)　年已〇十岁　未娶

(或妻早死) 有同居〇氏之女 年〇岁 乘其父母外出时 〇〇〇〇(填入拉裤时详细情形) 〇〇受伤 父母归 大怒 由〇区〇分所警士带至〇〇 某日开庭 法官大骂 此非性欲 直兽欲耳(堂下大喝采大拍掌) 判监禁〇〇年 好色者可以作为殷鉴

第二　虫豸入女阴式

〇镇〇乡〇村 农夫〇〇之妻〇氏 某日 在田间小溲 忽有四脚蛇[注]钻入阴户 妇惊骇〇〇 归后腹大如〇斗斛 疼痛如〇〇 至夜半气绝 远近来观者 门限为穿云

[注](谨按)四脚蛇毒虫也似蛇而有四脚但此入女阴之四脚蛇必定学过"田径赛"中之"撑高跳"者也异哉

第三　怪胎式

〇镇〇乡〇村 〇〇之妇〇氏 怀孕〇年 腹大如〇〇 〇夜腹痛如〇〇 忽产〇胎 〇首而〇身 头上有〇 眼如〇〇 鼻如〇〇 哭声如〇〇 后不敢留养 经某乡绅出金〇〇购去 用酒精泡制 封装于西洋玻璃内 凡有人往观者 每次收费〇十文

第四　捕盗式

〇路〇〇钱庄 黄昏时 忽来〇盗 操〇〇处口音 身着〇〇裤 头戴〇〇帽 以〇〇为名 撞开铁栅 〇盗跃入 〇盗在外把风 幸该号学徒〇〇 暗中爬上晒台 狂吹警笛 〇盗见势不佳 将钞票〇〇千元 放在怀内 急驰而逃 时有〇〇〇〇等号华捕二人路过 闻声赶来 见有一盗逃入某富室院内 一捕遂在外监守 一捕以电话报告〇处捕房 当即

来汽车○辆 乘中西印巡捕○十人 带来机关枪○架 手榴弹○十枚 催泪弹○十枚 各捕手执来复枪或勃朗林手枪 身穿御弹钢马甲 将○宅围得水泄不通 但在黑夜 巡捕不敢入内 只在门外开放机关枪○十排 掷手榴弹○十枚 掷催泪弹○十枚 开放来复枪手枪○千发 围至次日下午四时 不见该盗还击 大众一拥而进 惜该盗已被机关枪扫射身亡 该盗年○○岁 身穿○○衣 足登○○鞋 形似○种人 后捕头亲来检查 对西捕称赞此盗之勇敢 谓长临大敌 竟不投降 Brave 哉 Brave A Hero 欤 A Hero 欤 遂举手向死盗致最敬礼 华捕中亦有下泪者焉

第五　婚礼式

　　○○○君 为○○○之第○公子 在○○大学毕业 得○士学位 现任○○部○○长 经○○○君与○○○君之介绍(上面六个圈内非阔老之名不可妄填）于○日在○○饭店 与○○○女士行结婚礼 ○○○女士为○○○君之第○女公子 ○○女校高材生 新郎年少英俊 新妇容貌盖世 诚天作之合也 是日来宾中有○○处处长○○○○○○长 ○○○主任 ○○○军长 ○○○执行委员 ○○○局长(又要填入阔老之名）证婚人为○○局局长 登坛演说 略谓○○同志与○○女同志曾努力于○○工作 现在(声音紧张）而且以后(声音大紧张）必须(声音大大紧张）　努力于下层工作（来宾大喝采大鼓掌有笑出眼泪者老太太有因大笑而退席入洗手间者但年青仕女则以绢帕掩口嫣然）是日来宾共○百人 为沪上空前之盛大典礼云(附结婚仪式铜版像一帧)

第六　学者归国式

　　○君 ○○人 昔年在○○大学○科毕业 在国内已得○士学位 后

私费游美 入〇〇〇大学 得博士学位 历经美国各大工厂聘为工程师 对于〇〇经验 极为丰富 现在游欧 不久返国 闻已有某某等工厂拟以重金聘为厂长(附插铜版像一帧)

第七 死尸展览式

〇〇〇女士 〇〇人 肄业〇〇女校 父名〇〇 业〇〇 因〇〇不和 女士遗书〇通(女士遗书中如禁止发表私函 记者不可拘泥 务必全抄 披露报端 以餍阅者) 书中自谓投浦图尽 家人发现遗书 急设法打捞 于昨日下午 始由渔夫〇〇〇 在〇〇〇捞获 全身肿烂 肢体不全 腹高如丘 头发中有小虾水草之类 惨不忍睹(附肿胀溃烂死尸铜版像)

以上七种"课程"为必修课目,以下三种则为选修课目

第一 枪毙罪犯式

第二 学校始业休业式

第三 主仆私奔式

(谨按)记载主仆私奔关系至为重大可以致人死亡对于小姐私通男仆非痛骂小姐无耻男仆万恶不足以挽颓风于万一若为少爷私通丫头则天下滔滔何处无之人人见惯不足为奇若竟采为新闻材料易为方家见笑断断不可切记切记

附启 本所学则欢迎各界译为洋文供外洋各地报纸仿行特此声明

日本文学的特质

一

在最近,我和一位从欧洲回来的友人谈到日本文学,这时友人对我说道:"在欧洲方面,日本文学的真价,几乎未被介绍,是一桩憾事。如《万叶集》《古事记》《源氏物语》等不朽的杰作,任随拿到什么地方去,都不至于惭愧。但是在欧洲,知道这些的人极少。日本文学的味道,未被他们所理解,真是缺憾。日本文学的本身,和欧洲的比较起来,如果拙劣,那是无可奈何。但是事实决不是如此,日本文学的内容与表现,是值得在世界上夸耀的。"我对于友人的话,颇有同感。因为即在日本,将日本文学的真价,加以正当的思索的人也少,只是把欧洲文学尊重得像宝玉似的。在最近,欧洲文化碰了壁,回顾日本文化的倾向产生了。同时,将日本文艺的真相,从新考察的时机到来了。恐怕日本将来的特质,从今以后,将广泛地为内外所理解吧。

日本从古以来,是适宜于产生优秀艺术的国家。在日本各地,风光明媚；海的景色、山的姿态，正如展开一幅画卷，将美的快感，给予大众。如像紫色的富士山的破晓，泛着白银的琵琶湖上的黄昏，无论什么人见了，也想要吟咏一两句的。被这种乡土色所培养的日本人，富于艺术思想，能产生优良的文学是当然的。自然，那些豪爽雄大的文学，在日本是比较的少，然而有优美闲雅、哀婉幽寂之趣的文学。古今三千年来，无论在哪一朝代都可以得见。那些作品，在中国、印度的文学，西洋的文学里，难求其类例，这乃是日本趣味的反映。尤其是"短歌""俳句"等，在世界上占有独自的地位。虽是短形的诗，却能袅袅地动着无限的余韵，是极富于象征味的。这与"谣曲"等同，都是可以对海外夸耀的日本文学的类型，是西洋中国印度等所模仿不来的艺术。

二

日本文学的年代，在学者间有各种不同的划分。我以为最容易了解的，是划分为五个时代。就是：①大和时代；②平安时代；③镰仓室町时代；④江户时代；⑤明治时代（即东京时代）。这较之用古代、中世、近世、现代等名称，更能使人想起各时代的文学的特质。在大和时代，如《古事记》《万叶集》《祝词》等是代表的作品。平安时代，是日本文学的开花时期，万紫千红，竞开一时，有不少的佳篇杰作。其中如《源氏物语》《枕草纸》《古今集》等，是更其优秀的。在镰仓室町时代，产出了表现"武士道"与"神"的作品，以及有近世的新鲜味道的作品，例如《平家物语》《徒然草》《谣曲》《狂言》等，都有动人的风趣。江户时代与明治时代，在文学上是多产的时期，在各方面都有杰出的作品产生。自近松巢林子、井原西鹤、松尾芭蕉诸人以下，大小作家辈出。到了江户末期，虽然一时衰歇，可是一到明治中年，又呈现再兴之势了。

日本文学的特质，从大和时代起，已经明了地显示出来了。换句话说，就是因为明媚的风光、秀丽的山水，培养着的国民性，强烈地反映在文学上。日本国民性质快活明朗，是现世的、聪敏的、常识的。他们理解事理的道理极速。反之，深酷的、锐利的地方，雄大豪爽的地方却少。同时，也不是很厌世，也不是很乐观。在另一方面，缺乏深刻的执着的倾向，如像哥德的《法乌斯特》、檀丁的《神曲》，佛教文学精粹的《法华经》《华严经》等雄伟的作品却又不可得见。这是因为国民性的原故，是无可如何的，然而另有补足这缺陷的有独特色彩的国民文学产生出来。除开上述的作品之外，如像十返舍一九、式亭三马、山东京传、泷泽马琴、与谢芜村等人的作品，其内容与价值，在世界上是值得夸耀的。还有镰仓时代的目莲、法然、亲鸾等佛教文学，放着欧西所无的特异的光芒，有一种感动读者的力量。这些如果和欧洲文学中的优秀作品比较起来，并无什么逊色。

三

以上已将日本文学的特质，约略地讲过了。这些作品，在一方面，受了不少的中国思想、印度思想的影响，这是不可忽略的。中国的儒家学说传到日本是"应神天皇"的朝代，自此而来的文化的影响，在"大化华新"的改革上表现出来。"圣德太子"的十七条宪法（译者注：这是十七条道德律，并非宪法）里面，便显然现出儒家思想。还有佛教传入日本，是"钦明天皇"的时代。最初曾惹起"崇佛派"与"排佛派"的激烈的冲突与争论，结局胜利归于"崇佛派"，自此以后，佛教文化就兴盛起来了。试看《万叶集》里的诗歌，有儒家精神与佛教思想的影子，就可以明白了。这两种思想，同日本固有的"神道"并行，成为日本文学的内容上的主流。自然，并不是说把儒佛二教的思想，囫囵地放入文学里面，无论哪一种，都被咀嚼、被消化成为日本式，巧妙地被采用，并没有生硬芜杂之嫌。

因此之故，如要正当地吟味日本文学，非对于中国、印度的思想在大体上懂得一点不可。换句话说，对于儒佛二教的大要，应该理解。从古代到江户末期的文学，是以佛教为背景呢，还是以儒教为基础呢？或者那些作品，是否和儒佛二教的语句、情趣有关系呢？虽然有时也采用"道教""神道"的思想，但大部分都只限于儒佛二教的思想。自然，如像二十返舍一九著的《膝栗毛》（注：即"滑稽旅行"）、山东京传的"洒落本"（注：江户时代的一种通俗小说，内容写花街柳巷的生活）等作，日本的趣味是很浓厚的，俨然从佛教、儒教中解放出来，可是仍不免有多少的儒教的香气幽微地漂漾着。日本文学因为外来的儒佛两家的思想，使其内容丰富，同时，对于关系颇深的中国文学、印度文学，也受了影响。在辞藻上，有了新的开展。

只因为日本人本来有轻快明朗的地方，是现世的，虽和佛教里的小乘教的思想接触，却不能使日本人的厌世观加深，或者使对于未来的观念进步。在儒家方面,虽然和孔孟的哲学接触,和朱陆的学说接触,还不至于探究其奥秘,将他们的政治哲学、社会哲学一口吞下。就是说,在思想上,没有深厚尖锐的地方,这乃是日本国民性的本质使之然,是日本的莫可如何缺点。反之,如烦苦、忧郁则几乎没有,是同希腊人一样的明朗快活。日本人的悲哀的调子,是淡淡然的,只止于所谓知道"哀愁"的程度。

四

日本文学的内容还有一种不容忽略的特色,就是充满着礼赞自然的心情。像日本人这样爱好自然,和自然亲近的人,除了中国人外是没有其他的。这是因为东洋人对于"自然"的态度与西洋人完全不同的原故。西洋人对于自然美也未必是冷淡,也不是漠视,是想利用征服自然的功利思想先入为主,较之直观自然,玩赏自然为甚之故。就西洋人说来,"自然"不是他们的师或友,是他们能够征服的对手。

可是东洋人对于"自然"的态度,无论在何处,都是咏叹的、赏玩的,只管憧憬于美,不能自已。就是说"自然"在东洋人是师是友。想利用征服"自然"是第二义,不是第一义。换句话说,东洋人怀着诗人的画家的心情,与"自然"亲近。由此得来的感兴,在东洋人是无上的安慰与喜悦。

因为上述的理由,在东洋人中最爱好"自然美"的日本人,遂用全力来讴歌"自然"。做出来的就是"俳句""短歌""长诗""民谣"。不特此也,以描写"人物"为主的小说中,叙述自然的风趣时居多。如

《源氏物语》一作,就是因为"自然美"的描写而增加光彩的。《枕草纸》一作,描写"自然美"的地方也不为少。在某种意义上,说日本文学以自然描写为主也无有不可。如果在日本文学中除去了"自然描写",是多么的岑寂单调呢。总括一句,作品里充满地湛溢着花鸟风月山川草木的趣味,乃是日本文学的特色之一种。

照这样看起来,日本文学里的兴味的要点,就是"自然美"的描写。在西洋文学,则对于"人间"抱着强烈的兴味。在西洋对于一切事物,都用客观的方法,详细地加以考察,描写是极精致。在日本文学则不然,是从主观的主情的方面去考察事物,描写是极粗枝大叶的,不过叫人看去,也觉得那要点是浮现出来了。换句话说,西洋文学描写,如同油画,多少有点烦杂,是其弊端。日本文学的描写,如同水墨画,虽缺少精致的情趣,然有多少的韵即。是彼,余此都有长短。

其次,日本文学的文学都是优美流丽的,但是缺少如像中国文学那样的简洁雄健的风趣。有时如《枕草纸》《徒然草》以及井原西鹤的小说、松尾芭蕉的俳文,则又以简劲见长了。不过大多数都如樱花一样的优美,像淙淙的流水似的流畅。在古代文学中,也可以看见朴茂古雅的文体。日本文学的大体的倾向,已如上述,但自从明治时代以后,受西洋文学的影响很深,在文体或描写方面已有大大的改革,这是周知的事实。

对于日本文学的特质,虽尚有可说的,但大要不外上述的各点。总之,这是以日本国民性为根基,加入了中国、印度思想、文艺的长处、美点,有时连短处也加进了,这些要素混淆、融和,资助了日本文学的进步。至于明治大正时代的文学,则西洋的思想、文艺的味道,显然地加添进去,代替了中国、印度的。日本文学的西洋化,一时显然。今后渐次转变,独立的"纯日本文学",行将见之于将来,现在已经走进这样的过渡期了。在这一点上,日本文学的今后,兴味一定不少。

(高须芳次郎 作)

人名索引

Waley 97/阿瑟·威利

阿尔弗勒特·哈斯 266/阿尔弗雷德·哈斯

阿克唯尼 249/Akvini

阿拉神（谟罕默德）228/穆罕默德

阿伦·坡（Allen Poe）7/埃德加·爱伦·坡

阿那托尔·法郎士 10/阿纳托尔·法朗士

阿农梯 263/Anonti

阿司登（Aston）31/阿斯顿

爱尔斯登（M. Alston）87；阿尔斯登 88/M. 阿尔斯通

爱麦生（Emerson）80/爱默生

爱因斯坦 327/阿尔伯特·爱因斯坦

安利·莫勒叶 39/安利·默勒

安田 143

奥尼尔 319、320/尤金·奥尼尔

奥普赖茵 328、329、330/Oprein

奥妥·卜拉蒙 161/奥托·布拉蒙

巴尔玛 269、270/Balma

巴尔札克 39、40

巴兰·吉夏德莱 259/巴兰·吉沙德莱

白鸟省吾 89

白原北秋 88/北原白秋

柏拉图(Plato) 59

拜伦 24、45、46、47、48、49、50、51、52、53、54、55、56、57、58、59、60；佐治 46、48、49、52、53；佐治拜伦 48/乔治·戈登·拜伦

班德亚王 259/King Bandea 或 King Bandaya

般生 5/比昂逊

坂上大孃 140

鲍加乔(Giovani Boccaccio) 93、94、96/薄伽丘

鲍尼奴斯 257/Boninus

鲍特莱尔 28/波德莱尔

比特洛 59/Bitro

波多野秋子 73

玻挪·勒格妮(Pola Negri) 116/波拉·尼格丽

伯克教授(Prof. Baker) 283/贝克教授

伯肯妥耳夫伯爵 16/Count of Burkentov(Burkentolf)

勃兰特(Brandes) 27/勃兰兑斯

布兰特(Bryant) 80/布赖恩特

布鲁洛 59/布鲁诺

布尼兹(Pulitzer) 269、271/约瑟夫·普利策

柴霍甫 214/契诃夫

厨川白村 73

崔万秋君 224、225/崔万秋

嵯峨天皇 144

大隈重信 306

但尼生（Tennyson）7/阿尔弗雷德·丁尼生

岛琦藤村 33

岛武郎 73

德俄尔南求 265

德富苏峰 214

德拉麦尔（De La Mare）87/狄拉麦尔

迭更司 25/狄更斯

杜洛茨基 317、319/托洛茨基

杜思退益夫斯基 18、26/陀思妥耶夫斯基

俄·亨利（O. Henry）332、333/欧·亨利

法尔 256/Farr

芳贺矢一 34

非德烈·方·俄耶耳弗尔特 264 /弗雷德里克·冯·奥尔福特

菲力浦（Wendell Phillips）278/温德尔·菲利普斯

佛俄勒 256/富勒

佛罗贝尔 12、13/福楼拜

弗勒格尔 321

弗利达 6/Frida

弗洛德 267/西格蒙德·弗洛伊德

弗洛德·特尔 318

弗洛因非尔特 20/Floinfilt

孚克斯 320、322/福克斯

浮拉克 276/弗兰克

福特 322/亨利·福特

傅叶尔里阿尼 263/傅叶尔·里阿尼

高滨虚子 222

高须芳次郎 346

哥果儿 29/果戈理

歌德 252、266；哥德 41、160、342/歌德

歌麿北斋 13

格里哥里耶夫 18/Grigoriev

格林·方·森克特·戴得耳 264/格林·冯·森克特·戴得耳

葛达德 270、271/Godard

耿济 188/耿济之

宫崎龙介 111、112

宫崎滔天 111

龚枯儿兄弟 12/龚古尔兄弟

谷崎润一郎 266

郭箴一 315

哈达吉 60/Hadaji

哈尔特曼 257/卡尔·罗伯特·爱德华·冯·哈德曼

哈尼斯 53、54/哈里斯

哈斯脱（W. R. Hearst）268、269、270、271、272、273、274、275/W. R. 赫斯特

哈耶斯 256/海斯

海涅 262

韩德尼·嘉德 321/Handney Gard

何尔兹（Holz）161

何克 23/霍克

何爽（Hawthorne）80/霍桑

荷卜夫 114/Hobboff

荷马（Homer）87

赫克伦但德伯爵 16/乔治·查理·丹特斯

亨利八世(Henry VIII) 46

华尔甫 179/沃尔夫

华盛顿·欧文(Washington Irving) 36

惠特尔(Whittier) 80/惠蒂尔

惠特曼(W. Whitman) 79、81、82、83、84、85、87、91、92/沃尔特·惠特曼

霍普特曼(Gerhart Hauptmann) 148、160、161/盖哈特·霍普特曼

基尔安氏 258/Kieran

基尔兰 259/Kierland

基洛斯 266/Kilos

吉卜林(Kipling) 7/约瑟夫·鲁德亚德·吉卜林

吉芬孙·戴维丝 274/杰斐逊·戴维斯

吉金 34

吉洛耶夫 323/吉诺维耶夫

吉特那色娜 259/Kitnazena

济慈 24

加洛利勒·徐勒格尔氏 257/格洛丽亚·施莱格尔

加特尼娜 258/Gatnina

嘉尔文登 318、319/Garvinden

嘉龙氏 94

嘉塞林 46/凯瑟琳

姜太公 78

捷尔凡登 258

捷利立氏 258

金可夫司基 17/金科夫斯基

井原西鹤 342、345

九条武子 111

菊池宽 239

君左 144/易君左

卡儿・德克 274/Carl Dirk

凯撒 59/恺撒

康克令 89、92

柯尔尼治 22/柯勒律治

柯林・施考特 260/柯林・德克斯特

柯伦泰 217

克拉弗特耶宾 254;克那克特耶宾 265/卡夫叶宾

克赖斯特 160/贝尔托・布莱希特

克利司堡 272/Krisburg

肯德尼 265/Kendney

肯尼斯・马果湾 320/肯尼斯・迈戈文

库色洛比亚子爵夫人 20/Viscount of Kuserobbia

拉玛德利 249/拉美特利

拉姆伯尔昔 265/兰伯沙伊

莱星 94/莱辛

兰姆(Charles Lamb) 22/查尔斯・兰姆

郎费洛(Longfellow) 37;郎法洛(Longfellow) 80/朗费罗

李格 94/Ligg

李汉特(Leigh Hunt) 23、24/利・亨特

李门托夫(Lermontov) 17;娄蒙夺夫 257/莱蒙托夫

李青崖 235

李维生 162

列铭敦 272

列宁（Lenin）186、317、320、322

林肯 81

泷泽马琴 342

卢骚 258、264、265/卢梭

路易莎·柯达 257/Louisa Kodak

罗布特·白朗宁（Robert Browning）15/罗伯特·勃朗宁

罗曼·罗兰（Romain Rolland）187、188

洛勒吉 94

洛娜 253、254/Lorna

洛却士 56、57/Rochus

落莎·耶儿 259/罗莎·艾丽

麻克林 269、270/玛克林

马丹 10/Madan

马尔沙斯 76/托马斯·罗伯特·马尔萨斯

马克·韩拉 276/马克·汉娜

马克·吐温（Mark Twain）8、9

马克思 257；马克斯 319、321/卡尔·马克思

马利勒其 321

马利亚 211/玛利亚

马若（Sacher Masoch）20；马梭哈（Sacher Masoch）250、251、252、254/利奥波德·冯·萨赫-马索克

马幸·谭斯 321

玛金勒 274；麦金勒 275/威廉·麦金莱

玛丽 54、56、59、161、178、179、182、183、185/Mary

玛利亚·马格打勒那·巴琪 265/Maria Magdalena Bachi

迈斯达 253/Mesda

麦考莱 7/托马斯·巴宾顿·麦考莱

麦耶尔荷尼特 321/迈耶·亨内特

曼特卡兹 258

毛德夫人(L. Maude) 188/莫德夫人

梅里麦(Prosper Merimee) 114、116/梅里美

门肯兄弟 319

米拉波(comte de Mirabeau) 257

米拉孟特 260/米拉蒙特

密尔顿 7/约翰·弥尔顿

莫尔氏 23、267/Moore

木村利美 334

拿破仑 45

那尔兹衣洛夫 17/Narzyylov

纳拉德维 259/Naradevi

娜达妮亚 16/娜塔丽娅

南方熊楠(Minakata Kumakusu) 33、35

尼采 160/弗里德里希·威廉·尼采

尼古拉一世 16

平林初之辅 334

朴里斯彭(A. Prispen) 271、272/A. 普里斯彭

普鲁妥弗肯爱真斯登 321;爱真斯登 323

普洛兹 262/迪克·普罗兹

普希金 16、114、226

乾姆司一世 54/詹姆斯一世

乔那国王 259/乔治国王

乔治·哈斯脱 268/乔治·哈斯特

乔治·李特 319/乔治·艾略特

乔治·桑特 30/乔治·桑

钦明天皇 243

勤子内亲王 140/觐子内亲王

琼尔 12/儒勒·德·龚古尔

三浦圭三君 99

森鸥外博士 64

沙德(Marquis De Sade) 19；莎德侯爵(Marquis De Sade) 249/萨德侯爵

沙菲亚 14/索菲亚·别尔斯

沙克莱 26/威廉·梅克比斯·萨克雷

莎尔洛德 251

莎菲 257/Shafi

莎士比亚 75、79、94、161

莎唯吉·南德牙 263/Shaviji Nandega

山部赤人 97

山东京传 342、343

山上忆良 139、140

山田孝雄 139

圣德太子 343

圣马丁 84/Saint Martin

十返舍·一九 31、342；二十返舍一九 343/十返舍一九

史特林堡(Strindburg) 5/斯特林堡

式亭三马 342

柿本人磨 97/柿本人麻吕

狩谷掖斋 142

司考特 59、79/沃尔特·司各特

司兰姆姐弟 94/查尔斯·兰姆姐弟

司梯芬生 87/史蒂文森

司吐活夫人（Stowe）7、8、9/哈丽特·比彻·斯托

斯透氏（Harold Stearns）320/哈罗德·斯特恩斯

松巢林子 342

松井须磨子 113、116

松尾芭蕉 342、345

孙中山 33、73

檀丁 96、342/但丁

唐荷色 114、116、117、118/汤豪舍

陶渊明 225

特拉位耳 81/特拉维尔

特尼洛立 59/特内洛里

藤森成吉 33

藤原宣孝 98

田中香涯 267

屠格涅夫 29

托尔斯泰 14、163、187

丸木砂土君 230

王尔德 26/奥斯卡·王尔德

王维 225

威廉博士 277/Dr William

维尔斯·法哥 215/韦尔斯·瓦戈

维廉勃莱克（William Blake）42；布莱克（Wm. Blake）88/威廉·布莱克

魏尔尼昔·方·尼希登司坦 264/Vernich von Nichidenstein

武者小路实笃 33

西蒙司氏 94/Simons

西司勒娜女士 273、274/西斯勒纳

西条八十 89

喜多壮一郎教授 308；喜多教授 310/喜多壮一郎

夏目漱石 222

贤智 141

嚣俄(Hugo) 11/雨果

小口末吉 260、261

辛克莱 318、319/厄普顿·辛克莱

辛克莱奥列尔 318/辛克莱·奥尼尔

新村出 33

休立特格洛耳 258；休尼兹希特·格洛耳 267/休利特·格洛利亚

休瓦勒哈尔斯 262

薛乌德·安徒生 318/舍伍德·安德森

雪莱(Shelley) 23、24

鸭长明 34

亚里士多德 59

盐谷温 143

耶尔玛·赖斯 320/埃尔默·利奥波德·赖斯

耶弗耶兹司 267/艾薇·艾兹

耶利莎白特·肯德者 265/伊丽莎白·肯特

耶米尼亚 17/艾米利亚

耶尼斯 259、264、266、267/埃尼斯

耶司基拉斯 24/摩斯基拉斯

耶特孟·龚枯儿 12；耶特孟 12、13/埃德蒙·德·龚古尔

野口雨情 88、89；野口 88、89/野口雨情

伊凡·普洛何 257/伊万·普罗赫

伊利莎白 301/伊丽莎白·芭蕾特·白朗宁

伊斯特曼 319/Eastman

伊藤白莲 108、109、110/柳原白莲

伊藤传右卫门 109、110

依凡洛娃 29/阿芙多季雅

依利亚·托尔斯泰 14/Elia Tolstoy

易卜生 5、108、161、214

印司 55、56

应神天皇 342

与谢芜村 342

与谢野晶子 99、111;晶子 239/与谢野晶子

与谢野宽 239

约翰 45、46、48/John

约翰拜伦 46、48

泽村隆一氏 316

泽田正二郎 243;泽正 243/泽田正二郎

张伯伦 273/Chamberlain

张天师 65

张文成 139、144/张鷟

正冈子规 34

志贺直哉 202

仲马 248/大仲马

兹勒劳尼 23、24/兹勒罗尼

佐佐木总一 309/佐佐木惣一